Anne Jungenitz
Der Blutschlüssel

Anne Jungenitz wurde 1986 im beschaulichen Görlitz geboren und lebt nun seit über 15 Jahren in Berlin. Schon in der Grundschule hat sie sich gern Geschichten ausgedacht und Aufsätze über verfluchte Mönchsgräber geschrieben. Was ihre Lehrer damals etwas irritierte, hat sie sich bis heute beibehalten. Nur sind die Monster, von denen sie schreibt, mittlerweile keine ruhelosen Geister mehr, sondern Menschen aus Fleisch und Blut. Meistens.

Anne Jungenitz

Der Blutschlüssel

Ein Escape-Room-Thriller

PIPER

Mehr über unsere Autoren und Bücher:
www.piper.de

Wenn Ihnen dieser Krimi gefallen hat, schreiben Sie uns unter Nennung des Titels »Der Blutschlüssel« an empfehlungen@piper.de, und wir empfehlen Ihnen gerne vergleichbare Bücher.

ISBN 978-3-492-50467-6

Redaktion: Stephanie Röder
Konvertierung auf Grundlage eines CSS-Layouts
von digital publishing competence (München)
mit abavo vlow (Buchloe)
Covergestaltung: Emily Bähr, www.emilybaehr.de
Covermotiv: Bilder unter Lizenzierung von Pexels und Freepik genutzt
Printed in Germany

Für Papa
Na?
Guckst du jetzt niedlich?

Danach

»911. Was ist Ihr Notfall?«

– »Ich habe keinen Notfall, junger Mann, aber meine Nachbarin. Mrs. Adams, Calhoune Avenue, Ecke Lemay Street. Das ist die Nummer 12 auf der Lemay, aber Sie kommen über die Calhoune besser ans Haus.«

»Wie ist Ihr Name, Ma'am und welche Art von Notfall möchten Sie melden?«

– »Erica McGavern. Ich wohne gegenüber, müssen Sie wissen, und hier in der Gegend passen wir aufeinander auf. Selbst auf Neulinge. Ich möchte melden, dass ich nun schon viel zu lange den Automotor von diesem SUV höre.«

»Für Lärmbelästigung wenden Sie sich bitte an die örtliche Polizeidienststelle. Diese Nummer ...«

– »Ich bin alt, junger Mann, nicht senil. Der Wagen steht in der Garage. Ich habe ihn nicht kommen sehen, aber ich höre ihn schon eine Weile, und das Garagentor ist verschlossen. Mrs. Adams lebt in Trennung, müssen Sie wissen. Eine Affäre ... das arme Ding. Sie hat immer sehr kummervoll gewirkt. Ich fürchte, sie möchte ihrem Gram ein Ende setzen.«

»Verstehe, Mrs. McGavern.«

– »Miss. Diese Dummheiten mit den Männern habe ich gar nicht erst angefangen. Aber Mrs. Adams ...«

»Ich schicke einen Wagen, Ms. McGavern. Können Sie mir sagen, ob ungehinderter Zugang zum Haus möglich ist?«

– »Oh Grundgütiger, wie Sie sich ausdrücken. Wissen Sie, ich habe keine Ahnung, ob Mrs. Adams ihre Tür offen lässt.

Wäre dumm, wenn Sie mich fragen. Mir hat sie keinen Schlüssel gegeben, müssen Sie wissen, obwohl ich direkt gegenüber wohne. Hat nicht einmal gefragt. Aber ich nehme ohnehin schon seit Jahren keine fremden Schlüssel mehr an. Heutzutage hetzen sie einem ja den Anwalt auf den Hals, weil die Rosen verdorrt sind. Aber nicht mit Erica McGavern, sage ich Ihnen, nicht mit mir.«

»Dann werden die Einsatzkräfte vor Ort prüfen, wie sie ...«

– »Vielleicht hat sie ja einen Schlüssel versteckt. Aber junger Mann, ich werde jetzt sicher nicht suchen. Ihre Jungs sind eher hier, als ich an meinem Briefkasten. Ich versuche nur, meine bürgerliche Pflicht zu erfüllen.«

»Verstehe, Ma'am, vielen Dank. Es sollte gleich jemand da sein. Ist sonst jemand in dem Haus Ihrer Nachbarin? Brennt vielleicht Licht?«

– »Kein Licht. Und ich sagte ja bereits – ihr Mann hatte eine Affäre, und sie lebt in Trennung. Rosalind Evans hat mir das erzählt. Sie weiß es von Mary aus dem Drugstore zwei Straßen weiter. Keine Ahnung, woher die es hat. Aber die jungen Dinger tauschen sich über solche Sachen ja aus.«

»Ms. McGavern, die Kollegen müssten gleich vor Ort sein, können Sie vielleicht das Blaulicht schon sehen?«

– »Nein, noch nicht. Haben Sie denen gesagt, dass sie über die Calhoune kommen sollen? Diese Baustelle oben ... Sie müssten einen Umweg ... Oh, ich sehe etwas.«

»Der Streifenwagen ist eingetroffen?«

– »Das will ich doch wohl meinen, junger Mann.«

»In Ordnung, dann werden sich die Beamten nun um die Lage kümmern und kommen auf Sie zu, falls Ihre Aussage aufgenommen werden muss, Ms. McGavern.«

Ohne ein Wort des Abschieds legte Erica McGavern auf. Mit 91 Jahren war sie zu alt für derlei Geplänkel mit Fremden, mit denen sie ohnehin nie wieder ein Wort sprechen würde.

Diese Mrs. Adams war ihr sympathisch gewesen. Keine Schwätzerin, aber immer ein freundliches Nicken. Sie hatte gewusst, was nötig war, und was überflüssig. Pragmatische Menschen hatten Erica schon immer besser gelegen als Waschweiber wie diese Rosalind Evans drei Häuser weiter. Doch man musste die Menschen nehmen, wie sie waren, hatte ihre Großmutter ihrerzeit gemeint. Eine Weisheit, die auf der Strecke der Zeit verloren gegangen war. Genauso wie die Geduld und das Durchhaltevermögen.

Frances Adams hatte kein Durchhaltevermögen. Das erkannte Erica McGavern an den wabernden Abgasen, die aus der Garage strömten, als die Beamten das Rolltor nach oben stemmten.

1. Das Spiel

Frances

Extremsituationen sind ein Garant für die Kurzlebigkeit romantischer Beziehungen.
Aber sie sind der perfekte Start für Freundschaften bis ans Lebensende.
Du willst den Beweis?
Dann stell uns auf die Probe unter www.partners-in-crime.com/application

Frances Adams warf einen zweiten Blick auf die schwarze Karte mit der gelben Schriftprägung, dann legte sie das Ding beiseite und ging weiter ihre Rechnungen durch. Ziemlich teuer für einen Werbeflyer, dachte sie, und öffnete den nächsten Umschlag.

»Du musst einfach mehr Geduld haben«, sprach die sanfte Stimme ihrer Schwester zu ihr – durch Frances' Kopfhörer, was den Eindruck eines Selbstfindungspodcasts nur noch verstärkte. Dass Nora davon etliche inhalierte, wenn sie ihre täglichen Meilen zur Arbeit fuhr, war nicht zu überhören. »Ich habe dir ja gleich gesagt, dass der Anfang schwierig wird. Das passiert nun einmal, wenn Träume wahr werden, Fran. Sobald sie in der Realität ankommen, passen sie sich ihr an und werden kälter und grobkantiger, damit sie nicht an ihr zerplatzen.«

Frances war sich ziemlich sicher, dass keiner dieser albernen Podcasts seinen Zuhörern dazu riet, Sätze mit »Ich habe dir ja gleich gesagt« zu beginnen, unabhängig davon, wie metaphorisch das darauf Folgende sein mochte.

»Hörst du mir eigentlich zu?« Merkwürdig, mit dieser Nachfrage klang Nora plötzlich nicht mehr wie eine ausgeglichene Yogafee, sondern wie die nervige kleine Schwester, die sie war. Und wie der einzige Mensch, der noch mit ihr sprach, ohne die Unterhaltung auf ein »Überleg es dir doch noch mal« zu lenken.

Es war zwei Monate her, dass Frances nach einem Vorstandsmeeting in ihr Designerschlafzimmer spaziert war. Gary hatte nackt hinter einer jungen, dünnen Blondine gestanden, die auf allen vieren auf ihrem Ehebett gekniet hatte. Nicht nackt. Lediglich der Rockteil ihres Kleides war über ihren Hintern bis zur Taille gerutscht, und bei seiner Kürze war anzunehmen, dass er das sogar von selbst vollbracht hatte.

Gary hatte seinen Unterleib noch zweimal gegen den der Blondine gerammt, ehe er Frances, seine Ehefrau, im Türrahmen bemerkt hatte. Seine Worte hatten nur unterstrichen, wie ungeheuer klischeehaft diese Situation war: »Es ist nicht so, wie es aussieht.«

Genauso klischeehaft waren Frans Gedanken gewesen: Ich hätte nie gedacht, dass mir das passiert. Warum ich? Was soll ich denn jetzt tun?

Erst die Antwort auf die letzte Frage war überraschend gewesen. Für Gary, für ihren Boss, für ihre Freunde, die eigentlich Garys Freunde waren, und für ihre Familie.

Vor sieben Wochen hatte Frances ihre Sachen gepackt und war nach L. A. gezogen, hatte kleine Ladenräume am Rande der Stadt angemietet und alle Fäden und Dollarnoten gezogen, um binnen fünf Wochen ihren Laden zu eröffnen. Ihr Traum, den sie all die Jahre geträumt hatte, in denen sie damit beschäftigt gewesen war, Geld zu verdienen und ihrem Mann gefällig zu sein. Unzureichend, wie sich herausgestellt hatte.

»Fran?« Noras Stimme hörte sich nun an wie die ihrer Mutter. Es war regelrecht unheimlich. »Bist du noch dran?«

»Bin da«, versicherte sie und begann damit, die Rechnungen nach Dringlichkeit zu sortieren. »Ich glaube, ich sollte einfach Champagner für Hunde verkaufen. Dafür würden die Leute Geld ausgeben. Mit Glitzer. Und Pink. Meinst du, man kann Champagner in Regenbogenfarben herstellen?«

»Ich weiß, das hörst du nicht gern, aber das klingt nach einem Konzept, das funktionieren könnte«, meinte Nora.

Frances entschied sich zu lachen, anstatt wütend zu werden und ihr Geschäftskonzept zu verteidigen. Schon wieder. »Weißt du, was gestern passiert ist?«, hob sie an und hoffte, dass ihre Schwester darauf eingehen würde. Anekdoten waren besser als Kalkulationen und Konzepte. Damit hatte sie genug Zeit ihres Lebens verschwendet.

»Ein neuer Mann mit Schäferhund?«

»Oh Gott, nein. Um Männer mit Schäferhunden mache ich jetzt einen großen Bogen«, stellte Fran sofort richtig. Eine Woche lang war dieser auffallend attraktive Kerl mit seinem Schäferhund in ihrem Laden gewesen. Beim ersten Besuch hatte er sich noch beraten lassen und dann eingekauft. Danach waren es sehr deutliche Flirts und eher wahllose Einkäufe gewesen. Und ja, Frances war sich sicher, dass er mit ihr geflirtet hatte. Sie hatte solche Spielereien jahrelang nicht mehr nötig gehabt und war erschreckend eingerostet. Wenn ihr also ein Flirt überhaupt auffiel, dann war es eindeutig einer. Und sie hatte es genossen, bis irgendwann eine blondierte Schönheit mit demselben Hund in das Geschäft spaziert war, etwas von der Geschäftsreise ihres Mannes erzählte und davon, dass das Futter zur Neige ging und »Hunter«, der Hund, nur dieses Spezialfutter fressen würde.

»Ein Mann mit einem anderen Hund? Oder ohne Hund?«

»Gar kein Mann.« Vermutlich würde ihr dieses Thema noch anhängen, bis sie wieder einen Ring am Finger trug und endlich glücklich wurde. Bei diesem Gedanken kam

Frances mit dem Augenrollen gar nicht mehr hinterher. »Eine Frau, Mitte fünfzig, würde ich sagen. Operiert, um auszusehen wie unter dreißig. Also war sie vielleicht auch siebzig. Jedenfalls hatte sie einen Mops. Natürlich hatte sie einen. Kam ins Geschäft, hat sich umgesehen und gefragt, ob ich Pelze führen würde.«

»Pelze? Was für Pelze?«

»Richtig!« Es gab also doch noch Punkte, bei denen Nora und sie auf derselben Wellenlänge lagen. »Dieses Geschäft wäre ihr empfohlen worden und ihre Prinzessin bräuchte einen neuen Pelz. Sie würde so leicht frieren. In Los Angeles.«

Frances hörte das schallende Gelächter ihrer Schwester am anderen Ende der Leitung.

»Ich war wirklich höflich, als ich ihr erklärt habe, dass sich mein Konzept eher auf artgerechte Haltung und nicht auf einen vierbeinigen Puppensalon spezialisiert hätte. Sie hat die Nase gerümpft und ist wieder gegangen. Und weißt du was?«

»Was?«

»Die Leute sind hier so. Tiere tragen Kleidung und fressen Cupcakes. Kein Fleisch. Vielleicht sollte ich ernsthaft mein Konzept überdenken. Weg vom Rohfutter und hin zu Einhornmützchen und Flip-Flops für Katzen.«

»Es können unmöglich alle Leute so sein, Fran. Auf gar keinen Fall. Denk an den Kerl mit dem Schäferhund. Das war für dich sehr schade, aber der Hund bekommt gutes Futter.«

Damit war der Moment der schwesterlichen Einheit für Frances beendet. Ihr stand nicht der Sinn nach gutem Zureden. Sie wollte nicht hören, was zuweilen gut lief, und dass es immer ein Licht am Ende des Tunnels gab. Einen Abreißkalender mit Motivationssprüchen konnte sie sich im Zweifelsfall auch selbst durchlesen. Nein, sie wollte sich an diesem Abend auskotzen. Vielleicht sogar betrinken – mit der halben Flasche Weißwein, die noch im Kühlschrank war und vermutlich nicht mehr verursachen konnte als einen angenehmen Schwips. »Da hast du wohl recht«, murmelte sie nur und bediente sich damit selbst einer abgedroschenen Phrase. Ihrer Meinung nach war das schlicht die höflichste Art, um auf Kalenderweisheiten zu reagieren.

»Ich glaube, du brauchst Freunde«, verkündete Nora. Frances hatte gerade den Kühlschrank angesteuert und die Weinflasche herausgezogen. In dieser Entscheidung fühlte sie sich nach der Aussage ihrer Schwester noch bestätigt. »Normale Menschen. Dann kannst du über Verrückte besser lachen.«

»Nora, wir sind nicht mehr in der Schule. Erwachsene gehen nicht einfach auf andere Erwachsene zu und fragen, ob man befreundet sein will. In einer Großstadt fragt man am besten nicht einmal nach der Uhrzeit. Könnte ja falsch verstanden werden.«

»Sei nicht albern. Du hattest in der Schule schon nicht viele Freunde.«

Aber die richtigen, dachte Frances. Für diese Zeit waren sie die richtigen gewesen. Und dann waren sie nach Europa gegangen oder ans andere Ende der Staaten, hatten studiert oder gearbeitet, geheiratet und Kinder bekommen. Bei ihr selbst war es ja nicht anders gewesen. Uni, Gary, Job. Zeit war vergangen, das Leben war passiert und irgendwann waren richtige Freunde zu Fremden geworden. Das war normal und auch okay, bis man in L. A. einsam in einem Haus saß, das viel zu groß für einen allein war, und sich fragte, was Lauren Holgard gerade machte, und ob sie immer noch grüne Fingernägel trug.

»Ich habe was Falsches gesagt«, schlussfolgerte Nora auf das Schweigen ihrer Schwester hin.

»Hast du nicht.« Noch so eine Phrase. Das verlangte ganz klar nach dem ersten Schluck Wein, der trocken und mit einer leichten, angenehmen Säure über ihre Zunge und ihren Gaumen glitt. Mit dem Glas setzte Frances sich wieder an den Schreibtisch, den sie am Erkerfenster ihres Arbeitszimmers platziert hatte. Kaum jemand sonst verstand sich so gut wie sie darauf, schöne Orte mit Arbeitsflächen zu verunstalten.

»Wie sieht es in der Nachbarschaft aus? Die Bilder, die du geschickt hast, waren bezaubernd. Gibt es da keine Möglichkeiten, Anschluss zu finden? Wenn du mal die Katze von jemandem hütest?«

»Die einzige Katze, die ich kenne, gehört Mrs. McGavern, und diese Frau ist mir ehrlich gesagt ein bisschen unheimlich.« Frances gluckste bei dem Blick auf das Haus gegenüber. »Ich glaube, sie hasst Menschen. Ich hab mal ein paar Worte mit ihr gewechselt, aber sie schien schon alles über mich zu wissen. Gruselig.«

»Klingt, als hättest du schon eine Freundin. Vielleicht kennt sie noch mehr Leute.«

»Sie kennt jeden«, raunte Frances durch den Hörer und legte die nächste Rechnung beiseite. Auf den semi-dringenden Stapel. »Und sie weiß alles.«

»Also ist sie auch im Bilde über den Singlemarkt. Vielleicht gibt es frisch geschiedene Junggesellen? Witwer?«

Und da war sie wieder – die nächste Trainingseinheit für das olympische Augenrollen. Nichtsdestotrotz hielt Frances nun das dritte Mal an diesem Abend diesen schwarzen Flyer in den Händen anstelle eines weißen Umschlages. Er war geschmackvoll und definitiv kostspielig erstellt und bedruckt worden. Und sie mochte das Augenzwinkern.

»Nora, sei mir nicht böse, aber ich glaube nicht, dass ich so schnell wieder einen Mann brauche. Zum Spaß, meinetwegen, aber sonst …«

Innerlich zählte sie schon den Countdown runter, bis ein empörter Kommentar ihrer Schwester ihr mitteilen würde, dass »nur Spaß« unmöglich das Ziel für eine Frau Mitte dreißig sein konnte. Innere Uhr, Glück, Ticktack, die ganze Bandbreite.

Aber offenbar war auch Nora erwachsen geworden und war ihrer Mutter zwar ähnlich, aber nicht die Kopie, auf die sie noch vor einiger Zeit zugesteuert war. »Spaß passiert aber auch nur dann, wenn man ein Leben neben der Arbeit hat, weißt du?«

»Ich weiß«, erwiderte Frances und versuchte dann, das Thema genauso zu wenden wie den Flyer in ihrer Hand. Schwarz. Die Rückseite war nur schwarz. Keine weiteren Informationen oder Bilder. Nicht einmal ein QR-Code. »Deshalb telefoniere ich ja mit dir. Damit du mir von einem Leben neben dem Job erzählst. Also leg los.«

Nora tat ihr den Gefallen und biss an, was Frances Zeit gab, in der sie nur zuhören musste. Zuhören und diese schwarze Rückseite anstarren, die ihr nichts, aber auch absolut gar nichts verriet. Erwartet hatte sie ein paar Eckdaten, ein paar Informationen und die Gewissheit, dass das, was da angepriesen wurde, ein ganz tolles Konzept war. Für andere Menschen. Für verzweifelte Menschen, die sich händeringend nach Anschluss sehnten. Für einsame Menschen und für all jene, die es eben zu Datingportalen, zu organisierten Spieleabenden mit Fremden, auf Blind Dating-Events und solche Verrücktheiten zog.

Eine schwarze Seite aber war etwas für neugierige Menschen, und zu denen musste Frances sich zählen, ob sie wollte oder nicht.

Während sie Nora zuhörte, was deren Schüler im Unterricht für Unsinn angestellt hatten, klappte sie ihren Laptop auf und gab die Homepage vom Flyer in den Browser ein. Das Anmeldeformular ignorierte Frances und wechselte auf die Hauptseite von partners-in-crime.com.

Auf dem Bildschirm öffnete sich eine schwarze Seite und in gelber Schrift erschien derselbe Text, den sie auch auf der Karte neben der Tastatur lesen konnte. Der Cursor bewegte sich über die Zeilen und hinterließ einen Buchstaben nach dem nächsten, als tippte jemand die Worte gerade ein.

Extremsituationen sind ein Garant für die Kurzlebigkeit romantischer Beziehungen.

Der Cursor blinkte einige Sekunden hinter dem Satz, dann verschwanden die Worte und die nächste Zeile erschien.

Aber sie sind der perfekte Start für Freundschaften bis ans Lebensende.

Wieder blieben die Wörter einen Moment lang stehen, verschwanden und der letzte Satz folgte auf dieselbe Weise wie seine Vorgänger.

Du willst den Beweis?

Darunter erschien in gelben Linien die schematische Darstellung einer verschlossenen Tür. Frances klickte das Bild an, die Tür öffnete sich und führte wieder zum Anmeldeformular.

»Morgen ist das Herbstfest in der Schule«, hörte sie Nora erzählen. »Du kannst dir nicht vorstellen, wie aufgeregt die Kleinen sind. Jede Klasse ist selbstverantwortlich ...« Dekoration. Klassenzimmer. Herbstgedichte an der Tafel.

Frances lauschte den Informationen ihrer Schwester, während sie die zwei übrigen Reiter in der Menüleiste ansteuerte. Unter »Impressum« fand sie nicht mehr als das übliche. Eine Adresse in L. A., Telefonnummer, Firmierung, Namen ... Und der Punkt »Informationen« hielt wenig von dem bereit, was er eigentlich versprach. Auch hier fand sich eine schwarze Seite, die sich Satz für Satz mit Worten füllte, die wieder verschwanden.

Was sich hinter der Tür verbirgt, musst du allein herausfinden.

Ein bisschen Mut reicht aus.

Und was dich dahinter erwartet, erlebt ihr gemeinsam.

Neugierige. Mutige. Verbündete.

Das war ziemlich pathetisch und gab absolut nichts preis. Unter den letzten drei Worten fanden sich wieder gelbe Linien zu einer Tür zusammen, die zum Anmeldeformular führte.

Das war's.

Mehr war auf dieser Seite nicht zu finden.

»... und die Großen durften vollkommen selbstständig die Kürbisse schnitzen. Du kannst dir vorstellen, was bei der alten Fraktion der Belegschaft los war. Verletzungsgefahr, Versicherungsschutz und Fahrlässigkeit. Das waren die Begriffe, die am häufigsten gefallen sind. Aber wir haben uns was getraut, und die Kinder waren am Ende so stolz auf sich.«

»Ihr hattet doch bestimmt Sicherheitsmesser?«

»Natürlich!«

Frances nickte. So waghalsig war man also gewesen.

»Aber auch damit kann man enormen Schaden anrichten, wenn man es darauf anlegt.«

Sie verkniff sich die Frage, ob wirklich davon auszugehen war, dass diese Kinder irgendwem Schaden zufügen wollten, und fragte stattdessen nach den in Kürbis verewigten Motiven, während sie »Partners in Crime Homepage« in die Suchmaske eingab.

Ergebnisse spuckte das Internet im vierstelligen Bereich aus. Aber außer der offiziellen Homepage gab es nichts, was mit ihr in Verbindung zu stehen schien. Auf einer Plattform hatte jemand in die Runde gefragt, ob irgendwer schon von dieser Seite gehört hätte, über die er oder sie zufällig gestolpert war. Von einem Flyer war keine Rede. Die Nachfrage war allgemein verneint worden. Niemand hatte je von der Homepage gehört, was aber kein Grund zu sein schien, sich nicht in Spekulationen zu vertiefen. Das Ganze war nach kurzer Zeit im Sande verlaufen. Ähnliches hatte sich in anderen öffentlichen Foren wiederholt, aber die Beiträge konnte Frances an einer Hand abzählen. Dafür brauchte sie nicht einmal alle zur Verfügung stehenden Finger.

Alle übrigen Vorschläge der Internetsuche gaben zwar ein beeindruckendes Spektrum an Themen her, die man mit diesen drei Worten in Verbindung bringen konnte, jedoch keinerlei Antworten.

»Ich schicke dir einfach Bilder«, sagte Nora.

»Was?« Zum ersten Mal seit Beginn dieses Gesprächs hatte Frances den Faden verloren. Wann war ihr die Fähigkeit abhandengekommen, jemandem zuzuhören und gleichzeitig kleine Recherchen anzustellen? Vermutlich, seit diese Recherchen nichts mehr mit dem Gesagten zu tun hatten – anders als in den Meetings, als sie schon Zahlen und Lieferanten geprüft hatte, während ein Kollege noch über die Idee philosophierte, die er für innovativ hielt.

»Die Kürbisse. Die besten haben wir fotografiert, ich schicke dir einfach Bilder. Du wirst staunen, was Kinder alles können. Ehrlich. Manche Kürbisse sehen besser aus als die Versuche, die Rick und ich im Garten stehen haben. Deutlich besser, sogar.«

»Du bist Lehrerin und er Steuerberater, Nora. Nichts für ungut, aber jeder Zehnjährige hat mehr handwerkliches Geschick als ihr, wenn er ein bisschen Talent mitbringt.«

»Jetzt wirst du gemein«, gab Nora zurück und lachte dabei. Weil es die gute Art von »gemein« war. Die Dinge, die nur große Schwestern sagen dürfen, ohne dass sie wehtun. Und niemand sonst.

»Ihr habt einen Handwerker gerufen, um ein Regal an die Wand zu hängen.«

»Und es hält bombenfest.«

Glucksend setzte Frances das Glas an ihre Lippen und bemerkte erst jetzt, dass es bereits leer war.

»Keine Kunst«, stichelte sie weiter und erhob sich von ihrem Schreibtischstuhl, um in der Küche nachzuschenken. »Als ich das letzte Mal bei euch war, standen darauf ein paar Bilderrahmen. Das Regal leistet also nicht gerade Schwerstarbeit.«

»Du bist doof«, erwiderte Nora, und Frances bemerkte einmal mehr, dass es gleichermaßen irritierend wie niedlich

war, dass sie sich in albernen geschwisterlichen Raufereien gern demselben Argumentationsniveau bediente wie ihre Schützlinge. Einmal mehr fragte sie sich, ob Diskussionen mit Rick auch mit einem »Du bist doof« und »Ich mag dich nicht mehr« beglückt wurden. Was wiederum zu der Frage führte, ob diese beiden überhaupt Diskussionen führten, wie sie es von sich und Gary kannte. Laut. Oft unfair. Und aggressiv. Immer aggressiv. Ebenso wie die Versöhnungen. Frances konnte sich nicht vorstellen, dass Sex nach einem »Du bist doof« genauso gut war wie nach einem »Dann geh doch einfach! Du würdest hier nicht fehlen. Es wäre eine Erleichterung, hörst du? Eine richtige Wohltat!«.
Die eigentliche Ehe allerdings war vermutlich besser.

»Schick mir die Bilder«, meinte Frances, als sie wieder an ihrem Tisch Platz nahm. »Von den Kürbissen. Und von dem Regal. Ich will unbedingt wissen, wie es dem Regal geht.«

»Hervorragend. Willst du mit ihm sprechen?«

»Das Regal spricht? Meine Güte, Nora! Hast du einem der Kids etwa den Joint abgenommen?«

Das war der Schritt zu weit. Frances hörte es schon an dem Schnaufen, das ihr durch die Leitung antwortete und genauso klang wie das ihrer Mutter. Exakt genauso. Warum nur waren diese Momente so kurz, in denen sie und ihre Schwester auf einer Wellenlänge schwammen? Manchmal schien es ihr, als bewege Nora sich absichtlich wieder weiter weg. Oder als wäre andersrum sie diejenige, die Nora aus dieser Welle hinausstieß, um wieder allein mit sich zu sein. Oder aber es war die Strömung, die sie nur hin und wieder in die Nähe voneinander brachte. Und wer war sie schon, dass sie die Strömung beherrschte?

»Keiner meiner Schüler kifft, Frances.« Sogar der volle Name. Tatsächlich, ganz wie ihre Mutter. »Es sind Kinder!«

Kinder, denen sie eben noch unterstellt hatte, mit Sicherheitsmessern auf sich und andere losgehen zu wollen. Wenn man es so verstehen wollte. Frances schluckte das Bedürfnis herunter, den Engel, der ihre Schwester war, darauf hinzuweisen, und rettete sich auf die Insel, die Gott sei Dank immer zur Verfügung stand, und von genauso viel Reife zeugte wie Noras Streitkultur. »War nur ein Witz.«

»Man hat nur ein einziges Mal einen Joint bei einem Viertklässler gefunden«, klärte Nora sie auf und gab damit genug Anlass, um das Weinglas direkt zur Hälfte zu leeren. Frances kannte die Geschichte. Aus den Zeitungen, von Nora, aus dem Fernsehen, von Nora, von der Nachbarschaft und immer wieder von Nora. Dabei interessierte sie nicht, ob ein 16-jähriger großer Bruder ihrem Schüler einen Joint untergejubelt hatte oder ob der Kleine, den von seinem Bruder geklaut hatte. Es war ermüdend, wie viel Energie Menschen in die Richtigstellung von Sachverhalten stecken konnten, die so oder so nur auf die Aussage von zwei Minderjährigen zurückzuführen waren. Ein ewiges Zuschieben von Schuld, obwohl in Wahrheit vermutlich der Große dem Kleinen hinter irgendeinem Schuppen längst beibrachte, wie man sich eine Tüte schnell selbst rollte. Während alle Erwachsenen darum kämpften, das vorbildliche Bild ihrer Kleinstadt von dieser Beschmutzung zu befreien.

Nein, Frances wünschte sich definitiv nicht nach Camden zurück. Auch wenn dieser kleine Ort in ihrem Kopf noch immer als »Zuhause« abgespeichert war. Die Anonymität der Großstadt mochte hin und wieder eine öde Angelegenheit sein, aber wenn man nicht vergaß, sich an das Gegenteil zu erinnern, war sie ein befreiendes Aufatmen.

»Ich weiß«, antwortete Frances nur. Mehr blieb auch gar nicht übrig, wenn sie sich nicht tiefer in dieses Thema manövrieren wollte. Allein ein »Spielt doch keine Rolle« wäre fatal gewesen.

»Anscheinend hast du es vergessen. Es war ein riesiger Skandal. Ich verstehe einfach nicht, wie du darüber Witze machen kannst!«

Ja, Mom, schoss es ihr durch den Kopf. Sie rollte erneut mit den Augen und ihr Blick blieb an ihrem Finger hängen, der ungeduldig auf die Taste »M« ihres Laptops tippte, ohne sie hinunterzudrücken.

»Es hat uns Wochen gekostet, das richtig zu stellen. Wochen!«

Scheiß drauf, dachte Frances, während sie sich die Leiden ihrer kleinen Schwester einmal mehr anhörte. Binnen Sekunden verwandelte sich Nora wieder in das Klischee einer Kleinstadtlehrerin. Mittlerweile war das vielleicht längst ihr wahres Ich. Und die Sequenzen, in denen sie Frances nahe war, waren womöglich die, in denen sie eine Rolle spielte. Ihrer Schwester zuliebe. Nur hatte sie all die Schauspielerei in ihrer Umgebung allmählich satt. Genauso wie das Gefühl, es wäre ihre Schuld, dass sie so war, wie sie war, und andere eben nicht. *»Weißt du, ich kenne wirklich niemanden, der das so machen würde. Nur dich.«* Das waren Garys Worte gewesen. Oft und nie anerkennend. Immer mit einem unterschwelligen *»Was stimmt nicht mit dir? Warum bist du nicht normal?«*. Als sie ihren Beschluss der Scheidung verkündet hatte, hatte er die Worte sogar laut ausgesprochen.

Scheiß drauf.

Frances leerte ihr Glas, ließ die längst bekannten Schilderungen ihrer Schwester zu einem Hintergrundrauschen verklingen – *Die Strömung. Das ist das Rauschen der Strömung, die sie von mir wegzieht.* – und klickte auf das gelbe Symbol der Tür.

Herzlichen Glückwunsch!
Willkommen bei Partners-in-Crime. Du bist als Komplizin ausgewählt worden! Dein Team wartet auf dich, um gemeinsam mit dir die herausforderndste Mission eures Lebens zu begehen.
Können sie sich auf deinen Einsatz verlassen?

Dann findet euch am 28.09. um 17 Uhr an eurem geheimen Treffpunkt zusammen. Wo du den findest, siehst du auf der Karte. Euer Teamleiter nimmt euch in Empfang und wird euch die Instruktionen übergeben.
Danach seid ihr auf euch gestellt.
Viel Erfolg.

Die Bestätigung für Was-auch-immer-das-war hatte sie vier Tage nach ihrer Anmeldung erreicht. Vier Tage, nachdem sie ein regelrechtes Charakterprotokoll hatte ausfüllen müssen. Begonnen hatte das Formular mit den üblichen Kontaktdaten. Auf der nächsten Seite aber hatte sie schon ihre Hobbys eingeben müssen, ihre Größe und Statur, Herkunft, sozialer Hintergrund, Ausbildung und Job. Es folgte eine Art Multiple Choice Test.

»Sind Sie ein Charakter, der führt oder einer, der Anweisungen folgt?« Darunter eine Zahlenreihe von 1 bis 5, um sich einzuschätzen.

Tierlieb?
Kontaktfreudig?
Künstlerisch?
Naturliebhaber?
Stubenhocker?

Das ging eine ganze Weile so, bis es mit der Frage abschloss, wieso Frances sich überhaupt anmelden wollte. Bis zu diesem Punkt hatte sie sich das bereits selbst gefragt, sodass ihre Antwort sich auf ein »Ich will wissen, was das hier ist« beschränkt hatte. Ein Motivationsschreiben sah definitiv anders aus.

Und doch war der Eingangsbestätigung für die Bewerbung – sie hatten es wirklich eine Bewerbung genannt – nach vier Tagen diese Zusage gefolgt.

Das war nun sechs Tage her, in denen sie mehr als ein Mal mit dem Gedanken gespielt hatte, einfach nicht aufzukreuzen. Schlussendlich war sie am Vortag einfach zu der

Adresse gefahren, die in einem pdf-Anhang ausgewiesen war, und hatte sich in einem Industriegebiet wiedergefunden. Ein fünfstöckiger Betonklotz hatte sich hinter der Hausnummer 13C verborgen – unbeeindruckend, hässlich, aber auch ungefährlich. Die Tafel der ansässigen Firmen führte das Logo von »Partners in Crime« für den zweiten Stock auf – auf einer ordentlichen, seriösen Metallplakette und nicht mit einer handgeschriebenen Notiz.

Ein paarmal waren Menschen durch den Eingang in das Gebäude hinein oder wieder heraus gegangen, und schlussendlich hatte Frances beschlossen, dass sie einfach feige war, wenn sie damit haderte, sich auf ein kleines Abenteuer einzulassen. Überall in L. A. ploppten diverse Unternehmen auf, welche die Menschen näher zusammenbringen wollten. Ob nun romantisch, erotisch oder rein platonisch. Zum Teil sogar auf der Businessebene, dabei nahm Frances an, dass das die einzige Ebene in dieser Stadt war, die nach wie vor tadellos funktionierte.

Das hier war nur ein weiteres Konzept. Es war in Ordnung, es albern zu finden. *Die herausforderndste Mission eures Lebens* ... So ein Schwachsinn. Ihr Marketingstudium war herausfordernd gewesen, die Annäherungen ihres Professors und der Kampf um die Akzeptanz ihrer Schwiegereltern. Die letzten zwei Monate waren herausfordernd gewesen. Was also konnte sich in so einem hässlichen Gebäude bitte anderes verbergen, als maximal das leichte Lampenfieber, das sie immer überkam, wenn sie wusste, dass sie sich gleich von ihrer besten Seite würde zeigen müssen?

Scheiß drauf.

Entschlossen holte Frances tief Luft, atmete die kühle, abgasgeschwängerte Luft ein und trat durch die Tür. Das Treppenhaus vor ihr führte direkt nach oben und blieb auch der einzige Weg zu ihrem Ziel. Die Fahrstuhltür zu ihrer Linken war mit einem A4-Zettel versehen worden, der die Information bereithielt, dass der Aufzug gegenwärtig defekt sei. Ein

Techniker sei gerufen worden und die Hausverwaltung bedanke sich für das Verständnis.

Das Verständnis derjenigen, die öfter ein- und ausgingen als einmalige Besucher, hielt sich offenbar in Grenzen. Irgendein Spaßvogel hatte den Aushang handschriftlich mit einem knappen Tagebuch versehen:

Tag 1 – Atemnot in der 5. Etage.
Tag 4 – Feldlager zwischen 1. und 2. Etage aufgeschlagen, um die Treppensteiger zu rehabilitieren.
Tag 8 – Sauerstoffzelt in Etage 3 meldet wachsenden Zulauf.
Tag 12 – erste Treppensteiger melden erhöhten Fitnesslevel – IT-Unternehmen in der 5. Etage steht vor einem Umbruch
Tag 17 – Iron Man verlegt nach L. A., man munkelt, das Kellergeschoss werde mit einbezogen. Anmeldeformulare liegen beim Hausmeister aus

Blieb also die Treppe. Erwartungsgemäß fand Frances zwischen Etage 1 und 2 kein aufgeschlagenes Feldlager, nahm aber mit einem Schmunzeln auf den Lippen an, dass die Dauernutzer dieses Gebäudes ein solches längst nicht mehr nötig hatten.

Die Eingangstür zu »Partners in Crime« war ebenso unspektakulär wie das übrige Gebäude. Eine Tür aus Sicherheitsglas, die von innen mit einer milchigen Folie beklebt war, bedruckt mit dem Logo des Unternehmens. Oben links am Rahmen löste sich bereits eine kleine Ecke ab.

Die Tür selbst war verschlossen, aber zu Frances' Erleichterung musste sie nur den QR-Code auf ihrer Einladung vor den kleinen Sensor halten, um den summenden Ton heraufzubeschwören, auf den hin sich die Tür einfach aufdrücken ließ. Überraschender war, dass der Raum dahinter so gut wie leer war.

Schwarzer Boden und schwarze Wände gehörten definitiv nicht zu dem, was ein Innenausstatter empfehlen würde. An der Wand zeichneten gelbe Leuchtröhren das Logo des Unternehmens – die Tür. Gegenüber entdeckte Frances einen quadratischen Schrank mit Schließfächern – gelb – und Sitzsäcke – ebenfalls gelb. Aus einem von ihnen erhob sich ein großer, breitschultriger Mann, als sie den Raum betrat. Er vollbrachte dieses Kunststück mit der Anmut eines Hundewelpen, der sich einfach nicht an seine zu groß geratenen Pfoten gewöhnen konnte – allerdings auch mit demselben Sympathiebonus. Dieser steigerte sich sogar noch, als er sie regelrecht schüchtern anlächelte. »Gehörst du zum Unternehmen oder zum Team?«

Zum Team, echote Frances in ihrem Kopf. Wie süß, der Kerl nahm die Sache also ernster als sie. Mit einem stummen Seufzen schob sie den Zynismus beiseite, der sich schon wieder bereitmachte, sich zu ihr zu gesellen und nicht mehr von ihrer Seite zu weichen. Dabei wollte sie der Sache doch eine Chance geben. Nur deshalb war sie hier, nicht wahr? Und ihr Gegenüber gab dieser Aktion definitiv eine riesige Chance. Denn wenn sie ehrlich war, hätte sie selbst hier nicht gewartet, wäre sie die Erste gewesen, die sich in einem leeren, fragwürdig eingerichteten Raum wiedergefunden hätte.

»Team«, sagte sie also und beschloss, einfach die Vorteile dieser Situation hier zu nutzen. Und wenn die allein darin lagen, zusammen mit einem durchaus attraktiven, wenn auch etwas jüngeren Mann in einem Raum auf die Mission ihres Lebens zu warten, dann war ihr das nur recht. »Frances.«

Das Lächeln des Hünen wurde noch etwas breiter und unter dem ausgeprägten Bartschatten zeichneten sich sympathische Grübchen ab, als er verlegen mit einer Hand durch sein kurzes blondes Haar strich und mit der anderen einschlug. »Jaden«, stellte er sich vor. »Jaden Cline.«

»Hallo, Jaden Cline.« Sie lächelte, drückte seine Hand kurz und ließ sie dann los. »Bist du schon einem Ansprechpartner begegnet?«

Er zuckte die Schultern und sah sich um, als wäre er bisher nicht einmal auf den Gedanken gekommen, dass hier andere Personen sein müssten als er selbst und Frances. »Hat sich noch keiner blicken lassen – abgesehen von dir.«

»Hm«, machte sie. Einen Moment lang spielte sie noch einmal mit dem Gedanken, einfach wieder zu verschwinden und die Sache für sich abzublasen, allerdings wusste sie noch immer nicht ... »Hast du eine Ahnung, was das hier genau sein soll?«

Jaden schüttelte den Kopf. »Keinen Schimmer. War neugierig und dachte, ich probier' es mal aus. Und heute ist mein freier Tag, also ...« Wieder zuckte er mit den Schultern. »Und wieso bist du hier?«

Ein freier Tag? Das war sein Grund?

»Neugier.« Kurze, klare Antworten. Das war etwas, was sie sich für ihren Vorstandsposten hatte aneignen müssen. Früher hatte es ihr ähnlichgesehen, sich zu viel zu erklären, zu viel zu entschuldigen, zu viel Angriffsfläche für Infragestellungen zu geben. Sechs Jahre in ihrem Posten hatten ihr diese Eigenart ausgetrieben. So sehr, dass sie nun sogar außerhalb eines Konferenzzimmers an den verknappten Kommunikationsstrukturen ihrer alten Position festhielt. Dabei hatte sie genau das doch zurücklassen wollen: Konferenzen, rein pragmatische Entscheidungen und unmenschliche Professionalität. »Ich wollte einfach wissen, was dahintersteckt. Ich hatte diesen Flyer gesehen, und er hat nichts verraten, die Homepage auch nicht und ...«

Ein Summen unterbrach ihre Erklärungen, und sie war nicht böse darüber. Kaum zwei Sätze und schon hatte ihr Geplauder ihr das Gefühl von Inkompetenz beschert. Wie ein alter Freund, von dem man doch eigentlich froh war, dass man ihn so lange nicht gesehen hatte. Weil er nicht mehr zu einem passte. Und weil Gary ihn nicht gemocht hatte.

Die folierte Glastür schwang mit dem Summen auf und ließ eine weitere Person in den Raum herein. Große braune Rehaugen auf einem gebräunten, runden Gesicht starrten fast erschrocken zu Frances und Jaden, ehe sie den Raum musterten wie eine Falle. Oder wenigstens wie irgendetwas Furcht einflößendes, das man nicht freiwillig betrat.

Frances schätzte die junge Frau, die sich da so schüchtern durch den Türspalt gedrückt hatte, auf vielleicht zwanzig Jahre. Unschuldige und zarte zwanzig Jahre. Man musste dem Küken also wohl nachsehen, dass es angesichts einer Mittdreißigerin und eines Riesen in einem schwarz-gelben Raum nur ein scheues Lächeln zustande brachte.

Gott sei Dank tat Jaden ihnen allen den Gefallen und trat mit seinem Hundewelpencharme auf das Küken zu. Sein Gesicht zeigte das perfekte Du-kannst-mir-vertrauen-Lächeln, als er der jungen Frau seine Hand entgegenstreckte. »Du gehörst vermutlich auch mit zum Team«, begrüßte er sie. »Ich bin Jaden und das ist Frances. Wir sind auch gerade erst angekommen.«

»Alayna«, stellte die Kleine sich vor – mit einer Stimme, die etwas tiefer und rauchiger klang, als Frances ihrer zierlichen Gestalt zugetraut hätte.

»Freut mich.« Sie machte es Jaden nach und nahm die Hand der jungen Frau, drückte sie kurz und ließ sie wieder los. »Du bist also auch eine Neugierige?«

Sie nickte. »Ich bin neu in L. A. Mein Studium beginnt jetzt und dann werde ich keine Zeit mehr haben, um irgendwen kennenzulernen. Außer Kommilitonen. Was sicher auch funktioniert, weil man dieselben Interessen teilt und dieselben Probleme, aber so richtig abschalten wird man ja nie können, wenn man immer nur mit anderen Studenten zusammen ist. Man kommt immer auf das Thema Uni und Prüfungen und Abschlussarbeiten und ist in einer ständigen unterschwelligen Konkurrenz. Das kann nicht gesund sein. Also dachte ich, ich werde einfach normale Menschen suchen. Aber wo lernt man die kennen? Ich bin niemand, der auf Partys geht. Das ist alles zu laut und zu hektisch.« Alayna atmete einmal tief durch und tat Frances damit den Gefallen, sich wieder daran zu erinnern, weshalb sie sich damals die Prägnanz angewöhnt hatte: völlig verunsicherte Außenwirkung und, wenn man nicht aufpasste, auch noch Atemnot. Manchmal war ein Satz einfach zu lang für die Kapazität einer untrainierten Lunge.

»Verstehe«, antwortete Jaden mit einem Maß an Empathie, das er Frances eindeutig voraushatte. »Ich bin auch neu hier. Was ist mit dir?«

Die Frage galt ihr, und Frances räusperte sich. »Auch neu. Vor ein paar Wochen bin ich hergezogen und muss mal etwas anderes tun als arbeiten. Wenn wir ehrlich sind, wird sich wohl kaum jemand auf so eine Überraschungskiste einlassen, wenn er eine Schar an Bekannten hat, mit denen er genauso gut eine Bar unsicher machen kann. Oder?«

»Ich trinke nicht«, räumte das Küken ein. »Dabei bin ich schon 21.«

Nicken und Lächeln, ermahnte Frances sich. Keine Ahnung, wie groß die Gruppe sein würde, aber sie konnte unmöglich nur aus drei Leuten bestehen. Wenn diese Alayna schon den nervigen Unschuldspart übernahm, konnte der Rest nur besser werden. *Und falls nicht, bewunderst du eine Weile den Bizeps von diesem großen Kerl und gehst wieder nach Hause. Lektion gelernt.*

»Ich halte mich in meiner Freizeit auch eher von Bars und Clubs fern«, gestand Jaden und vollbrachte es damit nun doch, Frances ein wenig zu überraschen.

»Wieso?«, fragte Alayna. Offenbar konnte sie sich das ebenso wenig vorstellen wie Frances.

Er grinste schief und deutete auf sich. »Türsteher.« Das Grinsen wurde etwas breiter, ehe es sich mit einem Schulterzucken verlor. »Ich brauche das nicht noch in meiner Freizeit.«

Das war eine Begründung, mit der Frances leben konnte. »Und du schmeißt wirklich Leute aus Clubs? Oder lässt sie gar nicht erst rein?«, fragte sie.

Vermutlich sah Jaden ihren eher skeptischen Blick, der keineswegs auf seiner Statur ruhte, sondern auf seinem Gesicht. Er wirkte wie ein Mensch, dem man blind seine Kinder anvertraute, um einen Kaffee trinken zu gehen, nicht wie jemand, der aufmüpfige Idioten in die Schranken wies.

»Ich habe zum Glück selten das Problem, dass sich jemand wirklich mit mir anlegen will.« Und wieder wirkte er schüchtern, als er das sagte. Als würde er sich für seine Körpergröße schämen. »Und falls doch, ist es zweifelsohne so ein großes Arschloch, dass ich meine Freundlichkeit vergessen kann. Das lernt man ziemlich schnell.«

Alayna kicherte. Natürlich kicherte sie. Vermutlich hätte grölendes Gelächter ihre Charakterphysiognomie gesprengt.

»Ist das nicht gefährlich?«, hakte sie nach, als sie wieder normal atmete.

»Eigentlich nicht. Ich bin nie allein und ...«

Summen.

Das Klicken eines Türschlosses.

Schritte.

Und dann ein gehetztes »Scheiße, bin ich schon zu spät?« Der Kerl, hinter dem die Tür sich leise wieder schloss, trug eine Jeans und ein Hemd. Seine Haare waren mit Gel eher ungeschickt in Form gebracht und ihm folgte eine Aftershave-Wolke, die angenehm bis interessant gewesen wäre, hätte er sie vernünftig dosiert.

»Team«, äußerte Frances ihre Vermutung an Jaden gewandt und verlor allmählich die Hoffnung auf eine Begegnung, die sie über diese merkwürdige Veranstaltung hinaus weiterführen wollte.

Erst mit dem nächsten Mitglied, das sich nach dem penetrant duftenden Mann namens Makenzie-aber-man-nennt-mich-Max einfand, glaubte Frances, ihrer Rettung gegenüberzustehen.

Das machte sie nicht an seinem markanten Kinn, dem Dreitagebart oder dem weißen Shirt fest, unter dem sich ein mit mühsamer Arbeit definierter Oberkörper vermuten ließ. Nein, bezeichnend waren die Augen: stahlgrau und mit einem Höchstmaß ungezügelter Skepsis versehen, als er sich die versammelte Truppe anschaute.

»Ihr seid also die anderen«, meinte er nur unbeeindruckt und hob seine Hand. Es war deutlich, dass er sich nicht die Mühe machen wollte, jeden einzeln zu begrüßen. »Brian Jenkins.«

Es war der Kerl, der vor ihm eingetroffen war, der sich Brian trotz der kalten Ausstrahlung näherte und ihm seine Hand reichte. »Makenzie«, stellte er sich mit unerschütterlicher Euphorie vor. »Aber meine Freunde nennen mich Max. Oder man müsste wohl richtigerweise sagen, dass meine Frau mich Max nennt. Sie und ihre Freunde. Ich bin ihretwegen hierhergezogen und in ihren Bekanntenkreis gerutscht. Aber weil es in jedem Ratgeber heißt, man müsse auch ein paar eigene Wurzeln schlagen, bin ich hier.«

Brian musterte den Kerl in dem Hemd, von dem Frances fest annahm, dass es im Laufe der Zeit noch deutliche Schweißflecken zeigen würde. »Makenzie, also.«

»Max«, korrigierte sein Gegenüber.

»Mh.« Es war offensichtlich, dass der Neue sich mit solchen Dingen wie Höflichkeit keine unnötige Mühe geben wollte. »Deine Eltern werden sich schon etwas dabei gedacht haben, als sie dir diesen Namen gegeben haben, Makenzie.«

Und da war er, der Schweiß – zuerst nur auf seiner Stirn, falls Frances das Glitzern auf der höher werdenden Gesichtspartie nicht falsch interpretierte.

»Ganz, wie du magst.« Er stotterte nun fast und tat Frances dabei sogar ein kleines bisschen leid.

»Frances«, stellte sie sich selbst vor, ließ ihre Hände jedoch vorsorglich in den Hosentaschen. Alberne Gesten waren bei diesem Brian weder erwünscht noch nötig. »Und das sind Jaden und Alayna.«

Natürlich machte das Küken den Fehler und trat mit einem zurückhaltenden Lächeln auf Brian zu. Offenbar hatte sie noch nicht ganz raus, wann ihre Schüchternheit angemessen war und wann nicht.

Die Blamage einer in der Luft schwebenden Hand, die nicht ergriffen wurde, ersparte ihr ein lautes Donnern.

Frances glaubte zuerst, sich verhört zu haben, doch das Geräusch wiederholte sich und mit ihm flackerten auf einmal auch die Lichter, die das Symbol an der Wand definierten. Es machte den Anschein, als wollten diese Leuchtröhren Blitze imitieren, während weiterhin ein lautes, allerdings erkennbar falsches Donnergrollen durch den Raum dröhnte.

Alayna sah sich mit großen Rehaugen um, und Frances konnte wirklich nicht ausmachen, ob es Neugier war, die ihre Augen so aufriss oder doch tatsächlich ein Hauch von Furcht. Die anderen beiden Männer taten es ihr gleich – nur verfügten die nicht über so hübsche Bambi-Augen. Lediglich Brian tat Frances den Gefallen und erwiderte ihre hochgezogenen Augenbrauen mit einem amüsierten Schmunzeln.

»Sieht aus, als wäre unser Ende gekommen«, meinte er trocken, als sich nun, wie durch Geisterhand der Schrank mit den Schließfächern zur Seite schob. Sobald er den Kontakt zur Wand verlor, floss weißes Licht in den Raum hinein und breitete sich immer mehr aus, je weiter sich der Schrank zur Seite schob.

»Ein Trommelwirbel wäre vielleicht angemessener, als dieses Getöse«, raunte Frances Brian zu, der kurz amüsiert schnaubte und ihr zunickte. Dann gewann ein Schatten seine Aufmerksamkeit, der sich in bester theatralischer Manier über das weiße Licht schob und schließlich eine Silhouette zeichnete, die kleiner wurde, bis sie zu der Größe ihres Verursachers geschrumpft war.

Frances fragte sich kurz, ob dieser Schrank absichtlich exakt so groß war wie diese Person, oder ob es sich hier um einen blanken Zufall handelte.

»Was meinst du?«, raunte Jaden ihr zu. »Auch Team?«

»Ich hoffe nicht«, gab sie wahrheitsgemäß zurück.

Was auch immer diese Gestalt darstellen sollte, die in ihrem schwarzen Gewand nicht einmal sicher als kräftige Frau oder schmaler Mann zu erkennen war, wirkte nicht, als würde sie sich allzu gut in ein Team einfinden. Die gelbe Maske, die sich über ihr Gesicht legte und deren Lippen sich leicht mitbewegten, als sie sprach, mochten einen gewissen Anteil an dieser Einschätzung haben.

»Willkommen«, verkündete sie bedeutungsschwanger, woraufhin Frances hinter sich ein leises Glucksen vernahm.

»Wir sind heute hier zusammen gekommen ...« Das war eindeutig Brians Stimme, die ihr diese Worte zuraunte. Er hatte sie also ebenso schnell als Verbündete erkannt wie sie ihn. Dabei hatte sie sich nicht einmal sonderlich große Mühe gegeben, desinteressiert oder arrogant zu wirken. Vielleicht aber stellte sie für ihn auch nur das kleinste Übel dar.

Über seinen leisen Kommentar verpasste Frances die ersten einleitenden Worte dieser ... Person. Nicht einmal die Stimme gab einen eindeutigen Hinweis auf das Geschlecht. »... das beste Team zusammengesucht, das für diese besondere Mission zu finden war. Ihr kennt euch nicht, aber das wird sich bald ändern. Und gemeinsam werdet ihr Großes erleben. Erfolge und Ängste. Nicht beides zu gleichen Teilen, sondern genauso wie das Leben da draußen es ...«

Summen.

Krachen einer Tür.

Hektische Schritte.

»Verfickte Scheiße noch mal, nie bin ich ... Ach, Fuck, ihr habt schon angefangen? Was hab ich verpasst?«

»Du bist unpünktlich«, stellte die maskierte Gestalt fest, als wäre das kein offensichtlicher und unwichtiger Umstand. »Wir können nur Menschen in unserem Team gebrauchen, auf die wir uns verlassen können.«

»Sie bleibt«, mischte Frances sich kurzerhand ein und schenkte der schwarzhaarigen, blassen Frau, die etwas überrumpelt blinzelte, ein aufmunterndes Lächeln. Auf keinen Fall würde sie zulassen, dass Brian der einzige Vernünftige in dieser Truppe blieb. Die Gefahr, dass sie sich irrte, war einfach zu groß. »Ich mag sie und wir können uns auf sie verlassen.« Sie deutete zu Schneewittchen. »Wer sich den Mund schmutzig machen kann, ist vertrauenswürdig.«

Brian lachte dreckig, ehe er mit sehr plötzlicher Souveränität verkündete, dass er dieser Kausalität seine uneingeschränkte Zustimmung gab.

»Daisy Evans«, stellte sie sich vor. »Ich bin eingeladen worden, das ist also mein Team, und mein Team sollte wissen, dass ich absolut nicht in der Lage dazu bin, irgendwo pünktlich zu erscheinen. Es wird besser mit mir arbeiten können, wenn es das von vornherein weiß.« Sie grinste, als hätte sie gerade ein unüberwindbares Argument hervorgebracht.

Die Augen hinter der Maske taxierten sie zwei oder drei Sekunden lang. Frances war erstaunt, wie lang ein paar Sekunden sein konnten, wenn niemand sprach oder etwas tat. Dann deutete er – Frances beschloss, dass es ein zierlicher Er war, wie sie reihenweise durch L. A. liefen – zu dem Schrank, der sich eben von dem Durchgang in der Wand zurückgezogen hatte.

»Es ist wichtig, dass ihr nun alles hier zurücklasst, was nicht so untrennbar an euch hängt wie Unpünktlichkeit oder andere schlechte Angewohnheiten.«

Daisy gluckste. »Das heißt dann also, ich kann bleiben?«

»Wir haben keine Zeit zu verlieren«, war die Antwort, und Frances fühlte sich an die Art erinnert, mit der Gary Auseinandersetzungen beizulegen pflegte, wenn er im Unrecht war. Es gab kein Eingeständnis, nie. Den Sieg musste man sich in dem Themenumschwung suchen, den er ansteuerte. Das war eine Technik – wenn man es denn so nennen wollte –, die offenbar auch Daisy wohl vertraut war. Spätestens diese Erkenntnis machte sie in Frances' Einschätzung zu der zweiten Person, die es sich vielleicht wirklich lohnte, kennenzulernen. Jedenfalls, wenn sie ignorierte, dass Daisy gut zehn Jahre jünger war als sie selbst und hervorragend in das Beuteschema ihres zukünftigen Ex-Mannes passte.

Alle Teilnehmer legten Jacken, Taschen, Handys ab. Makenzie, der nach wie vor darauf bestand, lieber Max genannt zu werden, hatte sogar einen Schirm dabei. Als jeder sich den Schlüssel mit dem dazugehörigen Band am Handgelenk befestigt hatte, wurde das weiße Licht rot, und der Kerl hinter der Maske deutete ohne Worte, aber mit einer ausladenden Bewegung an, ihm zu folgen.

Er führte sie bis zu einem Punkt, den Frances auf etwa die Hälfte des Betontunnels schätzte und blieb dort stehen.

»Ich brauche zwei Freiwillige«, verkündete er und hatte dabei wieder die Stimmlage angeschlagen, als wäre er Gott oder ein beliebiger Busch auf einem Berg, der seine Botschaft einem Menschen verkündete.

»Freiwillige wofür?«, hakte Brian nach – eher belustigt als provokant.

»Die zwei Furchtlosesten unter euch.«

»Ah«, raunte er, grinste Frances zu und stieß ihr vorsichtig mit seinem Ellenbogen gegen den Arm. »Das sind dann wohl wir zwei. Was müssen wir tun?«

»Folgt mir.« Wieder lag diese Schwere in der Stimme, die eigentlich gar nicht den nötigen Bass für so viel Gewicht hatte. »Die Anderen warten hier.« Mit der zweiten Aufforderung erklang ein Donnern.

Nicht das Donnern aus Lautsprechern, das man irgendeinem Gewitter entzogen und aufgenommen hatte. Sondern das donnernde Krachen eines Ausgangs, der sich verschloss, als der Schrank zurück an seinen Platz glitt und sich wieder mit der Wand vereinte.

Frances hob ihre Augenbrauen, um mit dieser kleinen mimischen Geste den leichten Anflug von Aufregung zurückzudrängen. Die zarten Falten, die ein Schmunzeln um Brians Mundwinkel zeichnete, halfen außerdem.

Der Maskierte nickte langsam und bedächtig, als befände sich hinter dieser gelben Maske ein schier unergründliches Maß an Weisheit. Dann lief er ohne ein weiteres Wort voraus.

»Ladys First«, flüsterte Brian ihr zu.

»Na, besten Dank auch, Feigling«, gab sie leise zurück und verabschiedete sich vom Rest der Gruppe mit einem Lächeln und einem Schulterzucken. Das schien ihr einigermaßen angemessen für vier Menschen, die sie noch nie gesehen hatte, und die ihr nur teilweise sympathisch waren.

Gemeinsam mit Brian, der einen Schritt hinter ihr lief, folgte sie dem Kerl in dem schwarzen Gewand den Gang entlang, um eine Kurve und bis zu einer Tür.

Es war merkwürdig, dass der Ausblick auf einen Ausgang aus diesem rot beleuchteten Gang das schwarze Gewand und die eigentlich gelbe, nun orange schimmernde Maske, wieder etwas alberner wirken ließen. Merkwürdig und gleichermaßen beruhigend.

»Ich muss euch blenden.«

Was bedrohlich klang, entpuppte sich zu Frances' Erleichterung als zwei schwarze Augenbinden, die sie und Brian sich selbst anlegen sollten. Der Maskenmann schien also nicht zu wissen, was man unter dem Begriff der Blendung eigentlich verstand, aber sie würde den Teufel tun, ihn darüber aufzuklären. Stattdessen band sie sich den schwarzen Stoff um die Augen – erstaunt, dass er tatsächlich vollkommen blickdicht war.

»Bist du noch da?«, hörte sie Brian fragen. Das Grinsen in seiner Stimme ließ sie glucksen, und das war ihm wohl Antwort genug.

»Ihr zwei werdet nun verloren gehen«, erklärte die Stimme, der es trotz der ominösen Blendung nicht so recht gelingen wollte, bedrohlich zu klingen. »Es ist an eurem Team, euch zu finden und euch zu befreien. Vertraut ihr ihren Fähigkeiten?«

»Sicher«, hörte sie Brian schlicht antworten. Offenbar wollte er die Sache allmählich voranschreiten lassen oder einfach nur herausfinden, worauf diese ganze Show nun hinauslief.

Dann hörte sie das sechsfache Piepen, das mit dem Klicken von Tasten einherging, die gedrückt wurden. Es folgte ein Summen, wie sie es mehrfach in dem Eingangszimmer gehört hatte. Daher war es keine Überraschung, als ein Schloss sich entriegelte und sie kurz darauf behutsam weitergeführt wurde. »Der Mann bleibt stehen«, ordnete der Maskierte an und führte Frances weiter durch die Schwärze, in der sie sich lieber nur mit kleinen Schritten vorwärtsbewegte.

Sie konnte unmöglich abschätzen, wie weit sie geführt wurde. Doch die Strecke dauerte eine gefühlte Ewigkeit. Lang genug, um über diese Situation nachzudenken. Sie lief vollkommen blind und geführt von einem maskierten Mann in einer Kutte durch ... Sie hatte keine Ahnung, ob das ein zweiter Gang war oder ein Raum oder eine Straße. Das letzte schloss sie aus, da es sich kühler anfühlte als draußen, und sie auf das Vorhandensein einer Klimaanlage tippte.

Das hier war ein Spiel, und es kam ihr nun, da sie hier war, gelinde gesagt über alle Maßen albern vor. Niemand wirkte bedrohlich, nur weil man ihm einen Klischeeumhang überwarf und eine Maske aufsetzte, die aussah, als wäre sie aus gelb gefärbter, wächserner Haut. Sie hatte Filme gesehen, die unheimlicher waren. Allerdings waren diese Filme eben Filme gewesen. Szenen, die sie von ihrem Sofa aus beobachtet hatte. Während sie jetzt gar nichts beobachten konnte, sondern irgendwo in L. A. steckte, sich vertrauensselig von einem Fremden durch die Finsternis geleiten ließ und die einzige Person, der sie tatsächlich so etwas wie Vertrauen schenkte, zurückgelassen worden war. Obendrein kannte sie besagte Person erst seit ein paar Minuten, und wenn sie der Sache mal ganz nüchtern in die Augen sah, musste sie sich eingestehen, dass diesem Brian Jenkins diese Ehre wohl nur zuteil wurde, weil er ihr in einer Gruppe aus fremden Menschen am ähnlichsten war. Wobei sie das auch nur annahm. Was wusste sie schon?

Der Weg war lang genug, um diese Gedanken gegeneinander abzuwägen, aber zu kurz, um eine Wahl zu treffen, von der sie gar nicht wusste, ob sie die überhaupt noch hatte. Konnte sie an diesem Punkt einfach sagen, dass sie keine Lust mehr hatte und die Sache abbrechen? Wollte sie das? Oder schrie hier nur das träge Gewohnheitstier in ihr, das sie so lange in einer Ehe und einem Job festgehalten hatte, aus denen sie froh war, endlich ausgebrochen zu sein? Egal, wie viele Rechnungen sich jetzt auf ihrem Schreibtisch stapelten.

»Zieh deinen Kopf ein«, forderte der Unbekannte sie auf, und sie tat, wie ihr geheißen. Fragwürdige Autorität hin oder her – ihr war nicht damit geholfen, sich den Kopf an was-auch-immer anzuschlagen. Sie trat geduckt noch zwei Schritte nach vorn, dann hielt die Hand an ihrer Schulter sie vor einem weiteren Schritt zurück, drehte sie um 180 Grad um ihre Achse und schob sie mit erstaunlicher Behutsamkeit einen halben Schritt rückwärts, bis ihr Rücken an einer Wand lehnte. Stein, wenn ihre Wahrnehmung ihr keinen Streich spielte. Die Oberfläche an ihrem Rücken fühlte sich ganz und gar nicht an wie eine Tapete auf einer Wand aus bröseligem Beton.

»Lass die Augenbinde auf«, war die letzte klare Anweisung, ehe Frances das Quietschen von Scharnieren hörte und dann das metallene Klacken eines Schlosses, das sich verriegelte.

Die Stille, die daraufhin folgte, setzte dazu an, wirklich beängstigend zu werden, wurde aber von Schritten durchbrochen, ehe ihr das gelang.

»Hey, Fran, bist du hier?«

Brian.

»Wo auch immer ›hier‹ ist ...«, antwortete sie und wartete schon darauf, zum Schweigen aufgefordert zu werden. Aber nichts dergleichen geschah. Sie vernahm lediglich, wie Brian ebenfalls dazu angehalten wurde, seinen Kopf einzuziehen, dann Scharniere, ein Schloss und die Anmerkung, die Augenbinde noch nicht abzunehmen.

All das passierte links von ihr und ganz in ihrer Nähe. Vielleicht einen Meter entfernt oder zwei. Sie konnte Entfernungen schon schlecht schätzen, wenn sie in der Lage war, sie zu sehen. Es hätte sie also nicht gewundert, wenn sie mit ihrem Eindruck vollkommen danebenlag.

»Irgendeine Ahnung, wo wir hier sind?« Brian klang noch immer, als würde er sich hervorragend über alles amüsieren.

Frances setzte zu einer Antwort an, als der Kuttenmann ihr zuvorkam.

»In Gefahr«, klärte er auf. »Ihr wurdet sediert und verschleppt. Die Mission eures Teams ist es, euch aufzuspüren, um gemeinsam mit euch den Ausweg zu finden. Falls es einen gibt.«

Sie hörte ein beeindrucktes Raunen, das nicht ihr eigenes war, dann Schritte und schließlich eine deutlich schwerere Tür, die sich verschloss.

Dann war da nichts mehr außer Brians Atemzüge und das Rascheln von Stoff, als er sich offenbar bewegte. »Oh bitte, das ist es?«, fragte er. »Ein Escape Room? Wollt ihr mich verarschen? So viel Aufwand für etwas, das es öfter gibt als Supermärkte?« Sie hörte ein dumpfes Geräusch, das sie nicht zuordnen konnte und dann wieder Brian. »Nimm schon diese alberne Augenbinde ab. Du bist nicht an einem Bettgestell festgebunden, also brauchst du das Ding auch nicht mehr.«

Tatsächlich kam sie sich etwas albern vor, als sie das schwarze Tuch von ihrem Gesicht zog. Jetzt erst. Wann würde sie endlich gelernt haben, keine Regeln mehr zu befolgen, nur weil irgendwer sie aufgestellt hatte?

Das Erste, was sie sah, waren Gitter. Rostige, metallene Gitter, die sich in einem Abstand von nicht einmal einem halben Meter um sie herum zogen. Ihr Blick folgte den Stäben nach oben, wo sie ein Stück höher über ihrem Kopf in die Mauer eindrangen. Die tatsächlich aus Stein war, wie sie feststellte.

Brian stand etwa einen Meter von ihr entfernt in einem Käfig wie ihrem und hatte die Arme vor der Brust verschränkt. Er wirkte richtig bockig, wie er dastand und aus seiner kleinen Zelle in den Raum starrte, der nach wie vor dunkel war. Nur schemenhaft zeichneten sich Schatten ab. Lediglich die kleine Lichtquelle auf dem Boden zwischen ihnen ließ die Lage erkennen, in der sie steckten. Nicht aber das Drumherum.

Frances kamen ihre Gedanken wieder in den Sinn. *Ich bin irgendwo in L. A. Ich kenne diese Leute nicht. Und hervorragend, jetzt stecke ich in einem Käfig. Was zur Hölle tue ich hier?*

Brian schien Ähnliches zu beschäftigen, nur dass er eher enttäuscht war als ... Irritiert. Frances entschied sich, dass sie lediglich irritiert war über so viel unlogisches Verhalten ihrerseits.

»Jeder Idiot erzählt davon, wie geil es ist, in einem Raum eingesperrt zu sein und Rätsel zu lösen, um dort wieder herauszukommen«, schimpfte ihr Leidensgenosse. »Überall ploppen diese Räume auf. Und Menschen bezahlen ein Vermögen dafür, um eine Stunde lang in einem Raum festzustecken. Das ergibt überhaupt keinen Sinn, und ich habe mir geschworen, diesen Affenzirkus nicht mitzumachen. Und wo bin ich gelandet?« Er machte sich nicht einmal die Mühe, seine verschränkten Arme zu lösen, sondern deutete nur mit einer Kopfbewegung auf scheinbar alles, was ihn umgab. »Vermutlich werden die anderen nicht mal den Weg bis hierher finden, also sitzen wir zwei jetzt eine Stunde hier drin, bis der Pseudopriester uns wieder rausholt und uns mitteilt, dass unser Team versagt hat.«

»Wieso in einer Stunde?«

Brian deutete nach rechts, wo ein paar Meter entfernt an der Wand gelbe Zahlen leuchteten: 60:00.

»Soweit ich weiß, ist es immer eine Stunde. Also nehme ich mal schwer an, dass die Anzeige da für sechzig Minuten steht. Vermutlich startet der Countdown, sobald die vier ihre Aufgabe erklärt bekommen haben.«

»Du warst also noch nie in so was drin, ja?« Ihrer Meinung nach kannte er sich ein bisschen zu gut aus, um noch nie mit so einem Escape Room in Berührung gekommen zu sein.

Sie sah, dass Brian zu einer Antwort ausholte, dann aber innehielt und sie stattdessen breit angrinste. »Du glaubst mir nicht.«

Diesmal war sie es, die mit den Schultern zuckte. »Ich wüsste nicht, wieso das eine Lüge wert wäre. Aber mir ist die Uhr da nicht aufgefallen.« Noch immer stand da eine glatte »60:00« an der Wand, als sie zu den Ziffern deutete.

Brian nickte. »Was machst du beruflich?«

»Was?«

»Dein Job.«

Frances zögerte kurz. Sie wusste, worin ihr Job gerade bestand, aber er war nicht das, womit sie die letzten Jahre ihr

Geld verdient hatte. Was wollte er also hören? Welche der beiden Antworten war die relevante? »Ich bin bei einem Modelabel von der Leitung der Marketingabteilung in den Vorstand gerutscht. Dummerweise war ich mit dem Sohn des Gründers verheiratet und der hat eine Schwäche für zwanzigjährige Blondinen.« Sie deutete vage auf sich. Schlank und sicher für den einen oder anderen Mann auch attraktiv. Ganz deutlich aber keine zwanzig mehr und auch nicht blond. Außer zu der Zeit, als sie Gary kennengelernt hatte. Eine Phase, die ihm besser gefallen haben musste als die Realität dahinter. »Und jetzt bin ich hier und habe einen Laden für artgerechte Tiernahrung. Hunde und Katzen, falls du einen Vierbeiner zu Hause hast.«

Brian grinste noch immer und Frances suchte den Spott darin. Der Wandel von einem Vorstandsmitglied im feinen Kostüm und mit perfekt manikürten Fingern hin zu einer Ladenbesitzerin mit Jeans und Rechnungen war vermutlich nicht das, was man gemeinhin als Erfolg verbuchte. Aber das war nicht, worauf sein Grinsen hinauswollte. »Dann kennst du Schnösel also«, schloss er absolut folgerichtig. Nur war Frances nicht sofort klar, wo hier der Zusammenhang zu dem Escape Room zu finden war. Immerhin tat er ihr den Gefallen, sie ins Bild zu setzen. »Ich hab mir zu Beginn meines Studiums Geld als Model verdient, um über die Runden zu kommen. Kleidung, Haare, irgendwann sogar Make-up, als man dahintergekommen ist, dass es viel mehr Aufsehen erregt, wenn ein Mann es trägt.« Er lehnte sich gegen die Steinwand hinter sich. »Dann habe ich gemerkt, dass es mehr Geld bringt, sich dafür bezahlen zu lassen, Bonzen zu begleiten. Meistens zu Galas oder ins Kasino. Männer, Frauen ... egal. Vor fünf Jahren waren diese Räume noch wahnsinnig neu. Ein Geheimtipp und auf jeder verdammten Veranstaltung hat man sich das Geprahle angehört. Du kannst dir vorstellen, dass das Thema sofort uninteressant wurde, sobald auch die Normalsterblichen hinter diese vergnügliche Freizeitbeschäftigung gekommen sind. Ab dem Moment waren Escape Rooms out. Und ich hatte längst so viel darüber gehört, dass ... Ach, sieh an.«

Brian deutete an Frances vorbei. Die Uhr war umgesprungen und hatte begonnen, den Countdown zu zählen.

59:58

59:57

59:56

Dann riss sie ihren Blick los und wandte sich wieder zu Brian um. »Und du verdienst immer noch dein Geld damit, wichtige Menschen zu ihren Terminen zu begleiten? Das ist wirklich ein richtiger Job?«

Er griff sich an die Brust. »Das tut weh. Und das von einer Fleischwarenverkäuferin.«

»Dann haben wir ja denselben Job«, meinte sie und Brian lachte. Es klang anders diesmal, nicht gehässig oder spöttisch, sondern ehrlich, bis es mit seinem Nicken versiegte und er Frances einen Blick zuwarf, der schuldbewusst hätte wirken können, wenn sie nicht der Meinung gewesen wäre, ihn mittlerweile etwas besser zu kennen.

»Nur ist mein Fleisch lebendig, wenn ich es verkaufe und nicht für den Verzehr gedacht. Das ist ein anderer Job«, stellte er klar, zwinkerte ihr zu und deutete wieder auf die Anzeige. Fünf Minuten waren beinahe vergangen. »Das kann wohl noch eine Weile dauern, bis die hier sind. Kriegst du dein Schloss auf?«

»Ach, du willst jetzt tatsächlich selbst Rätsel lösen?«

»Ich will nur schauen, ob wir aus diesen Käfigen hier rauskommen. Dann werden die schön blöd gucken, wenn die in einer Stunde mal die Tür da vorn knacken.«

Dort, wohin Brian deutete, konnte Frances rein gar nichts erkennen als Schwärze. Aber nach dem Ausschlussprinzip mochte das wohl die Richtung sein, aus der sie und er zu ihren kleinen Verliesen geführt worden waren.

»Sei's drum«, murmelte sie und rüttelte an der Tür zu ihrer Zelle. Erwartungsgemäß wackelte sie ein bisschen, rührte sich sonst jedoch nicht weiter. Das Schloss selbst war genau so, wie man sich ein klischeebehaftetes Kerkerschloss eben vorstellte. Ein rostiger Kasten mit einer Öffnung, die nach einem großen Schlüssel verlangte. Also etwas, das unmöglich zu übersehen sein konnte. »Die Steine«, murmelte sie und erhob sich wieder, um die Wand hinter sich abzutasten. »Vielleicht sitzt einer von denen ja locker und der Schlüssel ist dahinter.«

»Dann bräuchten wir aber die Anderen nicht«, wandte Brian ein.

»Nicht für den Käfig, aber aus dem Raum müssten wir ja auch noch raus.«

Brian war also ein Skeptiker, und sie hätte gelogen, hätte sie behauptet, dass ihr das unangenehm war. Im Prinzip erdete sie seine unbeeindruckte Art und verschaffte ihr den klaren Kopf, der sie auszeichnete, den sie jedoch verloren hätte, wäre sie allein hier gewesen.

Stein für Stein tastete sie ab und übte leichten Druck aus, aber keiner rührte sich.

Brian gab schließlich nach und tat es ihr gleich.

Auf den Ziffern der Uhr verstrichen weitere vier Minuten, bis jeder Stein in Reichweite berührt und als bombenfest deklariert worden war. Der Boden unter ihnen war aus Beton und machte nicht den Eindruck, in irgendeiner Weise nachgeben zu wollen.

»Also doch warten«, seufzte Brian und lehnte sich gegen die Wand. Wie er da stand, wirkte er, als würde er sich jeden Moment eine Zigarette anzünden, um das perfekte Bild für eine neblige Gasse irgendwo in Gotham City zu bieten.

»Ich höre nicht mal Stimmen«, stellte Frances fest. »Vielleicht hat er sie ja in einen anderen Raum gebracht, wo sie jetzt auf uns warten. Und dann geht es darum, welches Team zuerst kapiert, dass das andere nicht kommen wird.«

Brian sah sie mit einer in die Höhe gezogenen Augenbraue an. »Das, Verehrteste, klingt nach einem viel zu realitätsnahen Konzept für soziale Kontakte, als dass das irgendjemand tatsächlich praktizieren würde.«

»Wohl wahr«, gab sie ihm recht und seufzte. »Wohl wahr.« Dann ließ sie sich an der Wand hinabgleiten, bis sie auf dem Boden saß. Hier war sie näher an der Lichtquelle, die sich als Öllampe verkleidet hatte, allerdings viel zu offensichtlich mit Strom betrieben wurde, um es zu übersehen. Dennoch schaffte sie es nicht, viel mehr als ihre unmittelbare Umgebung mit Licht zu versorgen. Den übrigen Raum tauchte sie dafür in noch tiefere Dunkelheit. »Wieso hast du ausgerechnet mich mit hierher geschleift?«

»Ich habe dich nirgendwohin geschleift«, berichtigte Brian. »Das war diese Masken...Person. War das eigentlich ein Mann oder eine Frau?«

»Spielt vermutlich keine Rolle.« Keinen Themenwechsel, ermahnte Frances sich stumm. Sie hatte eine Frage gestellt und wollte eine Antwort darauf. »Du hast dich freiwillig gemeldet, als er nach den Mutigsten gefragt hat. Wieso hast du mich mit reingezogen?«

»Hatte ich Unrecht?«

»Was weiß ich? Dieser Jaden zum Beispiel ist riesig.«

Brian löste sich von der Wand, ging den Schritt bis zur Grenze seiner Zelle und starrte in die Dunkelheit. »Meiner Erfahrung nach sind große Männer nur groß. Mutig sind die kleineren. Wenn man bissigen Größenwahn mit Mut gleichsetzen will. Wenn du mich fragst, hält man sich bei der Frage nach solchen Stärken besser an Frauen. Ich habe zwischen dir und Daisy entscheiden müssen«, gestand er und zwinkerte Frances dann zu. »Aber du warst zuerst da. Und ehe ihr zwei euch noch gegen mich verbündet, habe ich dich lieber auf meine Seite gezogen.«

»Oh mein Gott«, lachte Frances. »Bitte sag mir, dass du dir das alles jetzt erst ausgedacht hast. So viele Gedanken kannst du dir unmöglich vorhin gemacht haben.«

»Sagen wir, ich verbringe viel zu viel Zeit in der Nähe von Menschen, die versuchen, andere Menschen in ihrer Nähe zu manipulieren. Und weil sie meine Anwesenheit bezahlen, glauben sie, auch meine Loyalität mitzukaufen. Als wäre ich irgendein Söldner. Dabei bin ich nur Begleitung und Beobachter.«

»Und diese Beobachtungen haben hervorgebracht, dass man Männern besser nicht traut?«

»Ganz im Gegenteil, meine Liebe«, jetzt lachte er. »Es ist erstaunlich, wie viel Präzision Frauen an den Tag legen, wenn es darum geht, jemanden zu beeindrucken oder genau das nicht zu tun oder was auch immer man für Motivationen so haben kann. Und Männer gehorchen auf diese subtilen Kommandos wie Hunde. Amüsant allerdings, wenn sie versuchen, ähnliche Strategien auszuarbeiten. In den Genuss komme ich leider viel zu selten.« Hörte sie da ernsthaftes Bedauern in seiner Stimme? »Meistens buchen mich Frauen, die so erfolgreich sind, dass sie glauben, dass das der Grund ist, weshalb kein Mann sich in ihre Nähe wagt. Also begleite ich sie, damit niemand auf die Idee kommt, sie hätten ihr Liebesleben nicht im Griff. Und die Tatsache, dass sie für mich uninteressant sind, verschafft ihnen obendrein noch Sicherheit. Ich bin das perfekte Produkt.«

»Für dich uninteressant, ja?« Es hätte sicher andere Punkte gegeben, auf die sie hätte eingehen können. Und sei es nur der Hinweis darauf, dass er sich vielleicht noch besser verkaufte, wenn er sich nicht anpries wie sie ihre Rohfleischmixe für Hunde. Aber es gab eben schon immer diese feine Barriere zwischen professionellem Interesse und persönlichem.

Brian erkannte das Zweite sofort. Sie war sicher, dass er ihr das sogar angesehen hätte, hätte er die Augenbinde noch getragen. Er schmunzelte. »Das überrascht dich doch jetzt nicht, oder?«

Wenn sie ehrlich war – doch. Doch, das tat es. »Keine Ahnung«, log sie ein bisschen. »Ich hab mich in den letzten zehn Minuten nicht allzu sehr mit der Frage nach deiner Sexualität beschäftigt.« Das wiederum war vollkommen wahr. Wie es eben immer der Wahrheit entsprach, dass man automatische Annahmen schlicht nicht infrage stellte.

»Und jetzt gefällt dir die Antwort nicht«, schlussfolgerte er und ließ es wie eine Frage klingen.

Frances dachte nicht lange über ihre Antwort nach. »Sie ist schade«, gestand sie. Denn das war es. Brian war vielleicht etwas jünger als sie, aber nicht genug, als dass es sie hätte stören können. Und er war attraktiv auf eine nahbare Weise, die Photoshop vermutlich jedem Model ausradierte, bis es wirkte wie eine Gottheit. »Aber ich glaube, wenn ich es mir recht überlege, geht es mir wie deinen Klientinnen.« Nun war sie es, die ihm zugrinste. »Eigentlich habe ich genug von Männern, und es ist mal sehr erholsam, nicht befürchten zu müssen, dass du nur unter meinen Rock willst.«

Sein Blick folgte der Schwerkraft, fiel von ihren Augen hinab über ihren Oberkörper, die Taille, bis zu ihren weiblich geschwungenen Hüften, die sich nicht unter einem Rock versteckten, sondern sich von einer engen Jeans präsentieren ließen.

»Im übertragenen Sinne«, ergänzte sie, und Brian setzte gerade zu einer Erwiderung an, als es auf einmal hell wurde.

Der Kerl in der Maske hatte etwas von Blenden gesagt. Das hier war, was Frances eigentlich darunter verstand. Einen Moment lang sah sie gar nichts mehr außer grelles Weiß, das irgendwann einen Gelbstich annahm und sich nur allmählich auf ein Maß zurückdimmte, bei dem sie es wagte, ihre Augen wieder zu öffnen.

Die Stimmen aber nahm sie schon vorher wahr.

»Heilige Scheiße!« Frau.

»Ich hab doch gesagt, erst der Tag, dann der Monat und dann das Jahr. Wir hätten zwei Minuten sparen können.« Jüngere Frau.

»Wir sind hier in Amerika.« Mann.

»Aber der Text sagte was von der kleinsten Zeit. Solche Hinweise kann man doch nicht einfach übergehen.« Wieder die jüngere Frau. Alayna?

»Wir haben es ja nun hinbekommen.« Mann. Die ruhige, tiefe Stimme kannte Frances. Sie war die erste, die sie in dieser Gruppe gehört hatte. Jaden.

Als sie blinzelnd die Augen öffnete, sah sie vor sich einen Raum, der zuvor nichts gewesen war als schwarz. Und vier Personen, die sich ihrem und Brians Käfigen näherten. Brian rieb sich die Augen und blinzelte ebenso wie sie es tat. »Na endlich«, meinte er, die Fäuste noch immer gegen seine Augen gepresst. »Und jetzt holt uns hier raus.«

»Sind die Türen verschlossen?«

»Dumme Frage. Wir sitzen hier nicht, weil es so gemütlich ist, Makenzie.«

»Max!«, korrigierte der Brian harsch. »Vielleicht gewöhnst du dich daran, solange du da drinsitzt und ich mitverantwortlich dafür bin, dass du wieder rauskommst.«

»Oh bitte,«, mischte Daisy sich ein und deutete auf die Uhr an der Wand. »Tick Tack, meine Herren. Eure Schwänze könnt ihr später vergleichen.«

48:14

Sie schickte Makenzie zum anderen Ende des Raumes, um Jaden dabei zu helfen, die Regale zu durchsuchen. Das Licht zeichnete einen Raum, der etwa so groß war wie Frans Wohn- und Esszimmer zusammen. Eher etwas größer. An den Wänden standen mehrere Bücherregale, Kommoden und Vitrinen mit unterschiedlichstem Schnickschnack darin. Nur die Hälfte konnte sie von ihrem Punkt aus erkennen.

»Also, unser Part der Story ist, ihr habt euch beschissen angestellt, als ihr den Mafiaboss auffliegen lassen wolltet, jetzt hat er euch in seiner Gewalt. Wir müssen sein Schlupfloch finden und euch rausholen. Und siehe da ...« Daisy breitete die Arme aus. »Gefunden. Die Kleine«, Sie deutete auf Alayna, die in dem Buch blätterte, das aufgeschlagen und keineswegs dezent auf einem riesigen Tisch lag. Darum herum verteilten sich Karten, ein Kompass, Stifte und etwas, das Frances für ein zusammengeklapptes Teleskopfernrohr hielt. Vielleicht war es auch nur ein umgekippter Becher. »Die hat echt was auf dem Kasten. Das Rätsel für den Zahlencode hatte sie sofort gelöst, aber sie hat sich von diesem Holzkopf«, nun nickte sie in Richtung Makenzie, »überrumpeln lassen bei der Eingabe der Zahlen. Und der Depp macht es natürlich falsch und gibt das Datum mit dem Monat zuerst ein. Dann war das Schloss für zwei Minuten gesperrt, ehe wir es richtig eingeben konnten. Frustrierend, sag ich euch, die Lösung zu kennen und ... Ach, egal.«

»Und was war das Rätsel?«, fragte Frances nach.

»Irgendwas von einem hellen Stern, dessen wichtigstes Zentrum an diesem Tag rot in die Welt explodiert ist. Ein Ereignis, das mit der kleinsten Zeit voran ... und irgendwie weiter. Ich hab es in dem Moment vergessen, als die Kleine auf das Kennedy-Attentat gekommen ist und es für alle logisch klang. Nehmt's mir nicht übel. Habt ihr eure Zellen durchsucht? Ist da was?«

»Stein und Beton«, antwortete Brian und warf einen misstrauischen Seitenblick zu Makenzie, als könne der irgendeine Verantwortung für Stein und Beton tragen. »Und diese dekorativen Stangen. Wenn du Musik auflegst, tanze ich hier drin vielleicht.« Er zwinkerte Frances zu. »Auch ein lukrativer Nebenjob für ein zwanzigjähriges Model.«

Lachend schüttelte Frances den Kopf. »Irgendwas sagt mir, dass du dein Studium nie beendet hast.«

»Ich sehe, ihr zwei kommt klar«, stellte Daisy fest. »Falls ihr von euren Plätzen aus was entdeckt, das euch ins Auge fällt, gebt Laut, ja?« Mit diesen Worten wandte sie sich um und schloss sich Alayna an, die in dem aufgeschlagenen Buch erst auf etwas deutete und dann auf die Karten vor sich zeigte.

Jaden und Makenzie zogen in der Zwischenzeit jedes Buch aus dem Regal.

Brian hatte währenddessen beschlossen, sich nicht die Mühe zu machen, von seinem Käfig aus nach Lösungen zu suchen. Er ließ sich auf den Boden nieder und lehnte sich gegen die Wand. »Dann vertrauen wir wohl mal unserem Team, Frances. Was meinst du?«

»Fran«, murmelte sie und setzte sich ebenfalls. »Bekomme ich auch eine Rede über die Intentionen von Namensgebungen, wenn ich dir sage, dass mich eigentlich jeder Fran nennt?«

Brian lachte und schielte zu Makenzie hinüber. »Kommt drauf an – wie nennen dich deine Eltern?«

»Große«, erwiderte sie, auch wenn sie sich nicht erinnern konnte, wann ihre Mutter oder ihr Vater diesen Kosenamen das letzte Mal verwendet hatten. Früher allerdings ... Früher war sie die Große gewesen und hatte den Titel mit Stolz getragen. »Oder Franny. Nur mein Ex nennt mich konsequent Frances. Er findet Abkürzungen albern.«

Brian überging ihren Seitenhieb einfach. Er schien einer der Menschen zu sein, die sich aussuchten, auf welche Anfeindungen sie reagierten und welche sie einfach fallen ließen. »Dann hat er es wohl verdient, dein Ex zu sein, Fran.«

Sie schmunzelte, holte einmal tief Luft und lehnte ihren Kopf gegen die Wand hinter sich. Kurz neigte sich ihr Blick zu der Uhr.

42:34

Sie würde keine Dreiviertelstunde mehr hier drinsitzen müssen, egal wie unkoordiniert, die vier außerhalb der Gitterstäbe herumsuchten.

»Was hast du eigentlich gegen Makenzie?«, flüsterte sie Brian zu.

Der warf einen diesmal ausgiebigeren Blick in die Richtung dieses Mannes. »Schau dir seine Stirn an«, raunte er. »Homophobes Arschloch. Steht einmal quer darüber. Nicht zu übersehen.«

»Er hat dir bisher nichts getan.«

»Wird er auch nicht.« Brian verschränkte einmal mehr die Arme vor der Brust. »Ich wette mit dir, wären hier nicht die Gitterstäbe vor, würde er nicht so große Töne spucken. Eigentlich widert es ihn an, dass ich auch nur in seiner Nähe bin.«

»Ist das nicht ein bisschen paranoid?«

»Wer als Schwuchtel in einer Kleinstadt groß wird, den rettet Paranoia, Süße. So viel kann ich dir verraten. Aber darüber musstest du dir vermutlich nie Gedanken machen, mh?«

»Tränendrüse?«, hakte sie nach.

Und wieder erschienen die zarten Lachfältchen um seine Mundwinkel. »Und das von der Frau, die nach L. A. zieht und alles zurücklässt, nur weil ihr Mann eine Jüngere begattet. Als wäre dieses Schicksal auch nur annähernd einzigartig. Weißt du, wie viele Männer sich von mir ficken lassen, obwohl zu Hause ihre Frauen sitzen? Sei froh, dass es eine kleine Blondine war. Ist vermutlich weniger verstörend.«

»Und wenn ich dir sage, dass die kleine Blondine gerade mal volljährig war und die Tochter seines besten Freundes? Wir kannten sie schon als Baby.«

Endlich riss Brian die Augen auf und sah sie entsetzt an. »Ist das dein Ernst?«

Frances lachte. »Nein. Aber es ist beruhigend zu wissen, dass es selbst für dich noch Tabus gibt.«

»Unsinn, ich war nur schockiert, wie alt du sein müsstest, falls das stimmt.«

»Sehr witzig.« Ihr war danach, mit der Faust gegen seine Schulter zu stoßen oder wenigstens mehr in seine Richtung zu werfen als einen genervten Blick. Solche albernen, aber vertraulichen Gesten, wenn ein Kommentar nicht ausreichte, ein zweiter allerdings zu viel des Guten wäre.

Brian schien ihr den Gedanken anzusehen, denn er setzte genau das Lächeln auf, das sie von ihm erwartet hätte, wäre ihr so ein sanfter Hieb möglich gewesen. »Vielleicht wäre ich ja ein bisschen empört, wäre es wahr gewesen. Aber nur aus Solidarität. Schließlich ...«

»Ich hab's!«, stieß die Kleine plötzlich mit einer Stimmgewalt aus, die Frances schon vorhin gewundert hatte. Nur Jaden und Daisy wandten sich sofort zu ihr, während dieser Makenzie einen Blick über seine Schulter warf und einfach weiter ein Buch nach dem nächsten begutachtete. Möglicherweise, dachte Frances, hatte Brian ja recht mit seiner Einschätzung dieses gelackten Schnösels. Allerdings war die Abschätzigkeit, die ihm tatsächlich aus jeder Pore kroch, mit Sicherheit nicht allein Schwulen und Lesben vorbehalten. Wenn Frances das richtig sah, konnte auch ein hübsches, kleines, blondes Ding wie Alayna sich über eine Widmung freuen, wenn sie nur den Fehler machte, ihm für einen Moment voraus zu sein.

Allerdings ließ das besagte junge Ding sich davon gar nicht beeindrucken. Statt um seine Aufmerksamkeit zu buhlen, schloss sie einfach kurzerhand noch Frances und Brian mit in ihre Erklärungen ein. Dabei deutete sie auf die Karte, als könnten die beiden darauf irgendetwas erkennen.

»Hier sind Orte markiert.« Sie legte ihren Finger auf einen davon. »Das hier ist Barcelona. Lissabon.« Sie deutete weiter weg. »Ankara. Athen ...« Dann wandte sie sich an Jaden und Daisy, die ihr über die Schulter sahen.

»Da stehen Zahlen«, stellte Jaden fest, was die beiden Frauen vermutlich auch längst bemerkt hatten. Aber er freute sich über diese Erkenntnis – so sehr, dass Frances sich wieder einmal an ihre eigenen Gedanken und diesmal außerdem an Brians Worte erinnert fühlte: Männer waren hin und wieder eben einfach dressierte Hunde. Und nicht immer war das etwas Schlechtes.

Es war durchaus liebenswert, wie dieser große, breite Kerl zu dem Bücherregal stapfte und Makenzie dort völlig ignorierte, um dann – hier musste Frances tatsächlich etwas schmunzeln – auf die Kommandos der beiden Frauen zu warten. »Sagt mir die Städte. Eine nach der anderen. Ich ziehe sie in der Reihenfolge dann aus dem Regal.«

»Pass aber auf, dass nicht durcheinandergerät, welches wo stand«, ermahnte Alayna ihn. »Nur, falls es doch anders funktioniert.«

»Aye, Ma'am«, grinste Jaden und wartete dann geduldig auf seine Anweisungen.

Alayna las nach und nach europäische Hauptstädte vor. Jedenfalls glaubte Frances, dass es sich um Hauptstädte handelte. Nahezu jede von ihnen sagte ihr etwas, also waren sie wohl entweder wichtig oder wahnsinnig groß.

»Paris, Kopenhagen, Berlin, Stockholm«, waren die letzten vier, die Jaden ein Stück aus dem Regal gezogen, aber im Prinzip an ihrem Platz gelassen hatte.

37:49

37:48

37:47

Nichts passierte. Rein gar nichts. Kein Klicken, kein Donnern, kein Summen. Nicht einmal eine rote Fehlerleuchte oder ein anderes Signal für »Leute, das war Bullshit«.

»Verdammt«, fluchte Alayna. »Ich war mir so sicher. Es gibt jedes Buch zu jeder Stadt und da stehen Zahlen, wie kann das falsch sein und …«

»Jammer nicht so viel, wir verlieren hier Zeit.« Makenzie.

»Wenn du die Zeit nicht hast, weiß ich nicht, was du hier suchst.« Brian klang bei seiner Erwiderung diesmal betont gelangweilt und nicht annähernd so gereizt wie vorher, wenn er sich mit diesem Vogel anlegte. Was gut war, befand Frances. Dann wandte er sich an die übrigen drei. »Packt die

Bücher halt wieder zurück und das nächste Mal drückt ihr in der Reihenfolge dagegen. Vielleicht muss irgendein Kontakt ausgelöst werden. Irgendwas steckt dahinter.«

Das war, was sie auch taten, während Frances Brian ihr bestes Ach-sieh-einer-an-Gesicht schenkte.

»Guck nicht so«, murrte der nur und ließ sich wieder zurück gegen die Wand sinken. »Ich will hier halt raus.«

»Du spielst mit«, berichtigte sie.

»Ich hab keine Lust mehr auf den Mist hier.«

»Nein, du spielst richtig mit. Und obendrein nimmst du noch die Kleine in Schutz. Brian Jenkins, dieser Makenzie macht dich zu einem besseren Menschen. Du solltest mehr Zeit mit ihm verbringen.«

Während am großen Tisch wieder Städte vorgelesen wurden, grinste Brian Frances breit an. »Mir tat diese Elena leid«, meinte er.

»Alayna.«

»Wie dem auch sei. Die Kleine hat was auf dem Kasten, meinte Daisy. Und sie scheint okay. Ich weiß nicht, wieso so ein Schnösel ihr Ego angreifen muss, ehe sie die süße Gelegenheit bekommen konnte, einer wesentlich interessanteren Frau mit ihrer Jugend den Mann auszuspannen.«

»Ist das ein Seitenhieb oder ein Kompliment?«

»Such's dir aus, Fran.« Dann wandte er sich wieder nach vorn.

Paris.

Kopenhagen.

Berlin.

Stockholm.

Wieder nichts. Nicht der kleinste Hinweis auf irgendeine Reaktion in diesem Raum.

»Das gibt es doch nicht.« Sichtlich frustriert ließ Alayna sich in den Sessel neben dem Tisch fallen und starrte die Karten nieder, als könnten die endlich mit der Sprache rausrücken. Oder blinzeln und den Wettstreit damit verlieren.

»Gib mal so ein Buch her«, bat Frances den Hünen. »Und merk dir, wo es stand. Vielleicht ist in den Büchern selbst ja noch ein Hinweis. Und die kann ich mir genauso gut auch hier anschauen, oder?« Das aufmunternde Lächeln schenkte sie aber Alayna, die es dankbar erwiderte.

Jaden nickte. Er gehorchte also nicht nur Daisys Kommandos, sondern auch ihren. Wie ein abgerichteter, braver Hund. Army, dachte sie sich. Aber das war vermutlich nichts, wonach man jemanden mitten in so einer Gruppe aus dem Kalten heraus fragte. Wer stolz auf seine Zeit in der Army war, ließ ohnehin niemals mehr als dreißig Minuten verstreichen, um davon zu erzählen. Und wer es nicht war, der schwieg. Wer war sie schon, diese Art von Schweigen zu brechen? Es gab Dinge, von denen sie keine Ahnung hatte, und Frances gehörte sehr wohl zu den Menschen, die in der Lage dazu waren, die eigene Ahnungslosigkeit zu akzeptieren.

Sie nahm das Buch und bat Jaden, auch Brian eins zu bringen. Vieraugenprinzip. Dass die beiden von Brian daraufhin rollten wie die eines genervten Teenagers, ignorierte sie gewissenhaft.

Jaden drückte ihr »Helsinki – Entdecken Sie die schönsten Ecken der finnischen Hauptstadt« in die Hand. Während sie das Buch inspizierte, blätterte Brian durch die Sehenswürdigkeiten Berlins.

»Und was soll das bringen?«

»Keine Ahnung, aber willst du hier unnütz rumsitzen?«

Brian sah zur Uhr – 34:32 – und zuckte mit den Schultern. »Die halbe Stunde hätte ich das auch noch ausgehalten.«

»Je eher du aus dem Käfig kommst, umso schneller kannst du Makenzie den Stuhl über den Schädel ziehen«, erinnerte sie ihn.

Brian lachte trocken und deutete zur Decke. »Das mache ich lieber in einer dunklen Gasse, in der nicht zehn Kameras hängen.«

Frances sah auf und erkannte das rote Blinken kleiner Lämpchen neben den Kameralinsen. Wieso waren ihr die nicht früher aufgefallen?

»Vermutlich haben die Spielmeister einen Heidenspaß, uns bei unseren idiotischen Versuchen zu beobachten. Angeblich sind Kameras dafür da, dass die Kerle dann sehen, wenn hier was schiefläuft. Falls Makenzie plötzlich einen Schlaganfall bekommt und wir ihn einfach liegen lassen.« Kurz gab er sich dieser Fantasie hin. »Aber wenn du mich fragst, sitzen sie da mit Popcorn und amüsieren sich prächtig. Und werden auch noch dafür bezahlt.«

»Überlegst du, dich beruflich umzuorientieren?«, gluckste Frances und hielt das Buch gegen den Schein der gefälschten Öllampe neben ihrer Zelle.

»Ich würde fett werden«, winkte er ab. »Außerdem ...«

»Ha!« Sie hob das Buch an und sah es mit zusammengekniffenen Augen an.

»Was ... Ha? Du musst das präzisieren, sonst zählt es nicht.«

»Schau mal bei deinem.« Sie fuhr mit der Fingerspitze über die Kanten des Buchdeckels. Gerade hatte sie etwas Glitzern sehen und erkannte nun bei der genauen Inspektion feine Drähte, die sich längs am Rand des Deckels entlangzogen. »Da ist irgendein dünner Metalldraht drin, bei dir auch?«

Brian schnaufte wie ein großer Bruder, der nun doch wieder Spiele für Kleinkinder spielen musste, weil die kleine Schwester danach verlangte und er ihr ja eigentlich keinen Wunsch abschlagen konnte. Er wollte es, doch er konnte nicht. »Mh«, machte er schließlich und nickte. »Ist da.«

Frances überhörte dieses demonstrative Maß an Lustlosigkeit und suchte Alaynas Blick. »He, komm mal her!«, winkte sie das Küken herbei, und die Kleine sprang sofort auf und kam zu ihr herüber.

»Ich bin keine große Leseratte, aber ich behaupte, dass das normalerweise nicht an Büchern dran ist. Ich bin sicher, dass das irgendwo bei Kontakt etwas auslösen kann. Vielleicht durch eine magnetische Wirkung. Findet ihr etwas, wo das passen könnte?« Im Verlauf ihrer Ausführungen hatte Frances das Gefühl gehabt, immer paranoider zu klingen. So wie »Hör mal, der Hund des Nachbarn bellt heute in einem anderen Takt und ein grünes Auto ist an der Querstraße vorbeigefahren. Könnte das mit der Mondphase zusammenhängen?«

Aber Alayna nahm das Buch und holte sich auch Brians zurück. »Ich glaube, ich hab da was gesehen!«, sagte sie mit mehr Begeisterung als Paranoia. Mit beiden Büchern eilte sie an die gegenüberliegende Seite zu einer Glasvitrine. Dort rief sie Jaden und Daisy herbei. Offenbar reichte selbst ihre Diplomatie nicht aus, um Makenzie zu beachten, der mit den Händen in den Hosentaschen gegen das Bücherregal gelehnt dastand. Und nichts weiter tat als das.

Immerhin hielt er die Klappe, dachte Frances und beobachtete, wie Alayna den anderen beiden etwas zeigte und dann an der Glastür der Vitrine rüttelte. Verschlossen. Natürlich.

»Wir brauchen einen Schlüssel!«, verkündete sie nun auch dem übrigen Raum.

»Was du nicht sagst«, seufzte Brian nur und trat frustriert, aber nicht allzu heftig gegen das Schloss seiner Zelle.

»Nein, nein einen kleineren. Für den Schrank.« Alayna klang herrlich ungerührt und fing an, noch einmal Schubladen zu durchsuchen, während Jaden sich seine Größe zu eigen machte und die oberen Regale abtastete. »Da drin sind eine Reihe von Metallstückchen. Ich dachte erst, es sind Schrauben, die den Schrank an der Wand festhalten, aber es sind genau zwölf. Wie die Städte! Vielleicht …«

»Ha!«, schrie Daisy auf.

»Ehrlich«, murmelte Brian kopfschüttelnd. »Ist das so ein Frauending? Siegesschreie und keine Hintergründe dazu?«

»Schlüssel«, erklärte Daisy ihm und hielt ein regelrecht winziges Exemplar in die Höhe. »War in der Manteltasche.«

»Was für ein ... Oh!« Brian hatte nun auch die kleine Garderobe neben der Tür entdeckt. Drei Jacken hingen dort in einer so atemberaubenden Normalität, dass man sie einfach übersehen musste.

Tatsächlich passte der Schlüssel in das Schloss der Vitrine und öffnete die Glastür, ohne dass jemand das Ding einschlagen musste. Alayna huschte wieder zu dem Tisch und der Karte, die darauf lag, während Daisy und Jaden alle Reiseratgeber zusammensuchten und sich mit denen vor der Vitrine positionierten.

Makenzie schnaufte hin und wieder Kommentare über die Albernheit dieser Situation oder warf Brian einen feindseligen Blick zu. Offenbar schien er zu befürchten, dass der Moment sich näherte, in dem die Schwuchtel aus ihrem Käfig gelassen werden und ihn mit seiner Homosexualität anstecken würde. Jedenfalls war genau das der Unsinn, den Frances aus den aalglatten Zügen dieses Mannes zu lesen glaubte. Dass er mit dem Rücken zur Wand stand, war vielleicht ein Zufall, unterstrich ihre Einschätzung aber nur noch zusätzlich – und gab ihr einen humoristischen Unterton.

Paris.

Kopenhagen.

Berlin.

Stockholm.

Und da war es. Ein Klicken. In jeder anderen Situation hätte Frances es mit Sicherheit überhört oder für das Knacken einer Leitung gehalten. Aber in der gespannten Stille des Raumes war es ohrenbetäubend und ließ sie sogar ein wenig hochfahren, was Brian nicht entging. Doch er tat ihr den Gefallen, sich auf ein amüsiertes Grinsen zu beschränken.

»Wo kam das her?« Daisy sah sich suchend um, während Jaden bereits das Bücherregal anvisierte und meinte, dass er das Geräusch aus dieser Richtung vernommen hätte. Ohne viel Aufhebens nahm er einfach die Bücher aus den Regalreihen und platzierte sie vorsichtig auf dem Boden, bis er in der dritten Reihe verkündete: »Kommt her, hier hat sich was geöffnet. Da ist ein Safe!«

»Siehst du«, flüsterte Brian Frances zu, »so sagt man Bescheid, dass man was gefunden hat.«

»Sagst du das aus Solidarität oder weil Jaden dein Typ ist?«, erwiderte Frances.

Brian blickte kurz zu dem Riesen hinüber, um den die beiden jungen Frauen sich versammelt hatten und nun kritisch in dieses Regal hineinstarrten. Sogar Makenzie hatte sich der Gruppe mit einem gewissen Abstand wieder angeschlossen und blickte neugierig an ihnen vorbei.

»Absolut nicht mein Typ. Deiner?«

»Ich hab es eher mit Spießern«, gestand sie und deutete nur zum Spaß auf Makenzie, der sich just in diesem Moment den Kragen seines Hemdes richtete.

»Verarsch mich nicht, das ...«

»Wir brauchen Zahlen«, verkündete Daisy, was den anderen drei Mitspielern vermutlich schon klar war. Da sie selbst und Brian wenig Hilfe leisten konnten, war diese Information für Frances nicht mehr als eine nette Geste.

»Hier sind keine«, sagte sie der Vollständigkeit halber, lehnte sich wieder zurück und sah den anderen dabei zu, wie sie anfingen, ominöse Ziffern zu suchen.

»Habt ihr mal das Licht ausgemacht? Manchmal stehen Hinweise an der Wand und sind nur mit Schwarzlicht sichtbar oder leuchten im Dunkeln ...« Brian schien schließlich aufzufallen, dass er begonnen hatte, nützliche Ratschläge zu geben, also ergänzte er seinen Vorschlag noch um ein. »Ach, was weiß ich« und rappelte sich wieder auf. »Scheiße, mein Bein schläft ein.« Unruhig wippte er auf seinen Füßen hin und her wie ein Zehnjähriger, der im Kirchenchor singen musste und eigentlich auf irgendein Spielfeld gehörte.

Einen Lichtschalter fand die Truppe nicht, also wurden wieder Regale abgesucht, der Teppich auf dem Boden beiseitegeschoben und Stühle umgedreht.

22:49

Es war wieder Alayna, die über den Tisch gebeugt Hinweise fand. Es war beinahe, als warteten die Erleuchtungen dort auf sie und nur auf sie. Wie das Schwert Excalibur auf Artus. »Das Buch«, erklärte sie und blätterte aufgeregt in dem Buch hin und her, das auf dem Tisch lag. »Hier ist eine Seite herausgerissen. Genau in der Mitte.«

»Und?«, hakte Makenzie unbeeindruckt nach. »Sollen wir jetzt nach einem Blatt Papier suchen? Wir brauchen einen Code. Oder Schlüssel für die zwei Spione, die sich so idiotisch angestellt haben, dass sie unsere Hilfe nötig haben.«

»Eine Seite hat zwei Seitenzahlen«, schlussfolgerte Daisy und ignorierte den Hemdträger einfach.

»Genau.« Alayna blätterte noch einmal hin und her. »Und das sind vier Ziffern. Das hier müssen Seite 67 und 68 gewesen sein. Also Sechs, sieben, sechs, acht.« Die vier Nummern diktierte sie langsam für Jaden, der schnell zu dem kleinen Safe gestürzt war, um sie einzugeben.

Ein Surren ertönte, ein Klicken und dann der Jubelschrei eines riesigen Mannes. »Ein Schlüssel!«, lachte er, schnappte sich das Ding und hastete damit zu den beiden Käfigen.

20:12

Frances' Zelle entriegelte er zuerst und begrüßte sie sogar mit einer flüchtigen Umarmung. »Schön, dass du endlich hier raus kannst.«

Frances gluckste. »Danke dir«, sagte sie und beließ es dabei.

»Komm nicht auf die Idee, mich auch zu drücken, Kumpel«, Brian lachte und sah ungeduldig dabei zu, wie Jaden auch seine Zelle öffnete. »Danke trotzdem.« Er klopfte dem großen und viel zu netten Kerl auf die Schulter und trat mit einem so tiefen Atemzug über die Schwelle des Käfigs, als hätte er nach Jahren endlich wieder einen Fuß aus einem richtigen Gefängnis gesetzt. Er streckte sich sogar, als wäre ihm das eben noch nicht möglich gewesen. Dann wandte er sich Frances zu. »Wir sind frei. Was stellen wir jetzt an?«

»Flüchten«, schlug Daisy vor. »Falls es dir entgangen ist, wir stecken immer noch in diesem Raum fest. Und wenn du mich fragst, ist das da«, sie deutete auf die Tür, durch die die vier gekommen waren, »nicht der Weg, durch den wir hier raus kommen.«

»Und das denkst du, weil ...«

Sie zuckte mit den Schultern. »Scheint mir einfach zu leicht.«

»Gibt es denn noch eine Tür?«

»Die gab es vorn in dem Eingangsbereich auch nicht. Mich würde nicht wundern, wenn sich hier noch ein Regal zur Seite schiebt oder ein Loch im Boden auftut.«

»Möglich wär's, denke ich.« Das war kein Einwurf, der in diesem Raum und in dieser Situation auch nur annähernd fehl am Platz schien. Und dennoch fuhren fünf Köpfe hoch, als es Makenzies Stimme war, der diese Worte sprach. Daisy wirkte sogar richtiggehend irritiert über diesen Zuspruch.

»Im Ernst?«

Makenzie deutete hinter sich und auf einen Punkt neben dem Bücherregal. »Hier ist ein Loch in der Wand, das nicht aussieht, als wäre es unabsichtlich dort. Allerdings auch kein richtiges Schlüsselloch. Vielleicht muss man da was reinstecken und damit einen versteckten Knopf finden.«

Dass Brian in brüllendes Gelächter ausbrach, verwunderte vermutlich niemanden. Selbst der sanfte Riese Jaden grinste breit in sich hinein. Lediglich Alayna schien etwas irritiert von dem Gelächter der Umstehenden, was Frances aber nicht weiter überraschte. Vermutlich stimmte, was Brian gesagt hatte – das Vergnügen, einer anderen Frau ihren Mann auszuspannen, stand ihr noch bevor.

»Herrgott, seid nicht so kindisch!«, fauchte Makenzie mit hochrotem Kopf.

Überraschenderweise war Brian der Erste, der sich wieder fing und sogar nickte. »Du hast recht.« Seiner Stimmlage nach zu urteilen fehlte nicht viel und er hätte seinem Lieblingskomplizen noch die Wange getätschelt. »Wir sollten einen magischen Stab finden, mit dem wir den sensibelsten Punkt im Loch dieser Schönheit hier finden.« Er strich zärtlich über die Wand neben dem Regal. »Wer weiß, ob sie sich uns dann vielleicht noch mehr öffnet.« Er zwinkerte Makenzie zu und Frances hätte schwören können, nun Zeugin des ersten Kinnhakens zu werden. Aber Makenzie ballte lediglich seine Hände zu Fäusten und murrte ein »Dann sollten wir hier nicht so blöd rumstehen. Ich weiß nicht, wie es euch geht, aber ich will hier langsam raus.«

18:32

»Spätestens in zwanzig Minuten bringt dich der maskierte Mönch eh wieder nach vorn«, versicherte Brian. »Du wirst also nicht mehr allzu lange mit uns hier ausharren müssen.«

»Das will ich auch hoffen.«

»Darf ich fragen, wieso du dich hierfür überhaupt angemeldet hast?«, fragte nun Daisy, während sie sich schon wieder einige Schritte weit in den Raum begeben hatte und ihn musterte. Alayna rüttelte derweil an den Stäben der Käfige, um herauszufinden, ob sich davon vielleicht einer lösen und als magischer Stab für sensible Punkte entpuppen würde.

Makenzie schnaufte nur. »Dachte, man würde hier vernünftige Menschen kennenlernen.« Und wieder ein Seitenblick zu Brian. Eigentlich hatte Frances angenommen, dass ihr Mitgefangener etwas paranoid gewesen war. Vielleicht aufgrund einer schwierigen Jugend mit einigen Konflikten, verständnislosen Eltern oder was auch immer für Herausforderungen hinter ihm gelegen haben mochten. Aber wie es schien, hatte er keine Paranoia, sondern einen absolut richtigen Riecher. »Man sollte meinen, dass eine Organisation, die sich damit rühmt, perfekte Konstellationen für Freundschaften zusammenzustellen, besser selektieren würde.«

»Selektieren …«, raunte Daisy mit hochgezogenen Augenbrauen.

»Er meint vermutlich Matching«, räumte Jaden ein.

»Das ist nicht das, was er gesagt hat.«

»Versteht das, wie ihr wollt«, winkte er ab und richtete schon wieder seinen Kragen. Wie ein nervöser Tick. »Ich hatte gehofft, hier mal andere Menschen kennenzulernen als die Freunde meiner Frau. Aber offenbar hat sie sich die Besten in Los Angeles schon ausgesucht.«

»Die Besten … So so. Welchen Maßstab setzt du dafür an?«, grinste Brian, ließ seinen Blick kurz an Makenzie hinabgleiten und wandte ihm dann den Rücken zu, um Alayna zur Hilfe zu eilen.

»Den, von zivilisierten Menschen, die wissen, was normal ist. Und richtig. Und natürlich.«

Brians Antwort war ein erhobener Mittelfinger und ab dann sture Ignoranz.

»Wenn du keinen Bock hast, setz dich einfach auf den beschissenen Boden und halt deinen Rand«, seufzte Daisy genervt und wandte sich dann an Frances. »Wo wollen wir anfangen zu suchen?«

Es vergingen über 12 Minuten, in denen Frances sehr unentschlossen war, ob die Hektik von vier mehr oder weniger erwachsenen Menschen unterhaltsam war oder ansteckend. Und ob das Schmollen des übrigen albern war oder unheimlich.

Sicher war sie nach wie vor nicht. Lediglich die Frequenz, in der die jeweiligen Eindrücke in ihrem Kopf wechselten, hatte sich erhöht, als Jaden mit einem simplen »Oh, huch« alle aufhorchen ließ.

Er stand in der Zelle, die Brian für eine Weile beherbergt hatte. Frances nahm an, dass er sich die Stäbe selbst noch mal ansehen wollte, anstatt dem Urteil seiner zwei Mitstreiter zu trauen.

»Huch?«, hakte Brian nach, der am gegenüberliegenden Ende des Raumes stand und Frances breit zugrinste, ehe er sich wieder Jaden zuwandte. »Und eben noch habe ich Fran an deinem Beispiel gezeigt, wie herrlich präzise Männer ... Oh.«

Frances lachte. »Oh? Das ist deine Präzision?«

»Guck hin.« Brians Antwort war eine, die sie schon oft gehört hatte. Aber noch nie in einem Tonfall, der kein Gift sprühte. Vielmehr erinnerte er an die Faszination des 10-Jährigen, der er einmal gewesen sein musste.

Also sah Frances hin und erkannte, dass Jaden aus der Zelle getreten war und sich davor hingekniet hatte. »Ich habe nichts gemacht, ich habe mich nur draufgestellt«, erklärte er. »Und jetzt ist die Bodenplatte ein Stück höher als vorher. Seht ihr? Wie so ein Verschluss, der aufspringt, wenn man draufrückt. Steht zwei oder drei Zentimeter vom restlichen Boden ab.«

»Warte, ich helfe dir.« Daisy stürzte zu ihm, Alayna folgte ihr etwas langsamer, bis alle drei die Platte mühsam und mit den Fingerspitzen noch etwas weiter anhoben. Brian und Frances nahmen ihnen das runde Betonstück schließlich ab, nachdem sie es aus seiner Einlassung geborgen hatten und legten es einen halben Meter entfernt beiseite.

»Da ist was, dass ... Mh«, machte Alayna und provozierte damit ein ungehaltenes, genervtes Aufstöhnen bei Brian.

»Dann hol es raus. Wir haben keine Zeit mehr.«

03:02

Was Alayna aus dem Loch im Boden zog, war kein Schlüssel, sondern ein Dolch.

»Mh«, meinte Daisy. »Probieren wir's. Vielleicht ist das ja der magische Stab, mit dem wir den geheimnisvollen sensiblen Punkt finden.«

Ein Augenbrauenwackeln von ihr und ein errötetes Gesicht von Jaden – ausgerechnet Jaden – später standen fünf Menschen vor einem kleinen Loch in einer langweiligen Wand und sahen dabei zu, wie die Jüngste von ihnen einen Dolch dort einführte. Nummer sechs saß weiterhin mit vor der Brust verschränkten Armen auf dem Tisch, hielt jedoch die Klappe, wie es ihm gesagt worden war.

Die Klinge der Waffe wurde von der Wand vollständig geschluckt, als ein Klicken ertönte.

Jaden stemmte sich gegen die Wand, die nicht nachgab, während Frances zur Tür lief, durch die alle gekommen waren.

Verschlossen.

»Mach noch mal«, forderte sie Alayna auf.

01:18

Das Küken zog die Klinge ein Stück weit heraus und schob sie ohne albernes Gekicher der Übrigen wieder zurück.

Wieder ertönte ein Klicken.

Wieder öffnete sich keine Tür.

Brian war dazu übergegangen, an den Regalen nachzusehen, ob sich eines von ihnen verschoben hatte, während Daisy einen Blick in das Loch in der Zelle warf. »Nichts«, sagte sie. »Geht vielleicht zwanzig Zentimeter tief und dann ist da nur die Stelle, in der das Schwert gesteckt hat, nichts weiter.«

00:48

»Vielleicht ist irgendein Kontakt kaputt«, vermutete Brian. »Klingt ja im Prinzip auch, als würde man einen Motor anlassen, aber die Batterie ist leer. Die holen uns hier gleich raus und dann lassen wir uns alle einen Drink ausgeben, weil ... Ach, einfach aus Prinzip. Ich hätte Lust auf einen Drink.«

00:36

»Kann ich mir vorstellen«, murrte Makenzie. Die ersten Worte, die er seit einigen Minuten sagte.

»Sag mal, was hab ich dir eigentlich getan?«, fuhr Brian ihn an. Er löste sich sogar von seinen Regalen und ging drei Schritte auf Makenzie zu. Niemand hielt ihn auf. Daisy rollte gerade so mit den Augen und Jaden versuchte einmal mehr, die Wand mit bloßer Muskel- und Willenskraft aufzudrücken.

Makenzie schwieg derweil wieder. Als hätte er mit den vier Worten, die er eben fallen gelassen hatte, nun wirklich alles gesagt.

»Atme ich dir deine kostbare Luft weg, ist es das?«

»Jungs«, unterbrach Frances – mehr um Brians Willen als um Makenzies – und deutete auf die Wand.

00:00

Die vier identischen Ziffern blinkten sogar und hatten ihre Farbe zu Rot gewechselt.

»Ihr müsst es nicht mehr lange miteinander aushalten. Blut könnt ihr draußen vergießen, wenn es sein muss. Ich will keine Reinigungskosten zahlen müssen.«

»Gut«, war alles, was Brian dazu sagte, ehe er erneut auf die Uhr starrte.

00:00. Rot blinkend.

»Sollte jetzt nicht eigentlich jemand kommen?«, hakte Jaden mit gerunzelter Stirn nach. Seine Sorge schien dabei weniger seiner Freilassung als vielmehr den zwei Kontrahenten zu gelten.

Alayna zuckte mit den Schultern. »Vielleicht sehen sie ja über die Kameras, dass wir kurz vor der Lösung sind. Und wir machen es nur noch nicht ganz richtig«, meinte sie und setzte noch einmal dazu an, den Dolch in die Öffnung zu schieben. Sie rüttelte es vorsichtig hin und her, versuchte, ihn zu drehen. Nichts passierte.

»Herrgott noch mal, lass mich das machen«, platzte es aus Makenzie heraus. Er stürmte auf die junge Frau zu, entriss ihr das, was alle für einen Schlüssel hielten und versuchte selbst sein Glück.

Es erstaunte Frances kein bisschen, dass er genau das Gleiche tat wie Alayna zuvor. Allzu viele Variationen ließen so ein Dolch und ein Loch in der Wand auch nicht zu. Allerdings schien es Makenzie dramatisch aufzuregen, dass dasselbe Verfahren bei ihm keine plötzlichen Wunder vollbrachte. Er fluchte und warf die Waffe auf den Boden, wo Jaden sie aufsammelte und einfach nur in der Hand behielt.

»Vielleicht gibt es ja noch ein zweites Schloss wie dieses«, mutmaßte Frances. »Wir hatten ja auch zwei Zellen, also ...« Sie lief zu ihrer Zelle und untersuchte die Bodenplatte. Das Ding bewegte sich allerdings keinen Millimeter. Jaden übergab den Dolch an Daisy und kam ihr zu Hilfe. Er trat in die Zelle und sprang zwei Mal auf und ab.

»Das letzte Mal hat die Platte einfach ein bisschen nachgegeben, als ich draufgetreten bin. Hier nicht. Glaube nicht, dass da noch was ist«, meinte er.

»Dann vielleicht woanders.« Alayna. »Kann ja sein, dass Frances recht hat. Aber so ein Dolch kann ja überall versteckt sein. Vielleicht sollten wir einfach noch mal suchen.«

»Die Zeit ist um«, erinnerte Makenzie sie barsch.

»Und?« Es war Brian. Derselbe Brian, der entsetzlich genervt gewesen war von der Vorstellung, einen Escape Room lösen zu müssen. Offenbar geriet das leicht in Vergessenheit, wenn es Dinge oder Personen gab, die das Nervenkostüm noch mehr strapazierten. »Siehst du, dass hier irgendwo eine Tür aufgeht? Ich nicht. Bis es so weit ist, können wir genauso gut auch suchen.«

Und das war es, was passierte. Fünf Gruppenmitglieder suchten den Raum nach einem weiteren Dolch und einem weiteren Schloss ab. Oder nach alternativen Gegenständen und Vertiefungen, die ineinanderpassen konnten. Und der sechste – Makenzie – stand auf dem Tisch, winkte in die Kamera und wies die Menschen am anderen Ende der mutmaßlichen Übertragung darauf hin, dass die Zeit abgelaufen war.

»Hey! Die Stunde ist rum!«, brüllte er, was vermutlich keinerlei Sinn hatte außer den, dass Menschen einfach immer brüllten, wenn sie glaubten, niemand hörte ihnen zu. Und Frances konnte sich sehr gut ausmalen, dass dieses Gefühl bei Makenzie ausgiebig erprobt war. Er war einfach nicht der Typ Mensch, dem man gern Beachtung schenkte, wenn man nicht musste. »Seit einer Vier-tel-stunde! Macht die Tür auf!«

Daisy rollte nur erneut genervt mit den Augen und machte den Eindruck, als wäre sie sehr kurz davor, Makenzie auf sehr deutliche und wenig diplomatische Weise darauf hinzuweisen, dass seine Stimmgewalt hier nicht gefragt war. Allerdings ließ sie sich davon abhalten, dass Jaden ihr einfach eine Hand auf die Schulter legte und ihr einen »Ich versteh dich, aber lass ihn einfach«-Blick zuwarf. Brian unterstützte diese schlichtende Maßnahme sogar, indem er ihr ein Grinsen schenkte und dann mehr zu Fran als zu Daisy sagte: »Immerhin macht er sich so nützlicher als die ganze Zeit vorher.«

»Wie bitte?«

Irgendwie war es Makenzie gelungen, Brians Kommentar trotz seines Gezeters zu hören. Er sprang vom Tisch und auf seinen einen halben Kopf größeren Widersacher zu.

Kleine Männer, dachte Frances. Es gibt einfach Klischees, die nie widerlegt werden. »Was hast du gesagt?«, fauchte er erneut.

»Vergiss es«, winkte Brian nur ab.

»Nein, was hast du gesagt? Was du ihr sagen kannst, kannst du mir auch ins Gesicht sagen.«

»Ich habe gesagt, vergiss es«, betonte er noch einmal.

Makenzie holte gerade dazu aus, sich aufzuplustern, vielleicht auch zu explodieren, als Alaynas Stimme diese unnötige Auseinandersetzung mit einem schlichten »Hey, seht mal!« unterbrach.

Worauf sie deutete, waren die Ziffern an der Wand.

00:00. Noch immer.

Doch sie blinkten nicht mehr. Stattdessen wirkten sie weicher, nicht mehr so kantig wie zuvor und die Ränder schienen sich zu bewegen wie ...

Frances kniff die Augen zusammen. »Ist das ...« Sie trat an die Wand heran, wo erste Tropfen aus den Rändern der Zahlen heraussickerten und ihren Weg über das Weiß der Wand fanden wie Tränen über die Wange eines Mädchens.

Ihre Finger berührten die Flüssigkeit. Sie war warm und benetzte rot ihre Fingerspitzen. »Das fühlt sich an wie ...« Stirnrunzelnd besah sie sich ihre Finger. In jeder anderen Situation hätte sie sich ihre Hand panisch an der Jeans abgewischt. Aber in anderen Situationen rechnete sie mit dem, was sie glaubte, zu sehen. »Das ist keine Farbe«, murmelte sie und hörte selbst, dass sie klang, als wäre sie high oder mindestens geistesabwesend. »Ohne Mist, das ist keine Farbe.«

»Mach dich nicht lächerlich«, meinte Daisy und inspizierte die Wand nun selbst.

»Du kannst mir ruhig glauben. Ich verkaufe den ganzen Tag rohes Fleisch. Wenn ich etwas weiß, dann, wie Blut aussieht.« Vielleicht war es das Wort, das auf einmal in ihrem Kopf war und über ihre Zunge purzelte. Oder aber die Erinnerung an ihre ersten Tage mit dem Produkt, das sie verkaufte und den ständigen Drang, sich die Hände zu waschen. Der Ekel vor rohem Fleisch, Eingeweiden und Blut hatte mit der Zeit nachgelassen. Dann, wenn sie wusste, woher es kam und es angefangen hatte, sich normal anzufühlen.

Blut, das aus einer Wand floss, war allerdings alles andere als normal, es war ...

Klack.

00:01

Klack.

00:02

Neue Zahlen. An einer anderen Wand. Dort, wo der Dolch in die Öffnung passte.

Klack. Wie das Ticken einer Bahnhofsuhr, das irgendwann hinter Ansagen und Stimmengewirr verschwand.

00:13

Klack.

Nur dieses Ticken war laut. Laut genug, um Frances zusammenzucken zu lassen. Und eindeutig zu laut, um es zu überhören.

00:21

Klack.

Mit jeder Sekunde.

Klack.

Klack.

Klack.

»Scheiße, was ist das?«, fluchte Daisy. Sie musste sogar ihre Stimme erheben, damit keines ihrer Worte von diesem Geräusch verschluckt wurde.

»Keine Ahnung. Ein Hinweis?«

»Meinetwegen, aber wer soll bei diesem verfickten Lärm denn denken?«

Klack.

01:03

»Und wie lange soll das gehen?« Brian hielt sich bereits die Ohren zu, stiefelte zu der Wand mit der neuen Anzeige und starrte sie wütend nieder. »Wenn das jetzt noch eine Stunde so läuft, garantiere ich für gar nichts.«

»Ich probiere noch mal ...«

Klack.

01:45

»... den Dolch«, verkündete Jaden. »Vielleicht geht es ja jetzt. Die neue Zeit ist ja jetzt auch auf dieser Wand hier.« Frances beobachtete, wie er neben Brian trat und die beiden Männer fluchend versuchten, das Schloss – sofern es denn überhaupt ein Schloss war – zur Kooperation zu bewegen.

Klack.

02:13

Die Versuche endeten mit Brians energischem Tritt gegen die Wand, die sich davon nicht beeindrucken ließ. Sie blieb standhaft. Das Geheimnis um den Ausgang behielt sie weiter für sich, während das Ticken der Uhr unnachgiebig in den Raum hineindonnerte.

Klack.

92:34

»Und wenn du falsch liegst?« Alayna saß neben Frances auf der Kante des Tisches und sah unsicher zu Brian. Der hatte sich neben der Wand positioniert – bereit für den Moment, in dem er recht behalten würde.

Klack.

92:56

»Das kommt überhaupt nicht infrage«, meinte er.

Und Frances konnte ihm nur zustimmen. Sollte die Minutenanzeige dieser Uhr die 99 überschreiten und in den dreistelligen Bereich übergehen, würde mindestens Alayna in Tränen ausbrechen. Und vielleicht, ja nur vielleicht, würde Frances sich ihr einfach anschließen. Aus Solidarität, quasi. Sie hatte es satt, in diesem Raum zu sein, hatte Durst und musste auf die Toilette. Und das waren nur die wesentlichen Dinge. Irgendwo in ihrem Hinterkopf wurde außerdem der Gedanke laut, dass sie keine Ahnung hatte, wie das Konzept dieses Spiels weiterverlaufen sollte. Spaß war offenbar nicht das Ziel, also war sie ratlos. Und noch irgendwo hinter diesem Gedanken war die Sache mit dem Vertrauen in das obligatorische »Alles wird gut« und das immerwährende »Uns passiert nichts«, das nach und nach ins Schwanken geriet.

Brians Theorie war die Rettung für ihre Geduld.

Klack.

93:43

Klack.

93:44

Sie konnte noch weitere sechs Minuten hier sitzen, einen Arm um Alayna legen und dem Küken sagen, dass die 100 Minuten nun beinahe erreicht waren. Dass die Tür sich dann öffnete und das Konzept dieser Veranstaltung erreicht war. Extremsituationen erschaffen Freundschaften.

Und wenn Frances sich umsah, mochte das stimmen. Sechs Leute waren gemeinsam ratlos. Außerdem hatten sechs Leute gemeinsam kapituliert, nachdem der Raum noch weitere zwei Mal komplett abgesucht und dabei regelrecht auseinandergenommen worden war. Bücher lagen überall auf dem Boden verteilt, ebenso die Landkarten. Irgendwer hatte den Sessel umgeworfen. Wobei das wohl Brian gewesen war, der die Nase voll gehabt hatte von einem Makenzie, der keinen Finger rührte, sondern von seiner Ecke aus Hiobsbotschaften verlauten ließ.

»Wir werden hier drin sterben.«

»Das ist die Strafe für eure Sünden.«

»Ich glaube, es geht hier gar nicht darum, dass wir wieder rauskommen.«

»Das sind Experimente von irgendwelchen kranken Wissenschaftlern.«

»Weiß jemand, dass ihr hier seid? Irgendwer? Meine Frau ist auf Geschäftsreise. Wie ist das bei euch?«

»Wir werden verdurstet sein, ehe uns irgendwer vermisst.«

»Und wer auch immer dahintersteckt, bekommt einen Nobelpreis dafür.«

Klack.

94:56

Klack.

94:57

Mehrmals hatten sowohl Daisy als auch Brian ihn ermahnt, seinen Mund zu halten. Ihre Formulierungen hatten alle Nuancen von »blumig« umgesetzt und doch nie zum Ziel geführt, bis Brian der Kragen geplatzt war und er Makenzie angeschrien hatte. Im Zuge dessen hatte der Schreibtischsessel für eine Demonstration dessen herhalten müssen, was Brian wohl viel lieber mit diesem kleinen Mann angestellt hätte. Zärtlichkeiten waren es nicht. Und seither lag das Möbelstück auf dem Boden und war ruhiger als das schwarzmalerische Echo aus der Ecke.

»Ich denke, meine Theorien sind wesentlich schlüssiger als die Hoffnung, dass nach 100 Minuten irgendetwas passiert.«

»Lass es ...«, murmelte Daisy träge. Sie saß neben Jaden auf dem Boden, ihren Kopf an seine Schulter gelehnt, während er sich die Ohren zuhielt wie ein zu groß geratener Junge, dessen Monster schlicht nicht existierten, wenn er sie nicht hörte. Aber er sah sie. Ganz deutlich sah er sie, wenn er an die Wand starrte und die Zeit verfolgte, die sich dem näherte, was alle für das Finale halten wollten.

95:29

Klack.

95:30

Klack.

95:31

Klack.

Frances war sich sicher, dass sie dieses Geräusch nie wieder aus ihrem Kopf würde verbannen können. Wie einen unendlichen Ohrwurm ohne Melodie und ohne Text. Zeitlos, wenn man so wollte.

96:01

Klack.

96:02

Klack.

»Vier Minuten«, murmelte Brian und gab sich Mühe, Frances ein aufmunterndes Lächeln zu schenken. »Vier Minuten und dann lade ich dich auf einen Drink deiner Wahl ein. Stark muss er sein, das ist die einzige Bedingung.«

»Long Island Ice Tea?« Durst. Bis eben hatte sie es vergessen.

Brian hob seine Augenbrauen. »Ich erwarte mehr Extravaganz von dir als das, Verehrteste. Aber angesichts der aktuellen Situation und dieses penetranten Geräuschs«, die letzten zwei Worte schrie er in die Kamera, und Frances sah ihm nach, dass er dieselbe aussichtslose Taktik verfolgte wie Makenzie vor eineinhalb Stunden, »angesichts dessen habe ich Verständnis. In der Bar wird dir etwas Besseres einfallen, als ein Long Island Ice Tea.«

Sie nickte, ohne weiter darüber nachzudenken. »Okay.«

»Und dir auch«, ergänzte Brian und sah Alayna an. »Selbst, falls du genauso jung bist, wie du aussiehst, wirst du heute sturzbetrunken nach Hause gehen, verstanden?«

Frances merkte an ihrer Schulter, wie Alayna nickte, jedoch nichts weiter dazu sagte.

»Und ihr zwei Turteltauben.«

97:23

Klack.

»Ihr kommt auch mit, oder?« Brian zeigte auf Jaden und Daisy.

»Ich trinke nur Bier, Mann«, meinte der Hüne, der auf einmal klein wirkte, wie er da auf dem Boden saß. »Aber davon nehme ich ein paar.«

Brian nickte. »Und du?«

»Wodka«, meinte Daisy. »Pur auf Eis. Und eine Literflasche Wasser. Ich verdurste.«

Frances hörte Alayna das Seufzen ausstoßen, das sich auch ihr selbst schon in die Kehle geschlichen hatte. Nur behielt sie es für sich. Durst wurde nicht besser davon, dass man sich selbst ständig daran erinnerte.

»Wodka«, raunte Brian. Die Sache mit dem Wasser überging er ebenfalls einfach. »Für so klassisch hätte ich dich gar nicht gehalten.«

»Nicht klassisch, nur direkt«, war Daisys Antwort, begleitet von einem zögerlichen Lächeln und einem unsteten Blick, der immer wieder nach der Zeit an der Wand suchte.

Klack.

97:59

Klack.

98:00

Klack.

»Noch zwei Minuten«, keuchte Jaden und legte den Kopf in den Nacken, die Augen fest zusammengepresst. »Noch zwei Minuten.«

Frances konnte nicht einschätzen, ob er Brians Worten einfach bedingungslosen Glauben schenkte, oder die vage Hoffnung schlichtweg zu einem Mantra manifestiert hatte.

»Platzangst«, flüsterte Daisy ihr zu. »Ist eigentlich kein Thema, meinte er, aber jetzt ... Aber sieh uns an, wir drehen vielleicht alle durch, wenn diese verschissene Tür nicht gleich aufgeht.«

»Vermutlich«, stimmte Frances zu und sah Brian auf dieselbe Weise an, wie sie es in den letzten zwanzig Minuten immer wieder getan hatte. Ein stummes »Wie sicher bist du dir?«. Und die Antwort war ebenfalls jedes Mal wortlos ausgefallen. Mit jeder Wiederholung hatte sie ein Stück ihrer Sicherheit verloren.

98:34

Klack

»Wir zählen dann aber keinen Countdown, oder?«, fragte Daisy. »Das wäre albern.«

»Oh Gott, nein.« Frances schüttelte entschieden den Kopf. »Wenn die Tür aufgeht, gehen wir einfach raus und Brian lädt uns auf einen Drink ein. Und was mich angeht, wird das der erste und letzte Besuch in einem Escape Room gewesen sein.«

»Völlig überbewertet«, murrte Brian. »Sage ich ja die ganze Zeit. Nie hört mir jemand zu …«

Klack.

99:01

Klack.

99:02

Es war still. Die letzte Minute verbrachten sie schweigend und Frances hasste es. Selbst Makenzies Verschwörungstheorien hätte sie sich lieber angehört als … ja, als einfach nichts. Die Fantasien über irgendwelche Experimente und baldiges Ableben der ganzen Menschheit waren für sie so greifbar wie Feen und Zombieapokalypsen. Sie fühlten sich schlichtweg nicht wie etwas an, das wirklich passieren konnte. Das wirklich passieren *würde*.

Stille war greifbar. Sie war da und passierte. Und sie ließ viel zu viel Raum. Raum für Gedanken wie die Tatsache, dass das hier ja kein Versehen sein konnte. Man konnte sie nicht einfach vergessen haben. Das hier war kein Fehler. Bei einem Fehler lief nicht Blut aus der Wand. Ein Fehler zählte nicht die Zeit, wie lange er dauerte.

Aber was war es dann, wenn kein Versäumnis?

99:45

Klack.

99:46

Klack.

99:47

Sie hörte Alayna neben sich den Countdown murmeln. So leise, als wäre ihre Stimme eine vage Erinnerung, die sie nicht greifen konnte. Frances ließ sie, ließ auch den Kopf der Kleinen an ihrer Schulter ruhen und als die letzten fünf Sekunden anbrachen und das junge Ding nach ihrer Hand griff, erwiderte sie die Geste.

99:58

Klack.

99:59

Klack.

Klack.

Klack.

Klack.

Die Zeit blieb stehen und blinkte weiter im Sekundentakt.

Und dann war sie plötzlich weg.

Mit ihr verschwand das Geräusch einer tickenden Uhr und kurz darauf auch die Stille.

00:00

Als die Zahlen sich wieder zurückgestellt hatten, ertönte ein dröhnendes Warngeräusch. Als hätte man bei einer Game-Show den falschen Button gedrückt, die Bühne färbte sich in rotes Licht und der Alarm war die nonverbale, aber ohrenbetäubende Klarheit: »Fehler!«

00:01

Fehler!

Mit jeder weiteren Sekunde schrillte nun dieses verheerende Fehlersignal durch den Raum, kündigte unermüdlich jede neue Ziffer an.

Alayna hielt sich die Ohren zu, kniff ihre Augen zusammen, und wenn Frances nicht irrte, weinte sie. Scheiße noch mal, ihr war selbst danach, zu heulen. Vor Wut und vor einem überwältigenden Gefühl von »Ich weiß nicht, was ich noch tun soll«.

Jaden hatte sich nicht von der Stelle gerührt, doch er wirkte blass, während sein Kopf noch immer im Nacken lag und er sehr bewusst ein- und wieder ausatmete.

»Ich habe es ja gesagt.« Makenzie. Er hatte seine Worte wiedergefunden und schien sogar glücklich darüber, sie sagen zu können. Wie um alles in der Welt, konnte diesem Wichser wichtiger sein, recht zu behalten, als hier herauszukommen? »Die lassen uns hier drin verrotten, und das ist volle Absicht! Hat einer von euch die AGB gelesen? Also wirklich gelesen? Vielleicht haben wir unser Ableben ja einfach in Kauf genommen. Zum Wohle der Wissenschaft. Oder zum Wohle des Vergnügens von ... Was weiß ich wem. Vielleicht stecken ja Brians Freier dahinter. Genau solchen Typen könnte man das zutrauen. Wer Schwänze in Ärsche steckt, ist auch zu so was fähig ...«

»Lass gut sein«, stöhnte Daisy genervt. »Mach dich lieber nützlich und ...«

»Und was?«, keifte Makenzie.

Frances sah Brian bereits an, dass er sich auf die Zunge biss. Er hatte sich von der Wand gelöst und war nun näher bei Makenzie als zuvor. Sein Erscheinungsbild war das Klischee eines wütenden Mannes, der sich mit Müh und Not beherrschte – zu Fäusten geballte Hände, eine hervortretende Ader am Hals. Hatte er Makenzie von seinem Job erzählt? Aber wann hatte es je auch nur eine Minute gegeben, in der ausgerechnet Brian und Makenzie sich sachlich kennengelernt hatten? Sie konnte sich einfach nicht erinnern. Aber dieses Geräusch war zu laut, zu penetrant, um wirklich nachzudenken. »Lass ihn. Er ist genauso gestresst wie wir alle«, versuchte Frances zu schlichten. Ihre Kehle war trocken und dieser Scheißalarm so wahnsinnig laut. Sie war nicht sicher, ob irgendwer sie überhaupt hörte.

02:34

Fehler!

02:35

Fehler!

»Und was?«, brüllte Makenzie nun und stieß Daisy unsanft mit dem Fuß an, um seine Antwort aus ihr herauszutreten. Mit einem Mal war Frances sich nicht mehr sicher, ob er genau das nicht vielleicht sogar tun würde. Treten. Oder irgendeine andere Form der Gewalt anwenden, um ... ja, um was?

»He!«, blaffte Daisy und sprang auf. »Was bist du eigentlich für ein Spinner?«

Mittlerweile stand auch Jaden neben ihr, hatte sich zur vollen Größe aufgebaut. Diese ihm vertraute Konstellation hatte ihm sogar etwas Gesichtsfarbe zurückgegeben. Farbe, aber keinerlei Kontrolle. In Frances' Augen war das hier keine Situation, die irgendjemand von ihnen kontrollierte. Niemand der sechs Personen hier im Raum.

»Komm«, flüsterte sie Alayna zu, die die Auseinandersetzung erschrocken beobachtete. »Wir gehen aus dem Schussfeld, das ist mir zu doof.« Wäre sie ehrlich gewesen, hätte sie zugeben müssen, dass es ihr Angst machte, wie dieser kleine Mann Daisy anstieß und wieder fragte: »Und was, mh?«

»Hör einfach auf zu atmen und sei still«, zischte Daisy mit einer Kälte, die Frances ihr in diesem Maß nicht zugetraut hätte.

Allerdings hätte sie auch Makenzie nicht zugetraut, die Hand gegen Daisy zu erheben – gleich gar nicht, während Brian und Jaden in unmittelbarer Nähe standen.

Sein Handrücken krachte gegen ihren Wangenknochen und übertönte das Signal der nächsten verstrichenen Sekunde.

05:12

Fehler.

Brian war derjenige, der keine Sekunde brauchte, um zu reagieren. Mit dem nächsten Fehlersignal hatte er sich zwischen Daisy und Makenzie aufgebaut und brüllte den einen halben Kopf kleineren Mann an. »Verzieh dich in deine scheiß Ecke, und wenn ich noch einen Ton von dir höre ...«

»Dann was?«, hielt Makenzie dagegen. Woher er den Mut nahm, war Frances ein Rätsel. Sie hätte Brian so nicht gegenüberstehen wollen, doch dieser Wicht setzte noch eins drauf, stieß den Größeren gegen die Schulter und schrie. »Was willst du dann machen, he?«

Brian schien gar nicht darüber nachzudenken, als er Makenzie mit Wucht von sich wegstieß. Eine kleine Demonstration dessen, was er dann machen wollte. Eine kleine, sehr unbedachte Demonstration.

06:23

Fehler!

Makenzie wurde von der Wucht zwei Schritte nach hinten gestoßen. Zwei Schritte, in denen er sein Gleichgewicht suchte, und schließlich über dem Sessel verlor, der hinter ihm auf dem Boden lag. Er fiel rückwärts und ein lauter Knall erfüllte die Ruhe zwischen zwei Alarmtönen, als sein Kopf gegen die Tischplatte krachte und er dann ungebremst zu Boden fiel.

»Scheiße!«, stieß Jaden aus. Zu langsam. Er wäre derjenige gewesen, der solche Hindernisse und Gefahren in einer Handgreiflichkeit vielleicht einzuschätzen gewusst hätte. Nur war er nicht dazu gekommen, derjenige zu sein, der auf Makenzie reagierte.

06:26

Fehler!

06:27

Fehler!

»Wieso steht er nicht auf?« Alaynas Stimme hatte den ganzen Abend nicht so zart geklungen wie in diesem Moment.

Brian schnaufte. »Weil er ein dämliches Arschloch ist, das …«

»Der atmet nicht mehr.« Jaden war neben Makenzie in die Hocke gegangen und begutachtete den Gefallenen. »Ohne Scheiß. Der atmet nicht!«

»Der hält die Luft an, um uns eins auszuwischen. Gib ihm eine Minute, wenn überhaupt.«

06:56

Fehler!

Dieser Signalton machte Frances schier wahnsinnig. Jemand war verletzt. Sahen die das nicht? Was auch immer hier abging, sahen die nicht, dass da drei Menschen um ein bewusstloses Arschloch herumstanden, das offenbar nicht atmete?

Alayna machte Anstalten sich zu der Gruppe zu gesellen, doch Frances hielt sie zurück. »Wenn das ... dann solltest du nicht ...« *Ich will das nicht sehen*, wäre richtig gewesen. Aber es war so viel einfacher einer Person, die viel schutzbedürftiger schien, einzureden, dass sie etwas besser nicht sehen sollte.

»Aber vielleicht kann ich helfen, ich hatte mal einen Kurs und ...« Sie sah Frances sogar an, als müsste sie sich ihre Erlaubnis holen. Mit einem Schulterzucken gab sie sie ihr, woraufhin das Küken zu der Gruppe stieß. Alle vier hockten um Makenzie herum, sodass Frances ihn gar nicht mehr erkennen konnte. Nicht mehr als die Füße, die sich hin und wieder bewegten, wenn jemand ihn berührte.

»Hat er einen Puls?«, hakte Daisy nach. »Er ist doch nur hingefallen, er ...«

»Da läuft Blut aus seinem Ohr, er ist sicher nicht einfach nur hingefallen!«

»Aber das kann doch nicht ...«

Die Gruppe verkleinerte sich um einen, als Brian sich von den dreien löste und stattdessen auf Frances zuging. Wobei er sie nicht einmal ansah, sondern etwas abseits von ihr entfernt stehen blieb. Seine Hände hatte er über dem Kopf zusammengeschlagen und starrte dorthin, wo Alayna, Daisy und Jaden Makenzie gemeinsam auf einen freieren Bereich auf dem Fußboden legten und noch einmal seine Atmung und seinen Herzschlag überprüften.

»Ich hab ihn doch kaum angerührt«, hörte Frances Brian murmeln. »Ich wollte ihn doch nur in die Schranken weisen. Ich habe ihn doch kaum angerührt.«

Frances setzte dazu an, etwas zu sagen. Irgendetwas, das vermutlich kaum hilfreich gewesen wäre. Dann aber fiel es ihr auf.

»Ich habe ihn doch kaum angerührt.«

Sie konnte Brians Gemurmel hören. Und zwar ohne Unterbrechungen.

Das Fehlersignal war verstummt.

Und mit ihm hielt auch ihr Herz einen Moment lang inne, als sie in die Richtung der Zeitanzeige blickte. Sie war stehen geblieben.

06:47.

Und dann war da noch etwas, von dem Frances nicht sicher war, ob sie es wirklich sah. Langsam und bedächtig näherte sie sich dem, was keine Fata Morgana war. Sie war wirklich da – diese feine, gerade Linie an der Wand. Hell. Licht. Kein Schatten.

Behutsam legte Frances ihre flache Hand an die Mauer und drückte. Sie leistete kaum Widerstand, als sie nachgab und die feine Linie zu einem breiter werdenden Spalt wurde, durch den das Licht in diesen Raum hier hineinfiel.

»Das ist doch ...«, hörte sie sich selbst murmeln und irgendwo, weit, weit hinter ihr, wie in Watte, nahm sie wahr, wie drei Menschen sich um Makenzie bemühten, als wäre er ihnen wichtig gewesen. Aber vielleicht war auch Brian derjenige, der ihnen wichtig geworden war. Vielleicht war er derjenige, für den sie Makenzies Puls und seine Atmung wieder zurückholen wollten. Damit das Ganze nicht mehr sein musste, als ein dummer kleiner Unfall. Nichts von Belang.

Aber es war von Belang.

Denn da war ein Spalt in der Wand.

Ein Ausgang.

»Leute ...«, sagte Frances, diesmal etwas lauter. Ihr Herz galoppierte gegen ihre Stimme an, als wäre ein Ausgang eine Bedrohung und nicht der Wunsch, den sie zweieinhalb Stunden lang gehegt hatte.

»Fran, wir haben jetzt keine ...«

»Es ist offen.«

Nur Daisy fuhr herum, während Jaden sich noch immer mit der Herzdruckmassage abmühte. »Was?«

»Die Wand ... Es ist offen. Keine Ahnung, wieso, ich ... Sie ist offen.«

Den Grund dafür verriet die Wand ihnen in dem Moment, als auch Brian sie irritiert ansah. Die Zeitanzeige verschwand und mit dem dramatischen Geräusch eines Donnerschlages erschienen andere Zahlen:

1:5

Frances wusste, dass sie im Eingangsbereich gelacht hatte, als das Donnergrollen den Raum erfüllt hatte. Es war so albern gewesen, so pathetisch.

Brian erwiderte ihren Blick auch diesmal. Was aber verloren gegangen war, war das Grinsen über diese lächerliche Theatralik. Da war kein Schmunzeln mehr, kein Augenrollen.

Der richtige Moment dafür war mit einem Mal Ewigkeiten her.

2. Luft

Alayna

2,5 Wochen zuvor

Ein Kratzen. Es war mehr ein Kratzen als ein Klicken, mit dem sich das Schloss entriegelte. In den ersten Tagen war es ihr unheimlich gewesen, aber mittlerweile wirkte es freundlich und vertraut. Wie ein Freund, den nur sie hatte.

Sie nahm die Einkaufstüten und schob sich durch den Spalt, den die Tür ihr ließ, ehe sie ihn mit dem Fuß wieder zuschob. Ganz sachte. Einem Freund gab man keinen heftigen Tritt.

Ihre Einkäufe stellte sie auf dem Küchentisch ab, verriegelte sorgsam jedes der vier Sicherheitsschlösser von innen und begann anschließend damit, die Lebensmittel in ihren Kühlschrank zu räumen. Dabei lauschte sie der leisen Musik, die von der Straße, vier Stockwerke unter ihr, erklang. An dem Gitarristen, der den Wartenden vor dem Club auf der anderen Straßenseite die Zeit vertrieb, war sie eben vorbeigelaufen. Sie hatte sogar überlegt, ihm einen Dollar oder zwei in den Gitarrenkoffer zu legen, doch sie hatte keine Hand frei gehabt, und eigentlich auch keine ein oder zwei Dollar übrig. Ihr Erspartes hatte sie für die Kaution ihres Apartments aufgebraucht, und der Job in der Buchhandlung würde gerade so für die Miete und das Nötigste reichen. Ein paar Dollar für einen Straßenmusiker gehörten leider nicht zum Nötigsten dazu.

»Du hast hier eine Perspektive, Ally. Wenn du die aufgeben willst, dann allein. Ich zahle nicht für Hirngespinste.«

Die Perspektive, die sie in Texas zurückgelassen hatte, war die marode Tankstelle ihres Vaters, die er selbst von seinem Vater übernommen hatte – inklusive aller Schulden. Eine Säule, Pumpen, die Kassenschublade, die Waren in den Süßigkeitenregalen. All das konnte man anfassen. Und Geld. Geld konnte man genießerisch zwischen den Fingern zerreiben, bis man es in Alkohol ertränkte oder in der Hoffnung auf mehr Glück beim nächsten Spiel.

Literatur anzufassen war schwieriger. Sie war nicht das Papier und nicht der Buchdeckel, sondern alles dazwischen. Und sie war das, was Alayna zu ihrem Stipendium verholfen hatte. Und nun war sie hier in ihrem Apartment in L. A., das sie sich kaum leisten konnte. Sie glaubte, sie war besser darin, allein zu sein, als in einer Wohngemeinschaft unter anderen, die sie ohnehin für seltsam halten würden. Hier gab es nur sie und das beruhigende Kratzen ihres Türschlosses.

Nachdem sie die Einkäufe verstaut hatte, nahm sie sich den Stapel an Prospekten, der in ihrem Briefkasten auf sie gewartet hatte, lief zum Fenster ihres Einzimmerapartments und öffnete es. Mitsamt ihrer Post kletterte sie nach draußen auf die Feuertreppe und setzte sich auf eine der Stufen, um der Musik zu lauschen, während sie alles durchsah. Die erste Rechnung ihres Vermieters war direkt eingeworfen worden, sie trug keine Briefmarke, keinen Poststempel. Im Gegensatz zum Schreiben von der Uni. Die Bestätigung ihrer gewählten Seminare und eine Einladung zur Willkommensveranstaltung in einem Monat. Kurz überlegte sie, wer daran teilnehmen würde. Erstsemester wie sie? Würden sie alle frisch von der Highschool kommen? Aus Auslandsjahren? Aus einem anderen, abgebrochenen Studium? Wer von ihnen hatte die letzten zwei Jahre hinter dem Tresen einer Tankstelle verbracht, bis ein Mann mit einer schwarzen Skimaske gekommen war und die Kasse geleert hatte? Wer von ihnen hatte wie Alayna von einer Waffe bedroht werden müssen, um endlich zu entscheiden, dass sie nicht dortbleiben konnte, wo sie war?

Sonderbar. Mit Sicherheit würde sie in einem Monat genau diejenige sein, über die man das sagte. Da machte sie sich gar keine anderen Illusionen.

Der Gitarrist bedankte sich und kündigte seine letzten beiden Lieder an, als Alayna eine schwarze Karte in die Hände fiel. Das Papier war schwer und veredelt, das Symbol einer gelben Tür war nicht nur aufgedruckt, sondern eingeprägt worden.

Wahre Freundschaft kostet kein Geld.
Sie lebt von Vertrauen und von gemeinsamen Erinnerungen.
Und von all den Abenteuern, die man noch vor sich hat.
Bist du bereit für euer erstes?
www.true-and-trusted-friends.com/application

Jetzt

»Auf gar keinen Fall. Unter gar keinen Umständen gehe ich da rein.«

»Und wo willst du sonst hin? Hierbleiben?«

»Max ist tot! Wir können doch nicht einfach verschwinden!«

»Ach, jetzt ist es auf einmal Max?«

»Er ist tot!«

»Und du glaubst wirklich, das hat niemand mitbekommen?«

Alayna konnte aus dem Augenwinkel erkennen, wie Daisy zur Decke gestikulierte, vermutlich zu einer der Kameras, die in den Ecken und über den Regalen hingen. Frances war diejenige, mit der sie stritt, aber vermutlich war Fran nur Brians Stimme, der neben den beiden stand, und noch immer zu dem Schreibtisch starrte, hinter dem sich Jaden um Max bemühte. Er war der Letzte, der seinen Tod noch nicht akzeptierte. Doch Alayna konnte seinem Gesicht ansehen, dass er es eigentlich längst verstanden hatte. Dass er nur niemand sein wollte, der zu früh aufgab.

»Denk doch mal nach«, sagte Frances. Etwas ruhiger diesmal. »Eins zu fünf. Das war gewollt! Oder man hat mindestens damit gerechnet, dass das passiert. Scheiße, die haben uns einen Dolch gegeben, um das Schloss zu öffnen. Vielleicht war der gar nicht in erster Linie als Schlüssel gedacht, vielleicht ...«

»Das ist doch lächerlich«, unterbrach Daisy sie harsch.

Das führte zu nichts, jedenfalls nicht allzu bald. Also schob Alayna sich an Brian vorbei durch den Spalt dieser offenen Wand. »Wo willst du hin?«, raunte er ihr zu.

Sie zuckte mit den Schultern. »Ich schau es mir nur selbst noch einmal an«, sagte sie leise. *Lasst euch nie von jemandem sagen, ob ein Buch gut ist oder schlecht. Lest es und entscheidet selbst.* Das hatte Mr. Jenkins, ihr Englischlehrer, immer gesagt. *Im Übrigen trifft das auf mehr zu als nur Bücher. Lasst euch nie sagen, ob etwas geht oder nicht. Schaut es euch an und entscheidet selbst.*

Alayna fragte sich, ob Mr. Jenkins mittlerweile Vater eines Jungen oder eines Mädchens war. Vor vier Monaten war sie seiner Frau begegnet, der Leib in der Mitte auf diese magische Weise angeschwollen, die vermutlich nur Betrachtern magisch vorkam, niemals der Person selbst. Und sie fragte sich, ob Mrs. Jenkins ihn genauso gut verstand wie sie selbst. Seinen Blick auf die Werke von Thomas Hardy und Hemingway. Sie fragte sich, ob seine Frau die Meinungen ihres Mannes teilte, oder ob sie es schaffte, mit ihm auf derselben

Wellenlänge über Shakespeares manchmal scharfzüngigen Humor zu debattieren.

Das waren Fragen, die leichter waren als die, um die es zwischen Frances und Daisy ging. Aber sie waren schwer genug, um Alayna zu beschäftigen, während sie die Wände dieses kleinen Raumes absuchte, in dem rein gar nichts war, außer eben der Wand. Er maß vielleicht fünf oder sechs Quadratmeter und war etwa zweieinhalb Meter hoch – niedriger als das Zimmer, aus dem sie sich befreit hatten. Wenn man das so nennen wollte.

Und da war noch etwas.

»Seid mal kurz ruhig«, sagte sie. Zu leise, als dass sie jemand gehört hätte, um nicht das leise Geräusch zu verlieren, das sie gerade in den Wänden gefunden zu haben glaubte. »Seid bitte kurz ruhig.«

»Sie sagt, ihr sollt die Klappe halten!« Brian gab ihre Bitte an die streitenden Frauen weiter und deutete auf Alayna, als die sich irritiert zu ihm umdrehten.

»Hast du etwas gefunden?«, fragte Frances und trat ebenfalls an Brian vorbei in den winzigen Raum.

Das mechanische Flüstern hinter der Wand wurde lauter.

»Mach das noch mal«, forderte Alayna sie auf.

»Wovon redest du?«

»Geh raus und wieder rein.«

Also tat Frances genau das, während Alayna ihr Ohr an die Wand presste. Und tatsächlich. Sobald Frances mit einem leisen, zaghaften Schritt den Raum betrat, hörte sie ein kaum vernehmbares Surren. Genauso wie jenes, das ihr begegnete, wenn sie in den Lift zu ihrer Wohnung stieg. Dort trat sie in die Kabine, der Boden gab ein bisschen nach, und die Hydraulik machte sich mit einem Summen bemerkbar.

Der Boden in diesem Raum hatte nicht nachgegeben. Aber vielleicht war Frances zu leicht oder die Technik wesentlich neuer als die in ihrem Wohnhaus.

»Kannst du ... Kann Jaden das kurz machen?« Schüchtern sah Alayna zu dem Riesen hinüber, der irritiert zu ihr aufsah. Schweiß glänzte auf seiner Stirn, und seine Hände lagen noch immer auf Makenzies Brust.

»Ich bräuchte eine schwerere Person, nur um sicher zu sein. Ich glaube, das ist ein Fahrstuhl.« Das sagte sie vorsichtig, weil sie glaubte, dass es Jaden schwerfallen würde, aufzugeben. Aber vielleicht brauchte er ja genau das? Eine andere Aufgabe ...

»Okay«, sagte Jaden, sah noch einmal kurz auf den leblosen Mann vor sich und rappelte sich dann auf. Das tat er ziemlich schnell. Es wirkte beinahe wie eine Flucht. Eine etwa vier Meter weite Flucht, bis er über die Schwelle in den kleinen Raum trat.

Der Boden gab nach. Nur ganz leicht. Alayna hätte es vielleicht nicht einmal wahrgenommen, hätte sie nicht darauf gewartet. Aber dieser »Raum« sackte wirklich ein winziges Stück nach unten, ehe er sich wieder auf seine vorherige Position begab. Und das Summen hinter der Wand war lauter geworden.

»Das ist wirklich ein Fahrstuhl!«, verkündete sie.

»Und wie bedient man den?« Frances trat an ihre Seite und scannte mit ihrem Blick die Wand noch einmal ab.

»Ich glaube nicht, dass er dafür da ist, dass wir ihn bedienen«, murmelte Brian und sah noch einmal über seine Schulter.

»Der Fahrstuhl in diesem Gebäude ist kaputt«, fiel Frances ein. »Meint ihr, das könnte ... Vielleicht ist er gar nicht kaputt, und das hier ist der Fahrstuhl?«

Brian setzte dazu an, etwas zu sagen, ließ es allerdings bleiben und schüttelte den Kopf. Also setzte Frances noch einmal nach. »Kommt ihr?«

»Meinst du wirklich, wir sollten damit fahren?« Um seine Frage zu untermauern, trat Jaden wieder aus der Kabine heraus und an Daisys Seite, die einige Meter abseitsstand und einen unmissverständlich kritischen Blick präsentierte.

Brian warf Frances einen Blick zu, ehe er sprach. Als wolle er sich rückversichern, dass seine Worte nicht zu weit gingen, noch ehe er sie gesagt hatte. »Wir können auch hier sitzen bleiben, bis ... Meinst du, irgendjemand wird kommen und uns die Tür öffnen? Da liegt ein toter Mann, und niemand ist hier. Entweder sind die Leute hinter den Kameras eingeschlafen, oder ...«

»Oder ... was?«

»Zwing mich nicht, dass laut auszusprechen und zu klingen wie ein verrückter Prophet der Apokalypse.«

»Aber ...«

»Die lassen uns krepieren, Mann. Wir sind hier seit vier Stunden. Und mit ...« Brian deutete hinter sich und vage in Richtung von Makenzie, der noch immer nicht damit aufgehört hatte, dort zu liegen.

Alayna bekam eine Gänsehaut, wenn sie nur daran dachte, dass er eben noch in der Ecke gegenüber gestanden und Verschwörungstheorien in den Raum geworfen hatte, die niemand hören wollte. Und die immer noch niemand glauben wollte. Sie selbst genauso wenig wie alle anderen.

»Das ist krank«, sagte Daisy. »Selbst wenn du recht hast – wir können doch nicht einfach mitspielen, als wäre *das* nicht passiert.« Die nächste Hand deutete zu dem Toten, der sich längst nicht mehr dagegen wehren konnte, der Mittelpunkt einer Diskussion zu sein. Wo er seine Identität als Makenzie verloren hatte, der der Ehemann einer Frau war, deren Namen hier niemand kannte. Nun lag er neben dem Schreibtisch und war nichts mehr als das Symbol für die Situation, in der sie sich befanden.

»Dann sag mir, welche Wahl wir haben, und ich bin dabei. Wenn du meinst, Protestschilder bringen uns hier raus, bin ich der Erste, der dir eins malt. Mit meinem Blut, wenn es sein muss. Aber das wird niemanden auch nur einen Scheiß interessieren!«

Alayna zuckte zusammen, als Brians Stimme durch den Raum donnerte. Daisy jedoch blieb ungerührt stehen und verschränkte nur die Arme vor der Brust. Alayna sah ihren Blick nicht, Brian fing ihn dafür umso heftiger auf und antwortete mit einem wesentlich ruhigeren »Tut mir leid.«

»Gut«, schnaufte Frances und wandte sich dann zu Alayna um. »Was meinst du?«

Alayna erstarrte. »Was?«

»Du hast das gefunden. Was meinst du – sollten wir hierbleiben oder schauen, ob uns das Ding irgendwohin bringt?«

»Aber ...« Sie war niemand, der Entscheidungen traf. Nicht für andere. Sie hatte doch gerade erst gelernt, für sich selbst zu entscheiden. Alles, was sie gut konnte, war, zu analysieren und Verknüpfungen herzustellen. Und vielleicht, zu beobachten. Das sind Dinge, die Bücher einem beibringen. Zu bemerken, was leicht übersehen wird und Schlüsse zu ziehen, die sich gern im Verborgenen halten.

»Die anderen Rätsel hast du auch gelöst. Jedenfalls die meisten. Mich würde interessieren, was du denkst. Wie ist deine Meinung?«

Alayna sah unsicher zu Brian, dann zu Frances und schließlich wieder zu Daisy. »Ich bin nicht sicher, ob ich noch eine Meinung haben kann. Es gibt ja nur hierbleiben oder sehen, was dieser Fahrstuhl bringt. Und die beiden Meinungen sind schon vergeben. Und ich weiß nicht, ich ... können wir nicht abstimmen?«

Sie sah Brian an, während sie das fragte, weil er derjenige war, bei dem es ihr leichter fiel, ihm in die Augen zu sehen. Und weil er derjenige mit der Meinung war, die sie selbst gern hätte. Aber das wollte sie Daisy nicht einfach sagen. Dafür mochte sie sie zu sehr. Also galt ihr stummes Flehen Brian, und er nickte.

Alayna atmete erleichtert aus, noch ehe Brian einen Ton gesagt hatte. »Ist vermutlich das Klügste. Offenbar müssen wir ja eh alle damit fahren. Oder keiner.« Er nickte zu dem Fahrstuhl, auf dessen Schwelle Alayna noch immer stand. »Sonst wäre er ja längst mit uns Dreien losgefahren. Also – Daisy? Jaden?«

Alayna trat einen Schritt nach hinten, heraus aus dem Rampenlicht und an die Seite des großen Bücherschrankes. Kurz dachte sie an den Moment, in dem sie die Hauptstädte auf der Karte entdeckt hatte und sie die Bücher aus dem Schrank geholt hatten. Das alles war aufregend gewesen, und nun schien ihr das alles unfassbar lange her. Die Karte, auf der die Städte markiert gewesen waren, lag mittlerweile auf dem Boden vor dem Schreibtisch. Sie war an einer der Faltkanten entlang eingerissen.

Paris.
Kopenhagen.
Berlin.
Stockholm.

»Alayna?«

Sie schreckte hoch und sah Brian an. Auch Frances hatte sich mittlerweile zu ihr umgewandt.

»Gehen oder bleiben – wie ist deine Stimme?«

Oh nein, sie hatte nicht aufgepasst, wie die anderen abgestimmt hatten. Sie wusste nicht, wie die Stimmen bisher verteilt waren. Was, wenn sie nun doch die war, auf der die Entscheidung lastete?

Sie seufzte, erschlagen von der Unmöglichkeit, die Wahrscheinlichkeiten anderer Stimmen auch nur annähernd präzise abzuschätzen. »Gehen, denke ich.« Daisys Gesicht blieb ausdruckslos, als Alayna sie entschuldigend ansah. »Ich weiß nicht, was das alles ist, aber ich glaube nicht, dass es in diesem Raum für irgendwen weitergeht. Wir haben alles abgesucht und keine Möglichkeit gefunden, um …« *Zu fliehen?* Diese Worte in ihrem Kopf klangen nicht mehr nach dem Inhalt eines Spiels, also behielt sie sie für sich.

»Das macht vier zu eins«, resümierte Brian.

Unwillkürlich musste Alayna an Makenzie denken. Vier zu zwei, dachte sie. Eine stille Stimme gab es definitiv noch für den Verbleib in diesem Raum.

»Dann los«, sagte Frances nur und verschränkte die Arme vor der Brust. »Aber seht euch um, ob wir vielleicht irgendetwas von dem brauchen können, was hier herumliegt.«

»Wehe, irgendwer kommt auf die Idee, diesen Dolch mitzunehmen!«, mischte Daisy sich ein. »Ich meine es ernst.«

»Keine Waffen.« Brian nickte. »Ich denke, da sind wir uns alle einig?«

In diesem Punkt herrschte Einstimmigkeit. Dennoch fand sich nichts in dem Raum, das es wert gewesen wäre, mitgenommen zu werden. Nach kurzer Diskussion ließen sie auch Makenzie zurück. Die Frage nach dem »Und dann?«, die nicht beantwortet werden konnte, siegte über die moralischen Bedenken. Das war logisch. Vermutlich war es auch logisch, diesen Raum zu verlassen und sich in diesen Fahrstuhl zu quetschen, der nur dann ein solcher war, falls Alayna sich nicht irrte.

Aber Logik half nicht gegen das mulmige Gefühl, das sich durch ihren Magen fraß. Und die Gewissheit, dass jeder, der sich mit ihr auf diese kleine Fläche zwängte, das Gefühl teilte, machte es nur stärker, nicht schwächer.

Brian war der Letzte, der sich nach vorn stellte, neben Frances, die sich damit ablenkte, Jaden besorgte Blicke zuzuwerfen. Der hatte die Augen zugekniffen und atmete durch die Nase. »Geht schon«, sagte er. Nun zum dritten Mal innerhalb weniger Sekunden. »Geht schon.« Alayna nahm an, dass er das mehr zu sich selbst sagte als zu der Gruppe.

»Also, wie lange geben wir der Sache?«, fragte Brian, sobald er sich an seinen Platz gestellt hatte. »Ich meine, wir haben kein Bedienfeld. Und ich habe keine Lust, hier stundenlang zu stehen und zu warten, dass ... Oh, okay.«

Nahezu geräuschlos schloss sich die Tür vor ihm, die eigentlich keine Tür war, sondern ebenso wie die anderen drei Seiten eine Wand, die sich langsam vor das Bild des verwüsteten Raumes schob, den sie verlassen hatten.

»Scheiße«, zischte Jaden neben ihr, und Alayna sah sich zu ihm um. Seine Augen waren noch immer geschlossen, aber sie nahm an, dass er kurz einen Blick riskiert und gesehen hatte, mit welch lähmender Langsamkeit sich diese Zelle schloss. Und dass es keine Tür war, die sie abriegelte, sondern eine Wand.

Sie rastete mit einem Klicken in ihrem Ziel ein, dann passierte für einen Moment gar nichts.

»Wenn hier jetzt gleich Gas einströmt, mache ich euch dafür verantwortlich«, zischte Daisy.

»Kannst du bitte deine Klappe halten?« Frances. »Siehst du nicht, dass hier einige eh schon Probleme haben? Meine Güte, du ...« Ihre letzten Worte verschwanden hinter dem Keuchen, das sie ausstieß, als der Raum sich tatsächlich in Bewegung setzte.

»Natürlich«, schnaufte Brian. »Nach unten. Wohin auch sonst?«

Frances gluckste, aber ihr Gesicht zeigte nicht das Lächeln, das zu diesem Geräusch gepasst hätte. Daisy hingegen rollte nur mit den Augen. Sie könnten Freundinnen sein, schoss es Alayna durch den Kopf. Wenn das hier alles so laufen würde, wie »True and trusted friends« es vorgesehen hatte, wären die beiden vielleicht als Freundinnen aus dem Raum gegangen.

Dass das hier vermutlich gar kein Fehler war, weigerte Alayna sich nach wie vor zu glauben. Max war vielleicht nicht tot, vielleicht hatten sie sich geirrt. Warum hatte sie es nicht selbst geprüft? Vielleicht befanden sie sich nach wie vor in einem harmlosen Spiel und reagierten über. Gruppendynamik. Massenhysterie. Das waren alles gängige Phänomene. Vielleicht wurde das Spiel ja nur zu dem, was sie daraus machten. Vielleicht war das das Konzept. Vielleicht ...

So leise sich der Fahrstuhl hinabbewegt hatte, so laut war das Rumpeln, mit dem er sein Ziel erreichte.

Dann passierte nichts.

»Scheiße, das ist doch nicht euer Ernst«, stieß Jaden aus. Er ließ seinen Kopf nach vorn auf seine Brust fallen, und Alayna vermutete, er hätte sich einfach wieder auf den Boden gesetzt, hätte der Platz hier es zugelassen.

»Alles gut«, versicherte Daisy. »Spürst du das? Ich glaube, das ist ein Luftzug. Vielleicht müssen wir ... meint ihr, wir müssen hier drin auch ein ... irgendwas lösen?«

»Hier drin ist nichts«, murmelte Frances. »Wir haben uns doch alles schon angesehen, als wir noch oben waren.«

»Aber ich glaube, sie hat recht.« Alayna hasste es, wie ihre Stimme klang, wenn sie nicht sicher war, ob überhaupt erwünscht war, dass sie sprach. »Ich spüre auch einen Luftzug.«

»Also ersticken wir immerhin nicht«, schlussfolgerte Daisy.

Niemand sagte etwas, aber Alayna war sicher, dass sie nicht die Einzige war, die sich äußerst ungern damit zufriedengeben wollte, nicht zu ersticken. Sie wollte noch viel mehr nicht. Verdursten. Verhungern. Sie merkte, dass ihre Blase drückte, und wollte nicht mehr hier stehen, dicht an dicht mit den anderen, wenn sie das nicht mehr ignorieren konnte.

Sie zuckte zusammen, als ein ohrenbetäubendes Krachen ertönte, und die Kabine leicht vibrierte.

»Was ... Oh nein. Nein, nein, nein!«, stieß Brian aus. Er stand vorn und starrte auf den Boden.

Was Alayna nicht sehen konnte, spürte sie kurz darauf. Der Boden unter ihren Füßen bewegte sich. Er bewegte sich nach hinten – weg von der Wand, die sich vor ihnen verschlossen hatte.

»Das ... Oh nein«, entfuhr es nun auch Frances, die neben ihm stand. Beide rückten näher an die Gruppe heran.

»Was ist da?« Daisys Stimme überschlug sich. »Was zur Hölle ist da?«

»Der Boden verschwindet. Ich weiß nicht, was da ist. Es ist schwarz.«

»Wie ...«

»Ja, genau, wie ein Loch«, bestätigte Brian und drückte sich noch ein paar Zentimeter tiefer in den Raum hinein.

»Wie tief?«

»Was weiß ich? Es ist schwarz.«

»Wirf was runter!«

»Was denn? Wir haben nichts mitgenommen! Scheiße, wieso haben wir nichts ...«

»Schnauze«, blaffte Frances. »Haltet alle die Klappe!«

Alle schwiegen. Alayna hielt sogar die Luft an. Nur das Surren war zu hören, mit dem der Boden sich bewegte. Und das Atmen, wenn einer von ihnen es aufgegeben hatte, die Luft anzuhalten, weil es ja doch nichts bewirkte.

»Ich habe die Ohrringe hier«, erklärte Frances. Sie klang atemlos, als wäre sie gerade mehrere Stockwerke hinaufgelaufen und nicht mit dem Fahrstuhl hinabgefahren. Dabei hantierte sie mit zittrigen Händen an ihrem Ohr herum, dann am anderen. »Die sind nur klein, aber wenn es nicht so tief ist, dann können wir das hören. Also wehe, einer von euch sagt einen Ton.«

»Wie breit ist der Spalt schon?«, hakte Daisy nach.

»Zwanzig Zentimeter, vielleicht. Eher weniger«, schätzte Brian.

Frances atmete aus. »Definitiv weniger. Und ich wäre sehr gern in der Stimmung, mich darüber lustig zu machen. Bereit?«

Damit streckte sie die Faust nach vorn aus und ging leicht in die Hocke. Brian hielt sie fest, damit sie auf der sich langsam bewegenden Bodenplatte nicht das Gleichgewicht verlor.

Dann öffnete sich ihre Faust, und alle lauschten.

Eine Sekunde.

Zwei Sekunden.

Drei ...

»Hat jemand was gehört?« Daisy flüsterte so leise, dass Alayna sie kaum hören konnte, obwohl sie so nah beieinanderstanden.

»Nichts«, sagte Brian tonlos, ehe er seine Hand gegen die Wand des Fahrstuhls krachen ließ. »Scheiße!«

»Entweder fallen sie immer noch, oder sie sind so weit weg gelandet, dass wir sie nicht hören. Sie waren ja auch klein, und ...«

»Schaut nach, ob wir bei der Decke was machen können. Jaden. Kommst du da ran?«

Keine Antwort.

»Jaden!«, blaffte Brian.

Alayna hörte das Keuchen des großen Kerls, dann eine Art Wimmern, ehe er antwortete. »Ich kann ...« Und schon wurde sie an den Rand der Kabine gedrängt, als Jaden sich etwas frei machte, um nach oben zu greifen. Er schaffte es, seine Handflächen fast vollständig auf die Kabinendecke zu legen, und drückte.

»Und?«

»Bewegt sich nicht.«

»Probier es noch mal.«

Was Jaden auch tat, mit demselben Ergebnis.

»Du musst fester drücken!«, wies Brian ihn an. »Komm schon, Mann, du bist unsere ...«

»Lass ihn in Ruhe!«, fuhr Daisy ihn an. »Wenn er sagt, es geht nicht, dann geht es nicht. Das ist nicht seine Schuld, okay?«

»Hast du eine bessere Idee?«

Mittlerweile bekam Alayna kaum noch Luft. Sie wurde enger an die Wand gedrückt, die nicht nachgeben würde, und spürte, wie der Boden unter ihr sich quälend langsam weiterbewegte. Als würde er ihnen vorgaukeln wollen, sie hätten eine Wahl. Aber sie fanden die Wahl nicht. Sie konnten sie einfach nicht finden.

»Wie viel?«, fragte sie zaghaft und drehte sich ein Stück weit seitwärts, um besser Luft zu bekommen. Sie musste nicht erklären, was sie meinte.

»Dreißig Zentimeter etwa.«

Sie schluckte. »Das dauert so lange.«

»Wäre dir lieber, schneller da runter zu stürzen?«

»Passiert doch eh, oder?« Frances. Und es machte Alayna Angst, wie sie das sagte. Als hätte sie resigniert. Aber der Boden konnte doch jederzeit auch einfach auf der Position stehen bleiben, auf der er war. Vielleicht wollten sie ihnen nur einen Schrecken einjagen, vielleicht wollten sie nur sehen, wie weit sie sich zusammenpferchten, ehe es nicht mehr ging, um dann zu sagen »Haha, war nur ein Witz, jetzt aber ab zum Ausgang mit euch.« Und dann würden sie alle etwas trinken gehen, so wie Brian gesagt hatte.

Alayna schloss die Augen und drückte sich etwas enger an die Wand, um den anderen mehr Platz zu machen. Sie würde einfach lange genug hier stehen müssen. Stehen und weiteratmen und sich so klein wie möglich machen, damit sie alle lange genug hier durchhielten, bis dieser Witz aufgelöst wurde. Oder die Prüfung. Mit Prüfungen kannte sie sich aus. Aber niemand hatte eine Frage gestellt, die man lösen konnte. Hier waren nur Wände und Wände und Wände und der Boden, der sich bewegte, und die Decke, die sich nicht rührte, und die Ohrringe, die ohne ein Geräusch verschwunden waren und ...

»Hey, du musst atmen!«

Eine Hand legte sich auf ihre Schulter und drückte sie etwas zu fest.

Alayna riss die Augen wieder auf, schnappte nach Luft und starrte die Wand an.

»Geht doch«, hörte sie Brian sagen, ehe seine Hand sich wieder von ihrer Schulter löste. »Geht doch.«

»Scheiß drauf, ich geh zuerst.«

Ruckartig drehte Alayna sich zu Frances um, schwieg jedoch, während Brian Frances anfuhr. »Spinnst du?«

»Ich spinne nicht, mir ist das zu blöd. Wie die hier in einem Schneckentempo den Boden wegfahren. Vermutlich gibt es hier irgendwelche Kameras oder Wanzen, und jemand hat einen Heidenspaß, sich das hier reinzuziehen. Und dann ist das da keine drei Meter tief. Scheiß auf die Ohrringe. Und irgendwer sitzt vor einem Lautsprecher und lacht sich schlapp, weil wir so bescheuert sind. Nicht mit mir.«

»Und weil dir das *zu blöd ist*«, die letzten Worte spuckte Brian regelrecht aus, »springst du jetzt einfach?«

»Sobald ich durchpasse. Rückt mal.« Damit schob sie sich noch ein Stück von der Kante weg und setzte sich dann auf den Boden. Ab dem Moment war sie für Alayna verschwunden. Sie konnte nur sehen, wie Brian argwöhnisch Frances' Treiben beobachtete.

»Und was, wenn die nur darauf warten, dass hier einer springt? Deshalb dauert das so lange. Damit wir uns die Köpfe einschlagen, wer Nummer zwei wird. Und die Übrigen fahren einfach wieder hoch. Oder noch weiter runter. Scheiße, wie tief sind wir überhaupt?«

»Halt die Klappe«, hörte Alayna Frances sagen. »Du klingst wie Max. Wenn du mir irgendeinen Gefallen tun willst, dann kling nicht wie Max, okay?«

Brian atmete tief durch, sah kurz zur Decke und dann wieder zu Frances. »Makenzie. Der Kerl hieß Makenzie.«

»Geht doch.«

Alayna hörte das Geräusch von Fingernägeln, die ungeduldig gegen harten Untergrund trommelten. Niemand sagte etwas. Und niemand sagte Frances, dass sie mit dem Getrommel aufhören sollte.

»Okay, ich denke ... Brian? Kannst du ... Kannst du meine Hände nehmen und mich runterlassen? Vielleicht sind es nur ein paar Meter. Und dann ist es weniger weit, wenn ...« An dieser Stelle brachen ihre Worte ab. Alayna wusste nicht, ob es Tränen waren, die Frances zum Schweigen brachten, oder ob ihre Stimme einfach nur zu stark gewankt hatte. Angst konnte so viel mit einer Stimme machen.

»Ich mach das.« Jaden schob sich nach vorn. »Nichts für ungut, ich denke nur ...«

»Schon gut.«

Damit schoben sich alle noch enger nach hinten, damit Jaden sich neben Frances positionieren konnte. Er hielt sie fest, während sie ihre Beine langsam über die Bodenkante schob. Als sie sich umdrehte, damit Jaden sie besser an den Händen festhalten konnte, glaubte Alayna, Tränen in ihren Augen schimmern zu sehen. Frances' Lippen aber waren trotzig zusammengepresst.

»Du bist verrückt«, murmelte Brian.

»Und du bist froh, dass ich das mache und nicht du, gib es zu.« Sie grinste. Alayna sah, dass es ihr schwerfiel, aber sie grinste. Dann verschwand ihr Gesicht.

»Wenn du nichts spürst, keinen Boden, dann zieh ich dich wieder hoch«, sagte Jaden. »Hörst du? Kommt nicht infrage, dass ...« Er keuchte, als Frances den Halt auf dem Boden aufgab und sackte etwas nach vorn, als ihr Gewicht nun ganz an seinen Händen hing. Brian hielt ihn kurz an der Schulter fest, bis er das Gleichgewicht wiedergefunden hatte. »Alles klar bei dir?«

»Alles klar, ich kann nichts sehen, nur ...« Und dann Lachen. Lautes, schallendes und ehrliches Lachen.

»Ich wusste, dass sie den Verstand verloren hat«, schnaufte Daisy. Da erklang auch schon Frances' Stimme unter ihnen.

»Lass los, Jaden. Lass einfach los.«

»Bist du sicher?«

»Ja, lass los. Hier ist Boden. Ich komme mit den Zehenspitzen dran.«

Das Aufseufzen von Daisy übertönte das Keuchen von Alayna. Wie ein Wettbewerb, der das Maß der Erleichterung bestimmte.

»Bist du okay?«

Offenbar hatte Jaden Frances losgelassen, sich aber noch nicht wieder vom Fleck gerührt. Als könnte er irgendetwas revidieren, indem er blieb, wo er war.

»Kommt runter!«, hörten sie Frances rufen. »Hier liegt sogar eine Matte. Einen Ohrring hab ich schon gefunden.«

Daisy war die Erste, die der Aufforderung folgte. Dann Brian. Alayna zögerte, als sie sich an den Rand des Bodens begab. Sie konnte nach wie vor nicht mehr sehen als Schwärze, die ihre Füße verschluckte.

»Keine Angst!«, rief Frances ihr zu. »Es ist nicht so tief. Jaden kann dir helfen.«

»Das stimmt «, sagte Jaden und legte schon eine Hand an ihren Oberarm, um sie zu halten, wenn sie sich langsam über das Ende des Bodens gleiten ließ.

Doch Alayna schüttelte den Kopf. »Lass uns noch warten, bis du auch durchpasst, ja? Und dann machen wir das zusammen?«

»Wenn du springst, spring ich auch?« Aus irgendeinem Grund grinste Jaden, als er das fragte, und Alayna sah ihn nur verständnislos an. Mit einem Schulterzucken überging er ihre Ahnungslosigkeit. »Zu jung, hm?«

Sie hatte nach wie vor keine Ahnung, wovon er sprach, schüttelte aber den Kopf. »Wenn ich zuerst springe, dann bist du allein hier. Falls es darum geht, wer zurückgelassen wird …«

Sie konnte beobachten, wie ihre Worte Jadens Lächeln zerschlugen, und wie es in Scherben von seinem Gesicht rieselte. »Du hast recht«, sagte er und setzte sich neben sie. »Scheiße, du hast recht. Danke. Ehrlich, Mann, danke!«

»Kommt ihr?«, hallte es von unten.

»Gleich!«, gab Alayna zurück. »Eine Minute!«

Tatsächlich dauerte es etwa eine Minute, bis der Spalt endlich breit genug war, damit Jaden mühelos hindurchpasste. Sie sprangen auf Drei und landeten unbeschadet auf ihren Füßen.

»Na end-«, hob Brian an, verstummte aber abrupt, als sich der Boden des Fahrstuhls mit einem Knall über ihnen schloss. Der vage Lichtschimmer, der bis eben noch in den Raum gefallen war, erstarb.

»So weit so gut, wir …« Es war wieder Brian, der aufhörte zu reden, als sehr plötzlich grelles Licht anging. »Kann man nicht einmal einen Satz zu Ende bringen? Verdammte Scheiße!«

Wie alle anderen hielt er sich die Augen zu, um sie vor der plötzlichen und unbarmherzigen Helligkeit zu schützen. Es dauerte einen Moment, ehe Alayna mit einem Auge blinzelnd etwas sehen konnte. Schon seit sie klein war, hatte sie immer erst mit einem Auge geprüft, ob sie auch das zweite in Gefahr bringen konnte. Das schien ihr einfach logischer.

Diese Geduld hatte Brian nicht. Er hatte sich bereits von der Gruppe gelöst und war auf die weiße Tür zugelaufen, die direkt gegenüberlag.

Brian drückte dagegen und versuchte, sie zu schieben, gab dann aber schnaufend auf, noch ehe Alayna ihre Augen vollständig geöffnet hatte.

Nach und nach wich das reine Lichtweiß den Konturen des Raumes. Er war kleiner als der erste, das konnte Alayna schnell ausmachen, aber größer als der Lift. Die Gruppe war auf einer ledernen Turnmatte gelandet, wie sie sie vom Sportunterricht in der Schule kannte. Nur etwa doppelt so groß. Und alles andere war regelrecht zugepflastert mit grellweißen Fliesen. Überall waren sie – auf dem Boden, den Wänden, der Decke. Sie brachen das helle Neonlicht und brachten es in jeden noch so entlegenen Winkel dieses Raumes. Alayna war sich nicht sicher, ob hier irgendetwas einen Schatten warf, und dachte kurz an Peter Pan, der seinen verloren hatte.

»Oh Gott sei Dank!« Gemeinsam mit ihrem Aufschrei stürzte Frances an ihnen vorbei. Als Alayna sich umdrehte, erkannte sie das Ziel ihrer Mitstreiterin. Sofort schnürte sich ihre Kehle zu. Es fühlte sich an, als wäre ihr Rachen aus Sandpapier, das aneinanderrieb und sich verhakte. Das war schmerzhaft und ein gellender Schrei nach der Erlösung, die das Waschbecken versprach, das Frances erreicht hatte.

Sie betätigte den Hebel der Armatur. Ein Mal. Zwei Mal. Aber das vertraute Geräusch von rauschendem Wasser blieb aus. Nicht einmal ein dünnes Rinnsal stahl sich aus dem Hahn, kein Gluckern ertönte. Nichts. Nur das Klacken des Metallgriffs, den Frances unwirsch auf und ab bewegte.

»Ihr beschissenen Wichser!«, fluchte sie, schlug mit der Hand gegen das Becken und drehte sich dann suchend um.

»Vielleicht an der Badewanne.« Das Flüstern tat Alayna mit einem Mal weh. Bis eben noch hatte sie den Durst ignorieren können. Sie hatte gewusst, dass er da war. Aber allein der Gedanke und die Hoffnung auf Wasser hatten ihn anschwellen lassen wie eine Materie, die sich von innen in ihrem Hals ausdehnte und daran kratzte.

Während sie selbst auf der Turnmatte stehen blieb, verteilte sich die Gruppe. Brian marschierte zur Badewanne, Daisy lief zur anderen Seite und inspizierte die reinweißen Schränke daneben. Jaden hingegen steuerte die Toilette an, die an einer Ecke an deutlich erkennbaren Leitungen installiert war.

Alayna beobachtete, wie er versuchte, die Abdeckung des Spülkastens zu lösen. Im Hintergrund hörte sie Brians frustriertes Aufstöhnen und das vertraute Klacken einer Armatur, die sich erfolglos bewegte.

»Warte, ich helfe dir«, dachte sie mehr, als dass ihr die Worte über ihre trockenen Lippen kamen. Ihre Beine bewegten sich leichter. Ihnen war die Sache mit dem Wasser noch egal.

»Das Ding sitzt ziemlich fest, ich glaube, man muss mit den Fingernägeln hier in die Rille, aber meine ... Hey, alles okay?«

Nein, aber sie traute sich nicht, den Kopf zu schütteln. Niemand sonst hier schien mit den Tränen zu kämpfen. Nicht einmal Jaden, obwohl sie schon wieder in einem verschlossenen Raum steckten. Vielleicht reichte ihm schon, dass der hier größer war als der Lift. Für den Moment. So wie ihr schon ein winziger Schluck Wasser reichen würde. Für den Moment. Sie wusste, dass es Tage dauerte, bis man verdurstete. Zwei auf jeden Fall, manchmal länger. Sie wusste auch, welche Symptome einen bis dahin begleiteten. Und sie wusste, dass sie bisher nur einen trockenen Mund hatte, dass ihr das Schlucken schwerfiel, und dass das sicher daran lag, dass sie für einen Moment zu sehr gehofft hatte, etwas trinken zu dürfen. »Psychosomatisch« war das Wort dafür. Ein Hebel, der sich in ihrem Kopf umgelegt hatte, nicht mehr.

Aber ein Glas Wasser für jeden wäre ein Signal gewesen, nicht wahr? Eine Art von *»Es ist hart, und ihr müsst da jetzt durch, so will es das Konzept. Aber hängen lassen wir euch nicht. Außer Max, vielleicht. Ein Missgeschick ...«*

»Hey«, sprach Jaden sie erneut an. »Du klappst uns hier jetzt nicht zusammen, oder? Weil ...« Er deutete zur Seite. »Da drüben ist die Tür, und ohne dich kriegen wir die im Leben nicht auf.«

»Aber hier sind keine Bücher«, murmelte sie und meinte das vollkommen ernst.

Er aber lachte, als hätte sie einen wenigstens mittelmäßigen Witz gerissen. »Na komm, probieren wir's.«

»Braucht ihr Hilfe?« Daisy stellte sich an Alaynas Seite.

»Vielleicht übernimmst du für mich«, meinte Jaden. »Du hast längere Fingernägel und kannst vielleicht …«

»Ich sehe schon, klar. Rück mal.« Damit schob sie sich neben ihn, platzierte ihre Hände mit beeindruckender Zielsicherheit an der Kante des Deckels und lächelte Alayna zu. »Wollen wir?«

Sie lächelte zurück und nickte, während Jaden irgendetwas von Daumen drücken murmelte.

Es war schwer, aber kurz bevor Alayna glaubte, nicht mehr an diesem Deckel ziehen zu können, ohne dass es wehtat, weil es zu sehr an ihren Nägeln riss, gab er nach und ließ sich anheben.

Daisy stieß einen Jubelschrei aus, der in ein irritiertes Stottern überging und schließlich mit einem würgenden Geräusch verklang. Unter anderen Umständen wäre diese akustische Metamorphose vielleicht witzig gewesen, doch in diesem Augenblick spiegelte sie nur genau das wider, was auch Alayna empfand.

Da war kein Wasser in diesem Kasten, allerdings war er auch nicht leer. Darin war etwas, das Alayna an Wackelpudding erinnerte, nur flüssig. Und dunkler. Und es stank nach blanker Chemie.

»Freiwillige?«, schnaufte Daisy.

»Also nichts?« Frances sah hoffnungsvoll zu ihnen hinüber, Brian stand neben ihr, die Hände in den Hosentaschen vergraben, und starrte zur Decke – an den Punkt, von wo sie in dieses Zimmer gefallen oder gesprungen waren. Je nachdem. Nichts da oben deutete noch darauf hin, dass dort überhaupt je eine Öffnung gewesen war. Die weißen Fliesen schlossen wieder nahtlos aneinander an. Und die Fugen waren zu weit weg, um vielleicht eine Rille zu erkennen.

»Nichts«, bestätigte Jaden. »Nur grünes Zeug und ...«

Er verstummte, als Alayna die Spülung betätigte. Dass sie auf einmal vier Augenpaare ansahen verunsicherte sie. Sie versuchte, in jedes von ihnen zeitgleich zurückzustarren und sich stumm zu entschuldigen. »Ich dachte ... Wenn wir ... Also, die Toilette ist ja an Rohre angeschlossen. Vielleicht kommt ja Wasser nach, wenn das Zeug hier raus ist und ...«

»Siehst du«, grinste Jaden. Es war kein hoffnungsvolles Grinsen. Kein »Ja! Das ist die Lösung!«. Aber es war ein nettes Grinsen. »Und genau dafür brauchen wir dich.«

Tatsächlich verriet das Geräusch aus dem Kasten, dass wieder Flüssigkeit nachfloss. Alayna schaute hinein, doch die Oberfläche, die sich wieder den Spülkasten hinaufarbeitete, war grün. Genauso wie vorher.

»Gut, dann nicht«, sagte Daisy trotzig und packte den Deckel wieder lose auf den Kasten. Sie gab sich gar keine Mühe, ihn wieder richtig draufzusetzen. »Dann müssen wir eben den Ausweg suchen. Da ist die Tür.«

Alaynas Blick folgte ihrer Geste. Diesmal war es keine Wand, sondern eine weiße Sicherheitstür ohne Schloss. Konnte man sie nur von außen öffnen?

»Gut, also ... Keine Ahnung.« Frances presste ihre Hände gegen die Stirn. »Hier ist nichts. Ein leeres Waschbecken. Eine leere Badewanne und eine Toilette mit ... was weiß ich, was das für Zeug ist. Die Schränke sind wirklich leer? Kein doppelter Boden?«

»Sieh gern noch mal nach.« Jaden klang gleichgültig, als er das sagte.

»Ich mach das«, erbot sich Brian. Offenbar hatte er es satt, an die Decke zu starren.

»Vielleicht sollten wir ... die Fliesen«, meinte Jaden. »Vorhin bin ich auf den Boden getreten, und dann ging er auf. Vielleicht kann das auch eine der Fliesen.«

»Das sind jede Menge Fliesen«, stöhnte Frances. Nicht auf die ablehnende Art, sondern auf die, die sich ihrem Schicksal fügte, und sich längst darauf vorbereitete, gleich sehr viele weiße Oberflächen zu berühren.

»Dann teilen wir uns am Besten auf, hm?« Daisy lächelte Jaden aufmunternd zu, und Alayna war froh, dass sie das tat. Jemand sollte Jaden zeigen, dass seine Idee wahrhaftig keine schlechte war. Sie selbst tat sich mit dem Lächeln nur etwas schwerer. »Etwas Besseres haben wir ohnehin nicht zu tun.«

»Ha!«

Alayna hätte nicht sagen können, wie viele Fliesen sie berührt, und wie viele Fugen sie mit ihren Fingerspitzen nachgefahren hatte, als Daisys Aufschrei durch die Stille des Raumes schnitt.

Niemand hatte etwas gesagt. Die Worte waren in der Frustration der Suche nach ein paar Minuten abgestorben und hatten nicht mehr übrig gelassen als ein »Mh« oder ein Schnaufen dann und wann.

Im ersten Raum hatte Alayna das Ticken nicht mehr ertragen. Sie wusste, dass sie nie wieder eine mechanische Uhr hören würde, ohne an die Zeit zu denken, die an der Wand immer weiterzählte und Blut verströmte. Sie hatte sich gewünscht, dass dieses Geräusch endlich aufhörte.

Klack.

Klack.

Klack.

Aber Stille war nicht besser. Umso erleichterter war sie über den Aufschrei. Auch, wenn ihr Körper auf diese Erleichterung erst einmal damit reagierte, indem er heftig zusammenzuckte

»Was hast du?«

»Ich glaube, die ist lose! Oder ich halluziniere. Bitte sagt mir, dass ich nicht halluziniere!«

Alayna stemmte sich auf die Beine. Jaden und Brian waren vor ihr bei Daisy, die ihre Hand an die Wand neben der Tür gelegt hatte. Brian hatte seine Hand bereits flach neben ihre gelegt und rüttelte nun selbst an der weißen Oberfläche darunter. »Hm. Locker, würde ich sagen«, bestätigte er und ging direkt dazu über, mit Jaden zusammen diese Fliese zu bearbeiten, bis sie sich von ihrem Platz löste und laut krachend runterfiel. Eine Ecke sprang ab und schlitterte über den Boden.

»Ha!«, stieß Daisy noch einmal aus, und Jaden tat Alayna und Frances den Gefallen, zu erklären, was los war. Ihm war wohl klar, dass die beiden Frauen unmöglich über seine breiten Schultern hinweg oder dran vorbei hätten schauen können.

»Hier ist ein Schloss.« Er trat nun sogar einen Schritt beiseite. »So einen Schlüssel brauchen wir.«

Im Gegensatz zu der neu wirkenden, weißen Einrichtung dieses Raumes war das Schlüsselloch in der Wand ausgesprochen altmodisch.

»Der Schlüssel muss riesig sein«, stellte Brian fest.

»Wie so einer, mit dem man früher Grandpas Schuppen aufgeschlossen hat.« Das war das Erste, woran Alayna dachte. Dieses Schloss sah einfach genau so aus. Unmittelbar stieg ihr der leicht modrige, erdige Geruch in die Nase, der in diesem Schuppen immer zugegen war. Holz, Lack – das alles hatte sich zu einem heimeligen Gesamtkonzept verbunden, bei dem sie immer an ihren Großvater denken würde.

»Den können wir unmöglich übersehen haben«, schnaufte Brian.

»Vielleicht hinter einer anderen Fliese.«

»Leute.«

»Wie ist es mit der Wanne? Haben wir schon darunter …«

»Leute!«

Erst jetzt wandten sich alle zu Fran um, die noch immer ein paar Schritte entfernt stand, und ihren Blick über die Gesichter der Gruppe schweifen ließ.

»Hast du auch was gefunden?«, hakte Jaden nach.

»Nicht direkt ... Also ... eigentlich gar nicht, nein, aber ...« Sie seufzte und rollte mit den Augen. Alayna war nicht sicher, wem diese mimische Geste galt. Jaden wegen seiner Nachfrage? »Ich weiß, wir haben gerade andere Themen, aber meine Blase platzt. Und so wie es aussieht, werden wir die Tür auch nicht in den nächsten fünf Minuten knacken. Und da wir hier das Vorhandensein einer Toilette verzeichnen ... Würde es irgendwen stören?«

»Nein«, sagte Daisy sofort. »Tu dir keinen Zwang an. Wenn wir diesen Schlüssel nicht finden, sitzen wir ja eh noch eine Weile hier fest. Wenn sie uns mit einer verdammten Leiche allein lassen, können wir auch in ihre Requisiten pissen.«

Und mit einem Schlag war es wieder da. Das Schweigen. Und mit ihm die Erinnerung an die Hysterie, die geherrscht hatte, nachdem Jaden aufgehört hatte, auf Makenzies Brustkorb zu drücken.

Sie war so wahnsinnig schnell verebbt und klang nun in den Momenten nach, in denen es still war. Manchmal hat die Ironie sehr seltsame Wege, dachte Alayna.

»Komm mal«, unterbrach Brian diesen Moment. Der hatte gar nicht lange angehalten. Aber lange genug, dass es wirkte, als habe er sich materialisiert und würde nun zerspringen. Zerschlagen in seine Einzelteile allein durch zwei Worte.

Brian klopfte auf Jadens Schulter, und der sanfte Riese folgte ihm, ohne überhaupt zu hinterfragen, was sein Teamkollege von ihm wollte.

Sie liefen zu der Matte, die in der Mitte des Raumes lag, und sie alle vor ein paar Minuten, vielleicht aber auch schon vor einer ganzen Stunde aufgefangen hatte. »Heb mal mit hoch«, ordnete Brian an, und beide Männer stemmten das lederne Ungetüm so nach oben, dass es hochkant auf den Fliesen stand. »Und jetzt zum Klo.«

Gemeinsam schleppten sie das Ding bis zur Toilette und klemmten die Turnmatte so zwischen Wanne und Wand, dass sie einen Sichtschutz bildete, hinter der die Toilette verschwand. »Einstieg über die Badewanne, würde ich sagen. Ladys First?«

Frances war tatsächlich die Erste, die sich traute, und die Übrigen damit einer anderen Art von betretenem Schweigen aussetzte.

»Also der Schlüssel«, hob Brian an, um das klassische, plätschernde Hintergrundgeräusch nicht zu übertönen, aber wenigstens davon abzulenken. »Wir haben den Schrank inspiziert und ... Sind wir wirklich durch alle Fliesen durch? Seid ihr sicher?«

»Alle, die wir erreichen.« Jaden nickte nach oben. »Da komme ich ohne Leiter auch nicht dran.«

»Aber wenn du nicht rankommst, dann auch kein anderer. Das muss denen ja klar sein. Was auch immer das hier ist, das hat doch keinen Sinn, wenn es nicht lösbar ist. Und Scheiße noch mal, ich will es endlich lösen und hier raus.«

»Und wenn du einen von uns auf die Schulter nimmst?«, überlegte Alayna. Ihr Blick maß Daisy und Jaden bereits ab. Jaden würde die Decke nicht erreichen, aber mit einer zweiten Person auf seinen Schultern, war die Höhe kein Problem mehr. »Daisy ist vermutlich etwas leichter, also ...«

Die beiden tauschten einen Blick aus, dann zuckte Daisy leicht mit den Schultern. »Probieren wir's«, meinte sie. »Aber erst mache ich mich noch ein bisschen leichter. Jetzt, wo Fran das Eis schon gebrochen hat.«

Tatsächlich kam Frances gerade hinter der Matte hervor, stieg in die Badewanne, und von dort wieder in den Raum hinein, wo Daisy sie direkt ablöste.

»Jetzt kann ich besser denken«, meinte Frances und marschierte geradewegs auf das Schlüsselloch zu, um es zu inspizieren. »Könnte ja sein, dass da gar kein Schlüssel rein muss. Vorhin hatten wir auch keinen. Vielleicht ist es nur ein Knopf, den wir betätigen müssen oder ein Schalter.«

»Meinst du wirklich, sie machen es uns so einfach?« Brian klang nicht wütend. Er klang ein bisschen wie ein Teenager, der seinen Eltern gestand, dass er durch eine Prüfung gefallen war.

»Ich finde vor allem, sie haben es uns schwer genug gemacht.«

Und Frances hörte sich an wie eine Mutter, die sauer auf den Lehrer des Sohnes war, weil er seine Arbeit nicht richtig gemacht hatte. Vielleicht wäre sie sogar eine der Frauen, die zu besagtem Lehrer marschieren würde, um ihm die Hölle heiß zu machen. Alayna mochte die Vorstellung. Obwohl sie die Idee von Frances und Brian als Paar noch lieber mochte. Sie war sich ziemlich sicher, dass die beiden sich gernhatten. Auf diese unkomplizierte Art, die manche Menschen verband, weil sie schnell begriffen, dass der andere auf dieselbe Weise sonderbar war wie man selbst.

Alayna hatte ziemlich oft davon gelesen. Ihre Vorstellungen waren romantischer gewesen, hätten nie und nimmer in einem weiß gefliesten, kahlen Badezimmer Platz gefunden, aber …

»Stopp!«

Frances' Aufschrei hatte jeden reglos so verharren lassen, wie er gewesen war. Jadens linker Arm schwebte sogar noch immer etwa auf Brusthöhe. Er war sich mit der Hand gerade durch die Haare gefahren, und auf dem Weg nach unten hatte Frances' Befehl ihn in seiner Bewegung eingefroren.

»Niemand bewegt sich«, ordnete Frances an, was ohnehin niemand tat. »Ich habe gerade ein Klicken gehört – bei der Tür. Ziemlich deutlich sogar. Klang, als würde etwas einrasten. Irgendwer hat also gerade irgendwas gemacht, was dieses Klicken ... guck mich nicht so an, als würde ich spinnen.« Sie warf Brian einen mahnenden Blick zu. »Es hat geklickt. In der Tür. Und ich weiß selbst, wie das klingt.«

»Es klingt ganz und gar nach demselben Scheiß wie im letzten Raum«, sagte Brian. Dabei stimmte er sogar einen beschwichtigenden Ton an, der nicht recht zu seinen Worten passen wollte.

»Also einer nach dem anderen ... Macht einfach, was ihr vorher gemacht habt, bis zu dem Punkt, wo ihr jetzt steht. Du zuerst.« Sie deutete auf Alayna.

»Ich stand die ganze Zeit hier«, sagte sie kleinlaut. Sicherheitshalber ging sie noch einen winzigen Schritt zur Seite und wieder an ihren Platz.

»Sicher?«

»Ja, sicher.« Wenngleich sie einen kleinen Anflug von Unsicherheit spürte. Aber das war etwas, was sie bereits kannte. Absolute Überzeugungen konnten schnell ins Wanken geraten, sobald man ein bisschen zu sehr über sie nachdachte.

»Okay. Jaden?«

Jaden blieb ebenfalls an Ort und Stelle. Er hob nur seinen Arm wieder nach oben und kratzte etwas verlegen an seinem Hinterkopf. »Mehr hab ich echt nicht gemacht«, versicherte er außerdem.

Frances' Schmunzeln verriet deutlich, dass sie ihm ohne weitere Nachfrage Glauben schenkte.

Als Nächstes war Daisy dran, die gerade über die Wanne zurück klettern wollte. Sie stieg wieder zurück zur Toilette und dann noch einmal über den Rand der Wanne bis zu dem Punkt, an dem sie gerade erstarrt war.

Diesmal hörte Alayna das Klicken auch.

»Was?«, fragte Daisy, die bemerkt haben musste, dass Frances, Brian und Alayna sie ansahen. Jaden hatte das Geräusch wohl nicht gehört. Er schaute mit zusammengezogenen Augenbrauen zwischen der Gruppe an der Tür und Daisy hin und her.

»Noch mal«, bat Frances.

Also stieg Daisy wieder aus der Wanne, wartete kurz und setzte dann erneut ihren Fuß über den Rand. Als sie ihr Gewicht darauf verlagerte, gab die Tür wieder dieses Klicken von sich.

»Du hast da irgendwas ausgelöst. Die Frage ist nur, was. Bleib mal dort, mal sehen, ob wir hier was bewegen können. Jungs?«

Brian und Jaden eilten sofort zu Frances und legten auf ihre Anweisung hin Hand an die Tür, um zu versuchen, diese aufzudrücken, sobald das Klicken das nächste Mal ertönen würde.

»Und los.«

Wieder stieg Daisy zurück und dann wieder in die Wanne. Die Männer drückten gegen die Tür, nichts passierte. Bei einem weiteren Versuch probierten sie, die Tür zu bewegen. Doch auch das misslang.

Alayna zählte am Ende sieben unterschiedliche Versuche, diese Tür zu öffnen, ehe sie es wagte, von dem Fleck, an dem sie noch immer stand, ihren Gedanken laut zu äußern. »Ich glaube, wir brauchen den Schlüssel.«

»Aber wir haben keinen Schlüssel«, schnaufte Brian. Er meinte es nicht unfreundlich, das konnte sie hören. Trotzdem hätte sie ihm am liebsten gesagt, dass sie das wusste. Vorhin in dem anderen Raum war es leichter gewesen, sich zu behaupten. Es war ihr schon immer leichter gefallen, wenn sie Bücher gehabt hatte, die ihr dabei halfen. Aber das hier war das Gegenteil eines Buches. Es war eine blanke, weiße Fläche.

»Sie hat recht«, mischte Daisy sich ein. »Irgendwo muss ein Schlüssel sein.«

»Vielleicht war ja auch in dem anderen Raum einer. Oder in dem Fahrstuhl, und wir haben es einfach nicht gesehen«, überlegte Brian.

»Aber dann hätte man uns nicht den Raum wechseln lassen, oder? Man hätte uns doch einen Hinweis gegeben. Oder man würde uns jetzt einen geben. Läuft das nicht so in diesen Räumen?«

Brian sah Daisy mit einem Blick an, der sehr deutlich machte, dass er lieber etwas anderes gesagt hätte als das, was ihm letzten Endes über die Lippen kam. Gut möglich, dachte Alayna, dass er das andere für sich behielt, weil es ihm Angst machte, nicht nur Daisy. »Dann suchen wir eben noch mal alles ab.«

Er half Daisy dabei, auf Jadens Schultern zu steigen, ohne dass einer der beiden umfiel. Alayna sah derweil Frances ratlos an. Sie wusste nicht, wo sie noch suchen sollte. Überhaupt bezweifelte sie allmählich, dass es so einfach war. Im anderen Raum hatten sie kombinieren müssen. Es war nicht allzu schwer gewesen, nachdem man verstanden hatte, aber es hatte mehr dahintergesteckt als die reine Suche nach einem Schlüssel.

Nur hier war einfach nichts. Keine Bücher, keine Codes. Sie hatten ein verstecktes Schlüsselloch gefunden, und es hatte Sinn, auch die anderen Fliesen zu prüfen. Aber wie groß war die Chance, dass sich dasselbe Konzept wiederholte? Andererseits war den Organisatoren vielleicht klar gewesen, dass die Konzentration hier, in dieser merkwürdigen Nasszelle, eine andere sein würde. Alaynas Kopf tat weh und jubelte dem unangenehmen Brennen zu, mit dem ihre Kehle sich zunehmend verklebte, sobald sie nur an Wasser dachte.

Der Schmerz pochte im Takt ihres Pulses gegen ihre Stirn. Von innen. Sie presste ihre Hand von außen dagegen und erwiderte das Pochen mit ihren Fingerspitzen. Damit hatte sie schon immer besser denken können, aber gerade war es nicht mehr als ein Echo. Ein Klopfzeichen, das ihre Gedanken rief, aber nur den Widerhall des Schmerzes erhielt, keine Antworten.

»Ich schau mir mit Brian den Schrank noch mal an«, seufzte Frances und tätschelte kurz Alaynas Schulter. »Wenn du eine Idee hast, sag Bescheid, ja?«

Sie nickte, öffnete ihre Augen jedoch nicht, sondern versuchte, irgendwo hinter dem dumpfen Wummern in ihrem Kopf eine Lösung zu finden. Aber darin fand sie nicht mehr als die Signale des Dursts und den Gedanken daran, dass auch ihre Blase nur eine begrenzte Kapazität hatte. Nur wollte sie sich nicht im Raum mit all den anderen Menschen erleichtern, die sie kaum kannte. Noch war es nicht so schlimm. Noch konnte sie es aushalten. Vielleicht hatten sie es ja gleich geschafft. Vielleicht war es nur noch diese eine Tür. Sie würden doch keinen nächsten Raum auf diesen hier folgen lassen, oder? Unmöglich würde sie noch einen Raum überstehen, ohne zu weinen. Dabei hielten die Anderen sie ohnehin schon für ein Kind, das nichts beitragen konnte, außer kluge Ideen dann und wann. Doch nun waren selbst die weg. Sie waren einfach nicht mehr da. Oder sie konnte sie durch den Nebel in ihrem Kopf nicht mehr sehen. Sie hielten sich versteckt hinter allem, was viel präsenter war.

Alayna kniff ihre Augen noch weiter zusammen und versuchte, nicht weiter an die weißen Fliesen zu denken. Nicht an das grüne Zeug, das in den Spülkasten der Toilette nachfloss und kein Wasser war. Auch nicht an die Stimmen der anderen, die sich versicherten, dass sie wirklich richtig nachgesehen hatten, dass da wirklich nichts war.

Sie war sicher, dass da nichts sein würde. Das wäre zu einfach. Es musste schwerer sein. Richtige und wichtige Lösungen waren immer schwer. Aber man musste denken können, um auf sie zu kommen.

Ihr Finger echote weiter das Hämmern des Schmerzes, als versuche er, ihn damit zu besänftigen. Vieles konnte man milder stimmen, indem man dieselbe Sprache benutzte. Dieselben Worte. Man konnte nur bekommen, was man brauchte, wenn man aufhörte, in seinen eigenen Worten zu denken und die des anderen zu benutzen. Und manchmal waren das ja gar keine Worte. Manchmal war es ein Bild. Ein Zeichen ... Ein Signal ... ein ... »Ein Code«, murmelte sie, und schüttelte leicht den Kopf, um den Gedanken von der klebrigen Masse des Kopfschmerzes etwas frei zu bekommen. »Vielleicht ist es ein Code.«

»Was sagst du?« Es war Brians Stimme, die sie fragte, aber sie sah ihn noch nicht an. Das Bild in ihrem Kopf war noch nicht klar genug, um die Augen wieder zu öffnen, und es mit anderen Eindrücken zu stören.

Sie hob einen Zeigefinger. *Nur einen Moment noch. Ich brauche noch einen Moment.* Sie schienen das Zeichen zu verstehen, ohne dass sie etwas sagte. Nun mussten sie nur die Zeichen des Raumes verstehen, damit auch er ihnen gab, was sie brauchten.

Das Klicken.

Vielleicht war das seine Stimme. Es war auf jeden Fall die der Tür. Sie mussten nur ... »Die Badewanne.« Alayna rieb sich die Augen und öffnete sie dann. War es auch vorhin schon so hell in diesem Raum gewesen? Das Licht tat weh.

»Was ist damit?«, hakte Frances nach. Sie kam bereits zwei Schritte auf Alayna zu. Dabei sah sie aus, als wolle sie ihr helfen. Als könnte sie ihr die Idee, die sie hatte, abnehmen und das letzte Stück für sie tragen, falls es zu schwer werden sollte.

»Die ... das Klicken in der Tür. Vielleicht ist das keine Verriegelung, vielleicht ... Vielleicht müssen wir einen Code eingeben.«

»Was für einen Code?«

»Keine Ahnung«, gestand Alayna. »Ich hab keine Ahnung. Morse?«

Frances' Augenbrauen zogen sich zusammen. Mit den Falten auf ihrer Stirn sah sie zu der Wanne, dann zu der Tür, dann noch einmal zurück. Als würden die Gegenstände ihr eine Antwort geben. Sie hatte noch nicht verstanden, dass die Gegenstände vielleicht die Antwort waren. Sie mussten nur gefunden und richtig kombiniert werden. So war das meistens mit den Antworten. Und so war es auch in dem anderen Raum gewesen. Nur leichter. Viel leichter. Und dann war Max liegen geblieben, und alles war viel komplizierter geworden.

Frances nickte schließlich. »Kann jemand von euch morsen?«

»Nur ein bisschen«, gestand Alayna. Sie hatte mal versucht, es zu lernen. Es war ihr sogar gelungen. Aber Kenntnisse, die man nie brauchte, wurden träge, und es war mühsam, sie wieder wachzurütteln.

»Auch ein bisschen«, sagte Jaden. Daisy saß noch immer auf seiner Schulter, obwohl sie die Suche bei den Fliesen längst unterbrochen hatte. Es sah aus, als wäre sie für ihn nicht mehr als ein Accessoire, das man eben trug. Ganz mühelos.

»Militär?«, fragte Frances.

Jaden sah sie kurz an, als wüsste er gar nicht, was »Militär« für ein komisches Ding sein sollte. Aber vermutlich fragte er sich nur, wie sie auf diese Idee kam.

»Pfadfinder«, erklärte er und wirkte dabei eher stolz als verschämt, wie Alayna es sonst beobachtete. »Hätten die uns in einem Wald ausgesetzt, wäre ich unsere Alayna. Aber das hier ... Also ... Morsen habe ich gelernt, aber das ist lange her.«

»Pfadfinder«, wiederholte Frances nachdenklich, dann hoben sich ihre Augenbrauen kurz synchron mit einem Schulterzucken. Es wirkte, als wäre das die Antwort auf eine Frage, die sie sich schon lange Zeit stellte. Und es war eine, mit der sie nicht gerechnet hatte, nun aber leben konnte.

»Gut, dann ... Lass mich mal runter.« Daisy klopfte Jaden sanft auf die Schulter. Sie schien auch den Eindruck zu haben, er hätte sie da oben einfach vergessen. Es machte ihm einfach nichts aus, dass sie dort war.

»Klar«, sagte er, und etwas umständlich kletterte die junge Frau wieder von ihm herunter.

»Da oben scheint nichts zu sein. Wir können ja weitersuchen, falls die Idee mit dem Morsen nicht klappt. Klingt jedenfalls besser als noch eine Fliese, die uns entgegenkommt, oder?«

»Und das Codewort?«, hakte Brian nach. »Hat jemand eine Idee?«

»SOS?«, schlug Frances vor. »Sie können ja wohl kaum erwarten, dass irgendjemand mehr kennt als SOS. Ich würde zumindest damit anfangen.«

Da das nur logisch klang, fingen sie damit an.

Dreimal kurz.

Dreimal lang.

Dreimal kurz.

Jaden und Daisy blieben an der Tür und bestätigten, dass das Klicken auf Brian reagierte, der auf ihr Zeichen hin in die Badewanne stieg und wieder daraus hinaus.

Nichts passierte. Das Klicken ertönte, doch die Tür blieb stur. Sie rührte sich nicht einmal einen Zentimeter.

Frustriert trat Brian von außen gegen die Wanne. »Was für eine Scheiße!« Dann suchte er mit dem Blick wieder die Decke ab. Es dauerte eine Weile, bis er fand, was er gesucht hatte. Alayna folgte seinem Blick. Ganz oben in der Ecke leuchteten die schwarzen Augen einer Kamera, die alles beobachteten, und doch nichts wahrnahmen.

Brian streckte ihnen beide Mittelfinger entgegen, aber sie blinzelten nicht einmal.

»Vielleicht ... vielleicht haben wir mit den anderen Versuchen vorhin einfach das Codewort schon versaut. Oder das Wort ist falsch und eben doch komplizierter.« Daisy sah zu

Jaden. »Ich habe einen Fragebogen von denen bekommen. Ihr auch? Dann wissen die doch, dass hier einer wenigstens ein bisschen morsen kann. Vielleicht müssen wir überlegen, was wir da angegeben haben. Weil das die Dinge sind, die sie von uns erwarten können. Klingt das für noch irgendwen sinnvoll, oder spinne ich?«

Frances nickte, schnaufte jedoch frustriert auf. Eine eher ungewöhnliche Reaktion auf einen guten Einfall, fand Alayna. »Herzlichen Glückwunsch!«, murmelte Frances und lachte ironisch. »Willkommen bei Partners-in-Crime. Du bist als Komplizin auserwählt worden! Dein Team wartet auf dich ... Was für ein Schwachsinn, wieso habe ich überhaupt ...«

»Moment mal«, sagte Brian und lief zwei Schritte auf Frances zu. »Was hast du gesagt?«

»Dass das alles Schwachsinn ist und ich ...«

»Nein. Davor. Der Name des Veranstalters.«

»Partners in Crime.«

Brian sah sie einen Moment nur an. Seine Augen wirkten größer als eben noch, und es sah aus, als müsste er sich selbst daran erinnern, weiter zu atmen. Als wäre diese einfache, ganz normale Sache mit einem Mal sehr schwer geworden. »Wie hieß die Firma bei dir?«, fragte er Alayna als nächstes.

»Wie soll sie denn ...«

»Warte mal«, unterbrach Brian Frances tonlos und sah wieder Alayna an. »Also?«

»True and trusted friends«, murmelte sie. Dabei sah sie Frances an. Entschuldigend, als wäre es ihre Schuld. Einfach, weil es sich so anfühlte.

»Und bei dir?«, hakte Brian nach und sah Daisy an.

»Next Level Team Up.«

»Crossing ways«, antwortete Jaden, als er an der Reihe war. Es klang wie eine Frage, die sich allen längst stellte.

Brian atmete bedeutungsvoll aus. »Mainstream walkaways«, murmelte er. Sofort schnellte sein Blick wieder in eine Ecke, aus der ihm ein schwarzes, totes Auge entgegenstarrte. »Was soll die Scheiße, he? Was ist das hier?«

»Das bringt uns jetzt nicht weiter«, seufzte Frances, tat aber sonst nichts, um Brian von seinem Wutanfall abzuhalten. Er stapfte zielgerichtet auf die Fliese zu, die auf den Boden gefallen war, nahm die abgebrochene Ecke und schleuderte sie gegen die Kamera. Er traf sogar, aber das rote Licht über der Linse blinkte unbeirrt weiter. Als würde es sagen wollen, dass es sich niemals und unter keinen Umständen von diesem Fleck rühren würde. Dass es auch nicht wegsehen würde. Egal, was passierte.

Brian stieß einen Wutschrei aus und trat gegen den Schrank, der zur Seite kippte und krachend umfiel. Erst, als Brian anfing, gegen die Schranktür zu treten, regte sich etwas in Frances. Sie sah erst Alayna an, dann die anderen beiden, ehe sie sich an Brian wandte. »Hey«, sagte sie sanft. »Lass das, okay?«

»Wieso? Wieso sollte ich das lassen?«

»Weil es nichts bringt, ganz einfach.« Sie ging vorsichtig auf ihn zu. »Wer auch immer hinter den Kameras sitzt, erwartet doch, dass du dich aufregst. Und dass wir Frauen vermutlich in Tränen ausbrechen und dass Jaden ... Dass er kollabiert, weil er eingeschlossen ist. Willst du ihnen das wirklich gönnen?« Mit der Faust stieß sie ihm vorsichtig gegen den Oberarm und sah ihn dann fragend an. »Denk einfach an die Drinks später.«

Brian seufzte sehnsüchtig, als hätte er nie in seinem Leben eine schönere Erfahrung gemacht als den Genuss eines Glases Whisky. Und nun war die Vorstellung, dieses epische Ereignis könne sich wiederholen, der Halt, den er brauchte. Alayna war nicht sicher, wie stabil der war. Aber er war immerhin da.

Er rieb sich die Augen, ehe er seine Gedanken wieder vom Whisky weg und in die aktuelle Situation zwang. »Verrätst du mir auch, was es zu bedeuten hat, dass wir alle unterschiedliche Firmennamen auf der Anmeldung hatten?«

»Stand denn irgendwas unten am Gebäude? Beim Eingang?«, wollte Daisy wissen. »Ich hab keine Ahnung, ich war spät dran, also bin ich einfach reingestürmt.«

»Keine Ahnung«, seufzte Frances. »Ich weiß nur noch, dass der Fahrstuhl kaputt war.«

Brian schnaufte verächtlich. »Kaputt oder zweckentfremdet.« Wieder schnellte sein Blick hoch zur Decke. Diesmal an den Punkt, an dem sie angekommen und in diesen neuen Bereich gefallen waren.

»Da war die Tür auf dem Schild, das weiß ich noch«, murmelte Jaden. »Bei dem Namen bin ich nicht sicher.«

»Wie dem auch sei.« Frances drehte sich halb um sich selbst und sah sich dabei suchend im Raum um. Dabei streifte ihr Blick kurz Alayna, und sie bedachte die junge Frau mit dem Rest eines aufmunternden Lächelns. Es sah aus, als hätte sie schon zu viel davon verbraucht, und nichts Neues kam nach. Also musste sie die letzten Krümel zusammenkratzen, um sie irgendwem zu schenken.

Alayna freute sich, dass sie diejenige war, aber es machte ihr Angst, zu erkennen, dass diese Krümel kurz davor waren, auseinanderzubröseln. Sie schluckte. Das Innere ihrer Kehle presste sich zusammen, und schaffte es kaum, sich wieder zu lösen.

»Wir müssen weitersuchen. Wir übersehen etwas.« Frances klang, als fühlte sich ihre Kehle innen ganz genauso an.

»Und dann? Der nächste Raum?«, murmelte Brian. Er hatte sich auf den umgekippten Schrank gesetzt. »Und wieder der nächste und wieder …«

»Aber welche Alternative haben wir? Zurück kommen wir nicht, also bleibt nur zu hoffen, dass hinter der nächsten Tür Schluss ist.«

»Oder wir bleiben einfach hier«, schlug Daisy vor. »Wir setzen uns hier hin und streiken. Bis sie die Nase voll davon haben, uns beim Rumsitzen zu beobachten.«

Brian seufzte. »Und was glaubst du, wie sie uns dazu animieren, wieder aktiv zu werden? Indem sie uns Burger bringen, Cola, uns die Wange tätscheln und versichern, dass die nächste Tür der Ausgang ist? Ehrlich? Denkst du das?«

»Aber ...«

»Ich will ehrlich nicht rausfinden, wie die Motivationsstrategie von ... Wie auch immer diese Firma heißt ...«

Alayna gab sich Mühe, die Diskussion auszublenden. Versuchte, sich auf irgendein Geräusch zu konzentrieren, das es möglich machte, die Stimmen einfach nicht mehr zu hören. Sie hatte keine Idee, keinen Lösungsansatz mehr, außer vielleicht ... »Und wenn ›Schlüssel‹ das Codewort ist?«, murmelte sie.

Sie wurde nervös, als alle sie ansahen, teils skeptisch, teils erwartungsvoll. Die Blicke mit der Hoffnung waren beängstigender. Es war schlimmer, die zu zerschlagen.

»Da ist ein Schlüsselloch neben der Tür«, erklärte sie. »Also ein klarer Hinweis, dass es einen Schlüssel braucht. Aber vielleicht nicht einen aus Metall, sondern das Wort.«

»Sie hat ›Herr der Ringe‹ gesehen«, raunte Jaden, als wäre es eine Leistung, den Film gesehen zu haben. »Wie in der Szene, als sie vor der Tür sind und Gandalf das Lösungswort ... Ach, ihr wisst schon.« Er bremste sich selbst aus, als er merkte, dass niemand in seine kurzweilige Euphorie mit einstimmte. »Ich finde, wir sollten es probieren«, schloss er.

»Okay, dann los«, meinte Frances. »Wie ist der Morsecode?« Sie lief schon zur Badewanne und machte sich bereit, das darunter verborgene Tastfeld zu aktivieren. Jedenfalls nahm Alayna an, dass es irgendetwas in der Art sein musste.

»S«, überlegte Jaden. »Dreimal kurz. Klar.« Er sah Alayna dennoch fragend an, die bestätigend nickte.

»Dreimal kurz.« Da war sie sich sicher und überlegte bereits nach dem nächsten Buchstaben.

»Das geht ja recht simpel los«, sagte Frances. »Brian? Daisy? Könnt ihr an der Tür prüfen, ob alle Signale ankommen?«

Sie wartete, bis die beiden sich neben der Tür positioniert hatten – jeder an einer Seite – dann stellte sie ihren rechten Fuß in die Wanne und begann, auf Anweisungen von Alayna und Jaden hin, ihr Gewicht auf genau diesen Fuß zu verlagern.

Dreimal kurz.

Lang.

Kurz.

Lang.

Kurz.

Viermal kurz ...

Es dauerte eine Weile. Vor allem, da Alayna und Jaden sich bei dem Buchstaben L nicht ganz sicher waren. Die Kombination dafür war etwas komplizierter, wusste Alayna noch, aber sie war nicht mehr sicher, wie genau. Ob zuerst zweimal kurz an der Reihe war, oder doch nur einmal, ehe das lange Signal kommen musste ...

Nachdem der erste Versuch mit dem gesamten Wort der Tür überhaupt nicht imponiert hatte, probierten sie es erneut mit einer anderen Funkweise für das L.

Doch auch hier rührte sich nichts.

»Noch mal«, sagte Frances. »Vielleicht habe ich was falsch gemacht.«

Also versuchten sie es noch einmal.

Doch nichts passierte.

Brian knurrte irgendetwas, das Alayna nicht verstand, und verschränkte die Arme vor der Brust. »Und?«, fragte er, den Blick unverwandt auf Frances gerichtet. Er machte sich sogar die Mühe, sich etwas zur Seite zu neigen, um an Jaden vorbei zu schauen. »Darf ich jetzt ausrasten?«

»Mach, was du willst«, meinte Frances und stieg nun endgültig aus der Wanne. »Du kannst ja den Schrank da zu Kleinholz verarbeiten. Vielleicht gibt es ja Zwischenwände oder doppelte Böden, die wir nicht gefunden haben.« Sie lief selbst auf den Schrank zu und betrachtete ihn, als hätte er des Rätsels Lösung eigenhändig versteckt. Dann trat sie dagegen.

Das Gleiche hatte Brian vorhin gemacht. Aber bei Brian war das etwas anderes. Dass Fran auf Holz eintrat, war beunruhigend. Es schnürte sich noch enger um Alaynas Kehle als nur die Trockenheit darin.

»Ich bin ... auch kurz ...« Sie deutete zu der Matte, die noch von niemandem getreten worden war.

Daisy nickte ihr zu, auch wenn Alayna nicht glaubte, dass es für irgendwen einen Unterschied machte, ob sie verloren in diesem Raum stand und weinte, oder sich versteckte, ehe die Tränen sie einholten.

Sie kletterte in die Wanne und darüber hinaus. Und da jeder ohnehin annahm, dass sie das tat, setzte sie sich auch auf die Toilette, und gab sich allergrößte Mühe, normal weiterzuatmen, während Salzwasser über ihre Wangen floss und sie damit noch mehr austrocknete.

Dort blieb sie, bis sie es schaffte, ein- und wieder auszuatmen, ohne dass ein dicker Kloß in ihrem Hals den Weg versperrte. Ihr Kopf schmerzte noch mehr. Das passierte nach dem Heulen. Das kannte sie nur zu gut. Aber der Durst machte es nur noch schlimmer.

Sie schloss die Augen und lehnte sich etwas zurück, um das mit dem frei Atmen noch etwas zu üben. Ihr Kopf berührte dabei den Deckel des Spülkastens und er fiel krachend zu Boden.

»Scheiße, ist alles okay?«, rief Daisy ihr zu.

»Alles okay!«, versicherte Alayna und merkte dabei, wie die Stimme die Worte nicht tragen wollte. Trotzdem sagte sie es noch einmal – sicherheitshalber etwas leiser. »Alles okay.«

Sie rappelte sich auf und betätigte die Spülung. Niemand von den anderen sollte wissen, dass sie nur zum Weinen hierhergekommen war. Mit noch immer brennenden Augen sah sie dem grünen, ungenießbaren Wasser dabei zu, wie es verschwand, fragte sich, ob es wirklich so ungenießbar war. Hatte einer von ihnen es denn probiert? Vielleicht war es nur grün. Vielleicht war der Geruch nach Chemie nur ein Geruch, nichts weiter, vielleicht ...

Vielleicht hatte sie etwas gesehen.

Sie spülte noch einmal.

Und noch einmal.

»Verstopft?«, hörte sie Jaden fragen, aber sie antwortete nicht gleich.

Stattdessen drückte sie die Spülung erneut und ließ den Hebel, der an der Seite des Kastens befestigt war, nun auch gedrückt, damit das nachlaufende, grüne Chemiewasser direkt seinen Weg in die Toilettenschüssel finden konnte. Und damit der Blick freiblieb auf das grüne Päckchen aus Folie, das ganz unten im Spülkasten klemmte.

»Da ist was«, murmelte sie. »Ich glaube, ich hab was gefunden.«

Keiner hörte sie. Da war das Krachen von Holz. Hatte Brian dagegengetreten? Oder Frances? Jemand anderes?

Vorsichtig streckte sie ihre Hand in den Spülkasten und machte ihre Finger lang, um möglichst wenig mit der grünen Flüssigkeit in Berührung zu kommen. Dabei achtete sie peinlich genau darauf, immer den Hebel der Spülung gedrückt zu halten, damit das nachfließende Grün den Kasten nicht mehr füllen konnte.

Das Folienpäckchen klebte fest und ließ sich nicht einfach anheben. Immer wieder rutschte sie mit den Fingerspitzen ab. Die Folie war feucht und ihre Finger fühlten sich steif an, schmerzhaft. Als überlegten sie, einem Muskelkrampf zu erliegen. War das nicht auch ein Symptom von Dehydrierung?, überlegte sie. Doch den Gedanken warf sie schnell so weit wie möglich weg von sich. Er half ihr in dieser Situation nicht. Was helfen mochte, war dieses folierte kleine ... Sie schaffte es, ihren Zeigefinger unter ein Stück Klebeband zu haken und daran zu ziehen. Dabei spürte sie, wie sich das Päckchen allmählich löste. Noch ein Ruck, und es trennte sich noch etwas mehr von der Innenseite des Spülkastens. Das war ein guter Weg, jedoch langwieriger als ihr Zeigefinger durchhalten wollte.

Ein Schmerz zog sich bis in ihre Handfläche. Es war wie der Krampf, den sie manchmal in ihren Waden hatte. Nur kleiner. Die geringere Fläche ließ ihn nur noch viel intensiver wirken, und ihr entwich ein Wimmern, das sie eigentlich für sich hatte behalten wollen.

Das war der Moment, als die Anderen bemerkten, dass sie noch immer verschwunden war.

»Hey, ist wirklich alles okay bei dir?« Daisy. Ihre Stimme klang näher.

»Ich glaube, ich brauche hier Hilfe«, gestand Alayna, und sofort hörte sie eilige Schritte näher kommen, Schuhsohlen in der Badewanne.

»Heilige Scheiße, was machst du da?«

»Da ist was«, erklärte sie. »Aber ich krieg es nicht raus.« Wieder rannen Tränen über ihre Wangen. Wo kam all das Wasser nur her? »Ich krieg es einfach nicht raus.«

»Was ist los?« Frances kam nun ebenfalls über die Badewanne zu ihnen, sah kurz zu Alayna, dann zu Daisy und wieder zu der Jüngeren. Dann nickte sie in den Raum hinein, woraufhin weitere Schritte ertönten. Die beiden Männer hatten wohl auf das Zeichen von Frances gewartet, dass es okay war, sich zu nähern.

»Da ist was. Klebt unten am Boden, aber ziemlich fest.« Daisy inspizierte Alaynas Versuche, diese Folie zu lösen. Doch der Kasten war zu schmal für eine helfende Hand. Er war kaum breit genug für Alaynas. Sie schaffte es gerade so, mit ausgestreckten Fingern die Folie zu berühren, konnte aber ihre Hand nicht weit genug öffnen, um richtig zu greifen.

Sie zog ihre Hand zurück, damit Frances und Daisy besser nachsehen konnten. Frances genügte ein Blick, bei dem sich ihre Augen weiteten, ehe sie wieder zur Wanne lief. »Hey, Brian! Jaden! Ich brauche so eine Fliesenscherbe. Richtig schön scharf.«

»Scheiße, was macht ihr mit der Kleinen?« Brians Gesicht lugte hinter der Turnmatte hervor, verlor seinen irritierten Ausdruck aber, als er Alayna wohlauf erblickte. Die Tränen auf ihren Wangen waren etwas, das mittlerweile zu der neuen Definition von »Wohlauf« zählen konnte.

»Los, mach schon!«, drängte Frances ihn, doch Jaden tauchte längst mit dem gewünschten Gegenstand auf. »Perfekt, danke.« Sie nahm Jaden die Scherbe ab und wog sie in der Hand, bis sie sie gut zwischen Zeige- und Mittelfinger halten konnte.

»Dann mal los«, meinte Daisy und trat beiseite, während Alayna weiterhin die Spülung dessen gedrückt hatte, von dem sie mittlerweile vergessen hatte, dass es eine Toilette war. In den letzten Sekunden hatte, die sich vielmehr zu einer neuen Tüftelei manifestiert, die Alayna ein Höchstmaß des ihr zur Verfügung stehenden Fingerspitzengefühls abverlangt hatte. Ihr Finger tat noch immer weh, was sie versuchte, etwas zu lindern, indem sie ihre Hand immer wieder zur Faust schloss und wieder öffnete.

»Meine Güte, ist das widerspenstig«, zischte Frances. Sie versuchte mittlerweile, blind die Folie zu zerschneiden, und zog immer wieder ihre Hand aus dem Kasten und schüttelte sie aus, um zu sehen, ob sie Erfolg gehabt hatte. Meist mündete dieser Blick in ein genervtes Stöhnen und den nächsten Versuch. »Das ist einfach so ... Scheiße!« Ruckartig zog sie ihre Hand zurück. Blut tropfte von ihrem Finger, ehe sie den in den Mund stecke. »Scheiße«, wiederholte sie gedämpft und warf noch einen Blick in den Spülkasten. »Wir brauchen …« Frances unterbrach sich und sah auf.

Alayna hatte das Reißen von Stoff gar nicht gehört. Erst, als Jaden den zweiten Streifen von seinem Hemd abriss, nahm sie es wahr. »Hier«, sagte er und reichte Frances den schmaleren Streifen. »Für deinen Finger. Und der hier«, es folgte ein richtiger Stofffetzen, »ist, damit du dich nicht wieder schneidest. Vielleicht legst du ihn doppelt. Fliesen sind … Was?« Er stutzte, als alle ihn einfach nur ansahen. »Was hab ich falsch gemacht?«

»Gar nichts«, beteuerte Frances und ließ sich von Alayna helfen, den Stoffstreifen um ihren Finger zu wickeln.

»Wirklich«, pflichtete Daisy ihr bei, da Jaden noch immer etwas ratlos dreinschaute. »Das war einfach nur wahnsinnig süß. Und glaub mir, das Wort benutze ich normalerweise nicht ohne Brechreiz.«

Brian gluckste leise. Und ein Gefühl der Erleichterung machte sich in Alayna breit, als sie dieses Geräusch hörte, zu dem er schon einige Zeit nicht mehr in der Lage gewesen war. Es fühlte sich an, als wäre Brians Stimmung das Barometer für die Ausweglosigkeit der ganzen Situation. Wie schlimm konnte die sein, wenn er lachte? »Siehst du, Fran«, sagte er und zwinkerte Frances zu. »Deshalb fange ich nichts mit Frauen an. Meine Klamotten sind dafür einfach zu teuer.«

»Idiot«, schnaufte Frances, rollte sogar mit den Augen, lächelte aber. Dann wickelte sie das größere Stück Stoff so um die Scherbe, dass sie die gut greifen konnte. »Na dann, nächster Versuch.«

Es dauerte eine Weile, aber irgendwann hörten sie Folie reißen. Frances warf einen prüfenden Blick in den Kasten, zog die Stirn kraus und ging dann wieder ans Werk. »Geht voran«, berichtete sie. »Ich müsste es gleich haben, wenn mir nicht vorher die Finger verkrampfen.«

»Dann löse ich dich ab«, bot Daisy sich an.

Aber das war gar nicht nötig. Nach nur einer, vielleicht zwei weiteren Minuten hörten sie, wie das Stück Fliese über Hartplastik schrammte. »Ich glaube, wir haben es«, verkündete Frances mit ungeheurer Euphorie.

Alayna spürte, wie das Gefühl sie ansteckte. Freude. Hoffnung. Es machte sich mit einem warmen Kribbeln in ihrer Magengegend bemerkbar. Sie wusste, dass es trügerisch war. Denn ja, sie hatten es – aber niemand wusste, was genau. Alayna war sicher, dass das auch den anderen klar war. Aber es fühlte sich einfach nach einer Option an, etwas zu haben, von dem man nicht wusste, was es war. Jede Perspektive war besser als die Ratlosigkeit. Selbst die schlechten.

Frances schüttelte kurz ihre Hand aus und bewegte ihre Finger, als würde sie etwas kneten, ehe sie diesmal ohne die Scherbe in den Spülkasten fasste.

Sie hörten, wie etwas Hartes innen gegen das Plastik schlug.

»Schlüssel?«, fragte Daisy.

»Denke schon«, murmelte Frances und verzog ihr Gesicht zu einer hochkonzentrierten Grimasse, als sie langsam ihre Hand aus dem Kasten zog. Sie kam nicht weit, ehe ein Klappern zu hören war und ein leises »Mist« von ihr.

»Warte, ich versuch es mal«, meinte Daisy. Die beiden tauschten ihre Positionen. Daisy brauchte zwei Anläufe, dann beförderte sie einen Schlüssel zutage, der wirklich genau so aussah wie der zum Schuppen von Alaynas Großvater. Aber das hatte ihr ja das Schloss bereits verraten.

»Nichts wie raus hier.« Brian sprang auf und Jaden folgte ihm zur Tür. Die Frauen kletterten über die Badewanne zurück in den Raum. Daisy hielt den Schlüssel fest in ihrer Hand, während Frances sich noch mal im Raum umsah. »Brauchen wir von hier noch etwas?«

»Nein«, sagte Brian ungeduldig. »Ich glaube, ich habe mich noch nie so intensiv mit einem Raum beschäftigt wie mit diesem. Ich bin sicher, dass ich hier nichts lasse, das mir fehlen wird.«

»Du hast ja auch dein Hemd nicht zerrissen«, stichelte Daisy, grinste ihm kurz zu und schob sich dann an ihm vorbei zu der Stelle, von der sie die Fliese entfernt hatten. Der Schlüssel passte ins Schloss. Sie atmete tief ein und warf einen Blick in die Gruppe. »Bereit?«

»Mach schon«, drängelte Frances. »Ich will hier raus.«

Daisy nickte und drehte den Schlüssel. Er ließ sich drehen, mühelos. Aber die Tür blieb geschlossen.

Brian gab ein gurgelndes Geräusch von sich, das klang wie ein Schrei, der in einer Kehle ertrank. Jaden schlug die Hände über seinem Kopf zusammen – eine Geste, die Alayna nur aus Filmen kannte. Aber Jaden griff sich wirklich mit beiden Händen in die Haare und starrte diese Tür mit unverhohlener Verzweiflung an. Genau so hätte das auf einer Leinwand passieren können, was es Alayna leicht machte, sich vorzustellen, das hier wäre nur ein Traum. Oder ein Film, dessen Drehbuch sie nicht bis zum Ende gelesen hatte.

Brian versuchte nun selbst, den Schlüssel zu drehen. Das war etwas, das Menschen oft taten. Sie sprachen anderen Menschen die Fähigkeit ab, die simpelsten Handlungen auszuführen, um es dann auf dieselbe Weise zu machen wie sie. Das war normal. Das war nicht böse gemeint. Und es war auch nicht schlimm, weil es sich wirklich anfühlte, als sähe Alayna das alles auf einem Bildschirm.

Es war leichter, sich zu überlegen, wie der Film logisch weitergehen müsste. Viel leichter, als darüber nachzudenken, wie man aus einem Raum kommen konnte, in dem man eingesperrt war. »Die Badewanne«, sagte sie und machte sich schon auf den Weg zurück zu der Wanne.

»Natürlich!«, stieß Daisy aus. »Das Klicken. Das ist doppelt verriegelt.« Sie drehte den Schlüssel wieder zurück und wartete, bis sie das Klicken hörten, als Alayna in die Wanne stieg. Dann drehte sie den Schlüssel.

Die Tür schob sich gemächlich beiseite, als wäre sie der Eingang zu einem Einkaufscenter und nicht der Ausweg, auf den sie die ganze Zeit gehofft hatten.

»Oh mein Gott, na endlich, wir ...«

Mit einem Zischen flog die Schiebetür wieder zu und donnerte krachend zurück an ihren Platz.

»Oh Gott, tut mir leid«, stieß Alayna aus. Sie hatte ein Bein wieder aus der Wanne heraus gesetzt und das Gewicht auf den Fußboden davor verlagert.

»Alles gut«, keuchte Jaden, auch wenn seinem Gesicht deutlich anzusehen war, dass gar nichts gut war. »Stand ja niemand dazwischen.«

»Okay, also muss der Schalter in der Wanne gehalten werden«, schlussfolgerte Daisy.

»Oder wir packen etwas in die Tür, um sie offen zu halten.« Frances wandte sich zu Alayna um. »Kannst du noch mal kurz in die Wanne steigen?«

Alayna nickte und setzte bereits dazu an, einen Schritt in die Wanne zu gehen, doch dann zögerte sie. 5:1. »Aber ihr lasst mich nicht hier, oder?« Tränen. Nicht in ihren Augen, aber sie waren auf ihrer Stimme und machten ihre Worte schwer. »Bitte, lasst mich nicht hier.« Sie bekam keine Luft mehr und konnte sich einfach nicht mehr bewegen. War es das, worum die anderen sie eigentlich baten?

»Nein«, versicherte Frances, doch Jaden war derjenige, der endlich seine Arme sinken ließ und seinen Kopf schüttelte.

»Niemand lässt dich hier«, versicherte er. »Du hast mich ja auch nicht im Fahrstuhl gelassen, oder?« Er lief zu Alayna und stellte sich neben sie.

»Okay, keiner verlässt diesen Raum, ehe wir nicht eine Lösung haben«, sagte Daisy. »Öffnet ihr jetzt die Tür bitte noch mal?«

Brian holte bereits zwei Schubladen und eine Tür des Schranks zu der Tür und hielt beides bereit. »Kann losgehen«, sagte er.

»Wartet mal!«

Jaden hatte gerade dazu angesetzt, in die Wanne zu steigen, hielt nun jedoch inne und wandte sich zu Brian um. »Was ist?«

»Hört ihr das? Ich glaube auch, man kann ...« Er brach ab, als sein Blick nach oben wanderte. »Ach du Scheiße!« Er deutete nach oben. »Diese elenden Dreckswichser. Was ist das?«

Alayna sah ebenfalls nach oben und erkannte, dass dort, wo sie aus der Decke hinabgefallen waren, nun ein Lüftungsgitter zu sehen war. Schwarzgrauer Nebel waberte von dort in den Raum hinein und sank langsam zu Boden.

»Das ist Rauch.«

»Riecht wie Abgase von einem alten Auto«, murmelte Jaden. Alayna war nicht sicher, ob jemand außer sie ihn hören konnte.

»Beeilt euch einfach«, trieb Frances Alayna und Jaden an. »Wir müssen hier raus.«

Jaden betätigte den Kontakt, die Tür zog sich wieder auf, und Brian platzierte gemeinsam mit Daisy die Gegenstände auf der Schwelle.

»Gut, und jetzt raus aus der Wanne.«

Jaden sprang wieder auf den Fußboden, und die Tür schnellte zu. Holz krachte und zersplitterte, als wäre es Wasserdampf, der auseinanderstob. Es wirkte, als wäre die Tür empört über den bloßen Versuch, sie aufzuhalten, und nun beschoss sie die Umstehenden mit den Fragmenten dessen, was man ihr in den Weg hatte stellen wollen.

»Scheiße, wir müssen ...« Brian hustete und beugte sich nach vorn. Alayna spürte das Kratzen in ihrem Hals ebenfalls. Und Angst, als Brian sie ansah und auf sie deutete. »Du. Du gehst rüber. Und siehst nach, ob wir von da weiterkommen. Eine Minute. Dann öffnen wir die Tür wieder und beraten uns.«

»Was? Aber ich ...«

»Du findest am Schnellsten heraus, was da drüben ist«, versicherte Jaden ihr. »Das ist eine gute Idee. Und wir überlegen, wie wir die Tür offenhalten können, damit wir alle rüberkommen.«

Sie mussten doch darüber sprechen. Sie konnten sie doch nicht einfach dort hinschicken, wo keiner wusste, was da lauerte. Sie war nicht wie Frances, die sich wagemutig aus einem Fahrstuhl hängen ließ, der seinen Boden verlor. Sie war nur Alayna. Sie war noch nie jemand anderes gewesen als »nur Alayna«.

»Schau nach, ob da ein Luftabzug ist. Nicht, dass auch der nächste Raum ...« Husten. Frances gab sich Mühe, ihn zu unterdrücken, aber es gelang ihr nicht. »Und ob man die Tür auch von der anderen Seite öffnen kann. Das wäre optimal. Daisy geht mit«, wies sie an, als sie Alaynas erschrockenes Gesicht sah. »Verstanden?« Auf Alaynas Nicken hin setzte sie sich in Bewegung und lief zu Jaden. »Damit klar ist, dass wir ihn nicht hierlassen«, erklärte sie und stieß Alayna etwas unsanft an. »Na los!« Damit stieg sie selbst in die Wanne.

Die Tür öffnete sich, und Alayna spürte, wie Daisy ihre Hand nahm und mit sich in den anderen Raum zog. Er war dunkel und kälter als der andere. Und die Luft war klarer. Sie tat den Lungen nicht mehr weh.

Dann krachte die Tür hinter ihnen ins Schloss, und es wurde schwarz.

3. Wasser

Jaden

Drei Wochen zuvor

»Ey du Wichser, meine Freundin ist schon drin! Sie steht auf der Gästeliste. Mit einer weiteren Person. Die bin ich, wer soll das sonst sein, he? Was glaubst du, wer du bist?«

Jaden sah auf den jungen Mann hinab. Er kannte diese Art von Typen. Dieser hier reichte ihm nur etwa bis zur Brust und war schmal gebaut. Es war offensichtlich, dass er sich Mühe gab, daran etwas zu ändern. Die ersten Erfolge, die er mithilfe von Gewichten erzielt hatte, präsentierte er in einem weißen Shirt, das selbst diesem dünnen Kerl etwas zu knapp war. Draußen vor dem Club war es zu dunkel, um das einzuschätzen, aber Jaden war sicher, dass die übliche Solariumsbräune unter dem weißen Stoff hervorstach wie das Tribaltattoo, von dem man nur ein paar schwarze Ausläufer erkennen konnte.

»Sag mal, bist du schwerhörig?«, fuhr der Kerl ihn an und strich sich fahrig mit den Fingern durch die gegelten Haare. Sie waren beinahe schwarz mit einer markanten, hellblond gebleichten Strähne an der Seite. Und sie sahen nach dieser Geste nicht anders aus als vorher. Vermutlich ließ das viele Gel das auch gar nicht zu.

»Ich habe dich schon verstanden«, sagte Jaden. Er neigte seinen Kopf zur Seite und sah den kleinen Mann vor sich an. Den Blick hatte er lange vor dem Spiegel geübt. Seinem Gesicht fiel diese autoritäre Ruhe ungewöhnlich leicht, seinem

Naturell jedoch hatte er sie erst antrainieren müssen. Nun fühlte es sich an wie eine Maske, die er beliebig auf- und absetzen konnte.

»Ganz offensichtlich nicht! Sonst würde ich nicht mehr hier draußen stehen, sondern wäre bei meinem Mädchen.«

»Ich habe dir schon gesagt, es steht keine Julia Smith auf der Liste. Und wer nicht auf der Liste steht, kann auch keine Begleitung mitbringen. Das ist eigentlich ganz einfach.«

»Verarschst du mich gerade?«

»Nein«, erwiderte Jaden ehrlich. Er war nicht wie Tony, sein Kollege, der sich einen Spaß daraus machte, diese komischen Kampfzwerge, wie er sie nannte, an der Nase herumzuführen. Tatsächlich war es für Jaden eine ganz simple Angelegenheit. Wer auf der Liste stand, kam rein. Wer von denjenigen mitgebracht wurde, kam rein. Und wen er durchließ, kam rein.

Vermutlich hätte er diese angebliche »Plus Eins« auch reingelassen, hätte der Kerl nicht versucht, ihn zu verarschen, indem er Namen riet, die nicht existierten. Warum glaubten diese Leute nur immer, dass es ihnen gelingen würde, die Türsteher zu verarschen? Was war so schwer daran, einfach nur in der Schlange stehen zu bleiben und das Nicken beim Einlass abzuwarten? Man musste nichts tun, außer dem großen Kerl neben dem Eingang ins Gesicht zu schauen und seine Klappe zu halten. Das war sogar ziemlich simpel, fand Jaden. Er mochte Leute, die ihre Klappe hielten, und sich einfach nur seinem kurzen, prüfenden Blick unterzogen.

Wer das Maul aufriss und dann auch noch Mist erzählte, war raus. Punkt.

»Kumpel«, setzte der Kleinere jetzt an und neigte seinen Kopf genau so zur Seite, wie Jaden es getan hatte. »Kumpel, ich versteh ja, du machst nur deinen Job. Vermutlich wird der auch schlecht bezahlt, oder?«

Bestechung und freundschaftliches Gerede. Jaden konnte schon nicht leiden, wenn sie eine dieser Taktiken versuchten. Die Kombination rang ihm nur ein müdes Schnaufen ab. »Verzieh dich«, sagte er und nickte in die Richtung, in die er wollte, dass dieser Kerl verschwand. »Du hältst den Verkehr auf.«

»Ich bin der verdammte Verkehr, du Idiot! Und meine Freundin ...«

Er verstummte, als Jaden sich von seinem Hocker erhob und sich in voller Größe vor ihm aufbaute. »Hast du mich gerade beleidigt?« Er war es leid, diese Karte ziehen zu müssen. Der Mann konnte nichts dafür, dass er so winzig war. Aber Jaden konnte auch nichts dafür, dass keine Julia Smith auf der Gästeliste stand. Meistens fiel seinem Gegenüber ein Irrtum auf, sobald Jaden sich zu den vollen 2,03m Körpergröße aufrichtete, die er von seinem Dad geerbt hatte.

Auch dieser Typ bildete keine Ausnahme. Er spuckte verächtlich auf den Boden neben dem Eingang, verzog sich dann allerdings ziemlich schnell. Immerhin das. Jaden war es lieber, wenn nonverbale Drohgebärden ihren Dienst taten. Er setzte nicht gern in die Tat um, was sie andeuteten. Aber er würde. Er hätte diesen Job nicht bekommen, wäre er nicht bereit, Drohungen auch wahr zu machen, wenn die Situation es verlangte.

»Alles klar bei dir, Großer?« Cathys Stimme flüsterte ihm über den Knopf in seinem Ohr zu. Seine Kollegin stand am unteren Ende der Treppe, um dort Eintritte zu kassieren und funkelnde Passierbändchen um Handgelenke zu streifen, sofern Jaden die Gäste bis zu ihr durchließ. Bei ihr war ein weiterer Kollege, der aufpasste, dass der gut aussehenden Frau mit den blauen Haaren niemand zu nahekam, wenn sie es nicht wollte. »Soll ich Rick zu dir schicken?«

»Alles im Griff«, sprach Jaden in den Hemdkragen. Dorthin, wo ein knopfgroßes Mikro angebracht war. Seit eineinhalb Monaten arbeitete er nun für das »Babylon«, und noch immer hatte er sich nicht daran gewöhnt, dass es mit wesentlich fortschrittlicherer Technik ausgestattet war als sein alter Club in Washington. Dort hatte es Walkie-Talkies gegeben, die nur hin und wieder funktionierten. Selten dann, wenn man sie brauchte.

»Wirklich? Wenn du niemanden herschickst, ist Rick hier sowieso überflüssig und glotzt mir die ganze Zeit nur auf die Möpse. Ich wäre nicht böse ...«

Jaden schmunzelte und schüttelte den Kopf. Über Cathy, die eigentlich Cathrina hieß, und als Antwort auf den fragenden Blick zweier offensichtlich minderjähriger Mädchen. Auch das ganze Make-up und die kurzen Röcke konnten nicht darüber hinwegtäuschen, dass die beiden fünfzehn, höchstens siebzehn waren. Nach ihren Ausweisen fragte Jaden gar nicht erst.

»Schick ihn hoch, und ich komm zu dir runter, was hältst du davon? Die Rotation ist eh langsam fällig.«

»Mein Held«, säuselte sie. Jaden wusste, dass er nur so lange ihr Held war, wie er tat, was sie sich von ihm erhoffte. Ihr nicht auf die Brüste glotzen oder es manchmal eben doch tun. Ihnen ein Bier von der Bar holen und aufdringliche Kerle in die Schranken weisen.

Jaden ließ ein junges Paar und eine Dreiergruppe junger Frauen durch, die er auf Mitte zwanzig schätzte, nur etwas jünger als er selbst. Sie hielten es nicht für nötig, ihn blöd anzumachen oder irgendwelche Tricks anzuwenden. Das war ja auch nicht so schwer, fand Jaden.

Rick tauchte nach ein paar Minuten auf und zündete sich eine Zigarette an. »Cathy ist heute fürchterlich aufgedreht. Glaub', sie hat wieder was genommen. Ihr Kerl ist wohl wieder in der Stadt.«

Jaden brummte nur, weil er mit den Gerüchten um die Kollegen nichts zu tun haben wollte. Der Klatsch interessierte ihn nicht. Ihn interessierte nur, dass er am Ende der Woche sein Geld bekam und mit niemandem aneinandergeriet. Er wollte jeden Morgen nach Hause kommen, ohne einen Kinnhaken eingesteckt oder jemanden unschädlich gemacht zu haben. Bisher sah dieser Abend danach aus, als könnte er ein solcher werden.

»Sie hält die ganze Zeit nicht die Klappe«, murrte Rick weiter. »Manchmal glaube ich, die Mädels am Einlass brauchen uns nur, damit wir ihnen Gesellschaft leisten.« Dann nickte er zu der wartenden Schlange. »Wie sind die heute drauf?«

»Unkompliziert.«

Natürlich war es schwer, das so pauschal zu beantworten. Aber wer regelmäßig vor Clubs stand, konnte beobachten, dass neben der Herdenintelligenz auch eine klare Herdenemotionalität existierte. Es gab Abende mit schlechter Stimmung und Abende mit guter. Und in beiden Fällen gab es Ausreißer wie den Kerl mit der Strähne.

Jaden klopfte Rick kurz auf die Schulter und sah auf seine Uhr. Viertel vor zwölf. »Ablöse um eins?«

Rick grunzte und nickte, und Jaden machte sich auf den Weg nach unten. Von dort drangen schon die Bässe aus dem Club zu ihm, allerdings keine Melodien. Die schafften es selten bis in den Vorraum.

Cathy begrüßte Jaden mit einem strahlenden Lächeln und warf ihr langes Haar über eine Schulter. Die Art, wie sie das Klemmbrett unter ihren Brüsten festhielt und sie damit nur noch etwas höher drückte, als der BH es ohnehin tat, ließ die Herausforderung erahnen, der Rick bis eben ausgesetzt gewesen war.

Jaden nickte ihr mit einem stummen Lächeln zu und bezog Stellung auf dem Hocker an ihrer Seite. Eine Flasche Wasser stand schon für ihn bereit. »Wie ist die Stimmung drinnen?«, fragte er. Die übliche Frage, wenn man ins »Indoor« wechselte. Wer hier bei Cathy stand, war auch erster Ansprechpartner für Eskalationen innerhalb des Veranstaltungsraumes.

»Alles ruhig. Wir haben auch noch zwanzig Prozent bis zur Kapazität.«

Jaden nickte. Das war ein gut besuchter Abend für einen Mittwoch, kurz vor Mitternacht. Und die Schlange oben reichte noch bis zum nächsten Block.

Es blieb noch eine ganze Weile ruhig, bis Rick ihn kurz vor eins nach oben rief. Nicht zur Ablöse, sondern wegen eines Konflikts. Seufzend rappelte Jaden sich auf und marschierte die Treppe hinauf. Er nahm zwei Stufen auf einmal, als er die lauten Stimmen hörte. Rick schrie jemanden an. »Lass das Mädchen los oder ich ruf die Polizei!«

»Ich hab gesagt, ich will da rein! Ich muss da rein! Meine Freunde sind alle da drin, hörst du? Lass mich da jetzt rein. Ich hab keine Zeit. Tick Tack. Keine Zeit, Mann!«

»Ich habe gesagt, du lässt die Kleine los oder ich rufe die Bullen!«, donnerte Ricks Stimme. Die ganze Straße musste ihn gehört haben. Nur nicht der große, aber schlaksige Typ mit den zerzausten braunen Haaren, der Rick gegenüberstand.

Jaden konnte über Ricks Schulter hinweg den Kopf des jungen Kerls sehen. Den Kopf und den wirren Blick, der sich kaum an einem Punkt festhalten konnte. Von welcher »Kleinen« die Rede war, erkannte Jaden erst, als er an Ricks Seite getreten war. Vor diesem Freak stand eine schwarzhaarige junge Frau, und es war eindeutig, dass sie da nicht freiwillig war. Eine Hand des Mannes hatte sich fest um ihren Hals gelegt, um die andere war ihr Haar geschlungen und hatte ihren Kopf nach hinten gezogen, bis der Hals deutlich überstreckt war. Keine angenehme Position. Eine Waffe konnte Jaden nicht erkennen.

»Du willst da rein?«, fragte er den Kerl.

Der sah Jaden nicht einmal an, sondern auf irgendeinen Punkt auf seiner Stirn oder dahinter. Es war dunkel, aber Jaden glaubte im Licht der Straßenbeleuchtung zu erkennen, dass die Pupillen des Kerls seine Iriden regelrecht aufgefressen hatten. Schweiß stand auf seiner blassen Stirn, und die Hand, die sich in den Haaren des Mädchens festgekrallt hatte, zitterte.

»Ich muss da rein«, erklärte er. »Ich muss, weil die Zeit abläuft. Wir haben alle keine Zeit, die ist da drin, die Zeit ist da drin.«

Der Typ war doch völlig verrückt. Oder high. Vermutlich eine Mischung aus beidem, und eins führte zum anderen.

»Verstehe«, sagte Jaden ruhig, kam dem Typen aber nicht zu nahe. Er war nervös genug. Immer wieder huschte sein Blick in Ricks Richtung, und an dem vorbei – vermutlich ins Nirwana.

Jaden warf Rick einen Blick zu und nickte leicht. Mit einem Schnaufen sah sein Kollege noch einmal zu dem Durchgeknallten, erwiderte dann aber das Nicken und verschwand wieder nach drinnen. Dort würde er warten, bis Jaden ihm den Kerl schickte und ihn dann überwältigen. Bis es so weit war, würde er die Polizei gerufen haben. »Wann musst du denn da drin sein?«, hakte er nach, um Rick und der Polizei etwas Zeit zu verschaffen und den Typen glauben zu machen, dass man ernst nahm, was er da redete. Die junge Frau, die er sich vermutlich aus der Reihe der Wartenden gegriffen hatte, sah Jaden nicht an. Ihm schlug das Herz ohnehin schon bis zum Hals. Dafür reichte der unstete Blick eines Junkys. Der ängstliche Blick einer Frau würde ihn aus dem Konzept bringen. Einmal war ihm das schon passiert, und das hatte ihn seinen Job gekostet. Und seiner Kollegin das Leben. Weil er nervös geworden war. Und wenn Nervosität auf Nervosität traf, wurde die Situation unberechenbar. Genau wie die Menschen darin, und das schloss ihn selbst nicht aus.

Damals war ein Messer im Spiel gewesen und Geld. Viel Geld. So war das nun einmal in einem Kasino – auch jenseits von Las Vegas.

»Keine Zeit«, wiederholte der Kerl. »Ich muss die Zeit da drin finden, ich muss …«

»Okay«, unterbrach Jaden ihn, als der Typ noch heftiger an den Haaren der Frau zerrte, die erschrocken aufschrie. Ganz automatisch hob er seine Hände, mit den Handflächen nach vorn, und wiederholte: »Okay.«

»Okay«, sagte nun auch sein Gegenüber. »Okay, okay, okay.«

»Du kannst rein. Aber sie muss draußen bleiben.«

»Warum?« Diese Erwiderung schnappte Jaden regelrecht entgegen.

Er suchte nach der geeigneten Erwiderung. Dass es richtige und falsche gab, wusste er. Nun sah er doch kurz zu der Frau, die ihn panisch anstarrte. Er sah sie einen Moment länger an als nötig, aber diese Sekunden brauchte er, um sich wieder zu fassen. »Ich trau ihr nicht«, sagte er schließlich.

Der Typ sah sich die Frau nun selbst an. Sein Kiefer zitterte und der Griff um ihren Hals wurde enger. Jaden atmete tief durch, um ruhig zu bleiben, gab sich Mühe die erschrockenen Gesichter der anderen Wartenden zu ignorieren. Und die Handys. Immer diese verdammten Handys, die sofort auftauchten, um jede seiner Bewegungen und Entscheidungen aufzunehmen.

Sie konnten nun hervorragend aufzeichnen, wie er zwei Schritte zurückging, das Absperrband ausklinkte und mit einer einladenden Bewegung zum Eingang wies. »Du hast keine Zeit zu verlieren, geh ruhig rein«, sagte er und ließ sich für jedes Wort ganz viel Zeit. »Ich kümmere mich um die.« Es tat ihm leid, wie er das sagte. Er würde sich gleich bei der jungen Frau dafür entschuldigen. Doch zuerst musste er dafür sorgen, dass er die Gelegenheit dazu haben würde.

Der Verrückte gab sie ihm unverzüglich. Er warf ihm die erschrockene Frau regelrecht entgegen und stürzte an ihm vorbei zum Eingang. Jaden konnte nur beten, dass Rick parat stand, um den Kerl festzuhalten, bis die Polizei eintreffen würde. Er merkte, wie die Frau in seinen Armen weinte, und hielt sie einfach fest. Dass sie nicht verwundet war, hatte er vorhergesehen. Und für alles andere wäre er nicht der Richtige, ganz bestimmt nicht. Am Inneren eines Menschen konnte man so viel schneller Dinge kaputt machen als außen.

Er beobachtete, wie nach und nach diese ganzen Telefone verschwanden, wie die Schlange der Wartenden sich ausfranste, jedoch nicht ganz auflöste. Und wie ein Mann abseits stand, und noch immer die Kamera seines Handys auf ihn gerichtet hielt. Jaden konnte im Licht der Straßenlaternen die hellblonde Strähne erkennen. »He!«, rief er ihm zu. »He!« Aber der Typ reagierte gar nicht. Er blieb dort und filmte, während Jaden die Frau hielt und das blinkende Licht der Streifenwagen sich näherte, bis es ihn blendete und er den Kerl nicht mehr sehen konnte.

Aber er war sich sicher, dass er noch immer dort stand. Irgendetwas sagte ihm, dass er nicht verschwunden war, und auch nicht aufgehört hatte, die Situation zu filmen.

Jetzt

Jaden beugte sich nach vorn, die Hände auf die Knie gestützt und versuchte, nicht zu tief einzuatmen. Nur so viel wie nötig. Brian neben ihm hustete. »Du musst weiter runter«, sagte Frances hinter ihm. »Da geht's noch.«

»Diese verdammten Scheißer«, zischte Brian und fiel auf die Knie. Dort ging sein Husten irgendwann in ein Keuchen über.

»Wir könnten uns abwechseln«, murmelte Jaden. »Dass immer einer hierbleibt und abgelöst wird.«

»Unsinn«, schnaufte Frances. Sie saß mittlerweile vor der Badewanne und hatte ihre Stirn auf ihre Knie gelegt. »Das geht zwei oder drei Mal, dann ist der Raum hier zu voll mit

Qualm und der da drüben auch. Wir brauchen eine andere …«

»Die Matte.« Brian richtete sich wieder auf und klopfte Jaden dann auf die Schulter. »Komm. Wir packen die Matte in die Wanne. Die wird hoffentlich schwer genug sein.«

»Das ist genial!«, stieß Frances aus und rappelte sich ebenfalls auf.

Die beiden Männer schleiften die Matte von der Toilette weg. Keuchend packten sie zu dritt an, um die Unterlage hochkant zu stellen und in die Badewanne zu wuchten.

Kaum hatte Brian die lederne Oberfläche losgelassen, drehte er sich zur Tür um. »Soll das ein Witz sein? Das Ding ist schwerer als Fran!«

»Wartet«, schnaufte Frances. Sie hatte sich mittlerweile ihr Shirt über Mund und Nase gezogen.

Kurzerhand zog Jaden sein Hemd aus. Nun kam es darauf wirklich nicht mehr an, also riss er wie vorhin Stofffetzen von dem Kleidungsstück und verteilte sie an Frances und Brian, ehe er sich selbst einen abgetrennten Ärmel vor seine untere Gesichtshälfte band.

Frances dankte ihm mit einem stummen Lächeln, ehe sie sie sich ebenfalls eine Maske daraus band, aufstand und ein Bein in die Wanne stellte.

Die Tür öffnete sich.

»Ich hab nicht … Ich habe gar nicht mein Gewicht … Diese verdammten Dreckschweine!«, kreischte sie.

Während Brian bereits blass wurde, sah Jaden sie fragend an.

»Hier ist Wasser!«, hörten sie Daisy rufen. »Aber wir finden keinen Türöffner.«

»Wasser«, keuchte Frances hinter ihm, und Jaden wandte sich zu ihr um. Es war sicher ein rein instinktiver Entschluss, dass sie einen Schritt in Richtung Tür ging. Dabei nahm sie jedoch den Fuß aus der Wanne, und sofort schnellte die Tür wieder zu. Qualm wirbelte auf und legte sich wie ein dichter Nebel um sie, den man nicht atmen konnte. Die provisorische Maske half kaum. »Scheiße.« Brians Stimme war eher ein Krächzen als alles andere. Er schüttelte den Kopf. Immer wieder, als würde ein Gedanke versuchen sich darin festzusetzen wie eine lästige Zecke, und nun versuchte er, ihn abzuschütteln.

»Scheiße«, bestätigte Frances. Jaden merkte, dass ihr Atem flach ging. Und zu schnell. Viel zu schnell.

»Sie hyperventiliert«, bemerkte Jaden. »Scheiße. Fran, du musst …«

Ihr Husten unterbrach sie und hörte nicht auf. Er klang, als säße er tief und legte es gar nicht mehr darauf an, sie loszulassen.

»Komm.« Jaden war sich sicher, dieses Wort gesagt zu haben, aber er hörte nur ein Husten. Also klopfte er Brian zur Sicherheit auf die Schulter und begann ohne weitere Worte, an der Matratze zu zerren. Er würde nicht hier ersticken. Auf gar keinen Fall würde er sterben, weil ihm Luft fehlte. Wie sein Vater. Dem nie der Atem ausgegangen war, wenn er seine Frau oder seinen Sohn angeschrien hatte. Genauso wie die Wut nie zur Neige gegangen war oder die Muskelkraft, die er brauchte, um seine Worte mit Fäusten zu untermalen. Oder mit den Hieben seines Gürtels. Desselben Gürtels, der dem Ganzen schließlich ein Ende gemacht hatte.

Jaden hatte das Gefühl gehabt, das erste Mal richtig atmen zu können, als sein Vater damit aufgehört hatte. Auf keinen Fall wollte er es ihm nachmachen. Nicht an diesem Tag und auf gar keinen Fall so.

Brian verstand seine Aufforderung und half ihm dabei, die Matte wieder aus der Wanne zu wuchten.

»Mach die Tür auf«, keuchte Jaden. Dabei legte er eine Hand auf Frans Arm. Erst bei der Berührung sah sie zu ihm auf. Die Augen geweitet. Wenn Luft fehlte, blieb dem Verstand nur noch wenig Spielraum. Aber hierfür würde es reichen. Es musste. »Mach die Tür auf.«

Fran nickte und beugte sich wieder über die Wanne, während die Männer das Leder der Matte packten und sie über den Boden zogen. Es war nicht weit. Drei Meter. Vier, höchstens. Doch das Brennen in seiner Brust schien sich bis in seine Fingerspitzen auszudehnen. Zwei Mal entglitt Jaden die Matte. Und mit jedem Versuch wurde es schwieriger, die Oberfläche wieder zu greifen.

Dann spürte er einen Lufthauch. Es war absurd, wie normal sich das anfühlte. Und wie ewig es dauerte, bis Jaden begriff, dass die Tür sich geöffnet hatte. Dass das, was seinen schweißnassen Nacken streifte, Luft war. Richtige Luft, die man atmen konnte.

Mit einer Hand zerrte er sich den Stofffetzen vom Gesicht und atmete tief ein.

Doch die Luft war noch zu weit weg. Sie hatte nur einen Gruß geschickt. Noch mehr Rauch füllte seine Lungen, die ihn tosend wieder auszuspucken versuchten.

Brian zerrte die Matte weiter, an Jaden vorbei, der sich nach vorn beugte, die Hände auf seine Knie gestützt und versuchte, nicht zu husten. Gar nicht mehr zu atmen. Zu atmen machte es schlimmer. Nicht besser. Wonach sein Körper verlangte, war eine beschissene Lüge.

Sein ganzer Brustkorb dröhnte unter dem Widerstand seiner Lunge, als er Brian half, die Matte die letzten Zentimeter in die Tür zu schieben und sie donnernd dort fallen zu lassen.

»Lass los.« Brian keuchte die Worte. Zu leise, als dass Fran ihn verstehen könnte. Doch Daisy war längst bei ihnen.

»Fran, lass los! Sie haben die Matte in die …«

Die Tür fuhr mit einem Krachen zurück. Leder zerriss wie Seidenpapier und Schaumstoff schneite ihnen entgegen. Beigefarbene Flocken fielen auf die Holzfragmente hinab, die die Tür zuvor hatte zerbersten lassen.

»Fuck.«

Jaden fiel vornüber auf die Hälfte der Matte, die auf dieser Seite der Tür lag. Die andere Hälfte war dort, wo Daisy gegen die Tür trommelte. Vielleicht sagte sie auch etwas. Aber Jaden hörte nur die Schläge. Vielleicht kamen sie auch von seinem Puls. Aus seinem Kopf. Sie klangen wie die Schritte seines Vaters, der nachts betrunken die Treppe hinaufdonnerte. Sekunden, ehe er Jadens Zimmer erreichte. Ehe er die Tür aufriss und ...

»Geh rüber.« Jaden spürte Brians Hand an der Schulter. Aber er erkannte seine Stimme kaum wieder. Sie musste sich in dem Rauch verloren haben. »Es muss auf der anderen Seite ... Find eine Lösung, verstanden? Vielleicht übersehen sie was ...« Brian holte tief Luft. Was ein Fehler war. Also schüttelte er nur hustend den Kopf und deutete zur Tür. Dann wandte er sich ab und verschwand in dem Grau, dass sie umgab.

Nach einigen Momenten war er wieder da, dieser Hauch von Luft, die keine war. Jaden atmete ihn nicht ein, sondern zog sich mühsam über die Matte und den Boden in den Schnee aus Schaumstoff, der sich überall verteilte. Bis zwei Hände ihn packten und ihm seinen Weg erleichterten.

»Er ist drüben!«, hörte er Daisy. »Er ist hier, kommt ihr ...«

Sie verstummte mit dem Knall, mit dem die Tür mit aller Gewalt gegen die gegenüberliegende Wand krachte.

»Die bleiben doch nicht da drin?«

Er hörte Daisys aufgeregte Frage, spürte ihre Hand, die über seinen Rücken strich, konnte jedoch nicht aufhören zu husten. Hier war Luft. Aber es fühlte sich an, als hätte sie gar keinen Platz mehr in seinem Brustkorb und führte dort einen unerbittlichen Kampf gegen alles, was der Qualm darin zurückgelassen hatte.

Find eine Lösung, verstanden? »Hier muss ... Sie müssen ...« Luft. Er brauchte Luft.

Mühsam rappelte er sich hoch, bis er auf dem Boden kniete. Seine Arme hielten kaum das Gewicht seines Oberkörpers. Als wären sie es nicht gewohnt. Sie zitterten genauso wie seine gesamte Wahrnehmung.

»Hier ist nur diese Vitrine. Da ist eine kleine Flasche Wasser.« Alayna hatte sich ihm gegenüber hingesetzt.

Aus irgendeinem Grund schnaufte Daisy. Ihre Hand lag noch immer in seinem Rücken. Und tatsächlich hatte er das Gefühl, dass diese Berührung dafür sorgte, dass er nicht einfach wieder auf den Boden fiel. »Sag es ihm ruhig«, knurrte Daisy.

»Und ein Messer«, seufzte Alayna.

»Egal«, beschloss Jaden. Über Wasser konnte man nachdenken, wenn es wieder Luft gab. Und was mit einem Messer passierte, lag noch immer in der Entscheidungsgewalt desjenigen, der es in der Hand hielt. Ein Messer selbst tat niemandem weh. Das war das Erste, was man ihm in seiner Sicherheitsausbildung beigebracht hatte. *»Die Gefahr ist nie die Waffe, sondern immer der, der sie hält. Die Waffe befolgt nur Befehle. Also schau dorthin, wo du etwas ausrichten kannst.«*

»Die Tür muss offenbleiben«, keuchte er. Der Atem ging nicht leichter. Seine Lunge brannte wie nach einer Stunde auf dem Laufband. Aber nicht mehr schlimmer. Nur der Schwindel hielt ihn noch immer davon ab, aufzustehen. »Ein Schalter. Sie können nicht länger da drinbleiben. Wir müssen ... Die müssen da raus.«

»Dann gehen wir wieder rein«, sagte Daisy. »Und wechseln uns ab.«

Jaden schüttelte nur den Kopf. Das Thema hatten sie schon gehabt. Das brachte nichts. Niemand hielt es dort lange genug aus, um einen nutzbaren Zeitraum für die anderen zu schaffen. Eine Minute, vielleicht zwei. Das war nichts.

Und angesichts dieses Realismus wusste er nicht, was er hier sollte. Er brauchte schon länger als diese zwei Minuten, um sich von da drinnen zu erholen. Um auch nur einen einzigen Gedanken zu fassen, der sich nicht um seine Atmung oder seinen Puls oder die Übelkeit drehte, die sich wie eine vage Ahnung um seinen Magen legte.

»Hier ist nichts«, sagte Daisy und klang dabei weniger nüchtern als eben noch bei dem Messer. Vielleicht war auch ihr klar, dass das Messer keine Gefahr war. Nur eine Möglichkeit.

»Das kann nicht sein.«

»Wir haben alles abgesucht«, erklärte sie. »Es ist scheiße dunkel hier drin. Möglich, dass wir was übersehen haben, aber wir müssen eine andere Lösung finden. Ehe wir hier was ...«

Sie schreckten hoch, als die Tür sich aufschob. *Von dieser Seite ist es wie eine Wand*, stellte Jaden fest. Eine feste, graue Wand aus Rauch. Sie wirkte nicht, als könnte jemand sie durchdringen. Dennoch bewegte sich ein Schatten darin. Er war langsam, wurde aber dunkler und echote den Versuch eines Brustkorbs, das Grau dieser Wand aus sich herauszuwürgen. Das war kein Husten mehr. Das war eine Lunge, die sich erbrach. Wieder und wieder.

Alayna sprang auf und es gelang ihr, in die Wand hineinzulaufen, die bereits Wolken in diesen neuen, dunklen Raum ohne Lösung schickte.

Wenig später kam sie mit Brian zurück, zog ihn mehr hinter sich her, als dass er kroch.

»Wo ist Fran?«, hakte Daisy sofort nach. »Kannst du sie sehen?«

Alayna hustete bereits und zog sich kopfschüttelnd vor dem Qualm zurück, der sich mehr und mehr zu ihnen schlich.

»Scheiße, jemand muss sie holen!« Daisy sprang sogar selbst auf, doch Brian hielt sie zurück. Er hob dafür nur seine Hand und schüttelte den Kopf.

»Scheiße, ist sie ... Nein! Nein, das geht nicht!«

Dann hörten sie es. Das Röcheln, das vom anderen Ende der grauen Wand zu ihnen durchdrang.

»Erzähl keinen Scheiß, sie lebt, sie ... Hey, lass mich los!« Daisy setzte dazu an, in den Raum zurückzukehren. Hätte er gekonnt, wäre Jaden ihr sogar gefolgt. Niemand sollte allein dort drin sein. Man konnte sich nicht darauf verlassen, dass irgendwer von den anderen wirklich so dumm war, zurückzukommen und einen zu holen. Brian hielt sie aber fest. Seine Hand hatte sich um ihre Fessel gelegt, und ehe sie es schaffte, sich freizumachen, hörten sie etwas, das Jaden meist als »weiches Krachen« bezeichnete. Ein harter Gegenstand, der auf dem Boden aufschlug, klang einfach anders als ein menschlicher Körper, der dasselbe tat.

Mit dem weichen Krachen schnellte auch die Tür wieder zu.

»Oh Fuck!«, stieß Daisy aus, machte sich nun endlich von Brian frei und hastete zu der Tür. Dabei hatte die sich schon auf der anderen Seite nicht von bloßen Händen beeindrucken lassen, die versuchten, sie aufzustemmen. Auch diesmal war sie konsequent und blieb geschlossen. Egal, wie sehr Daisy mit ihren Fäusten auf sie einschlug. »Macht die verschissene Tür auf, ihr scheiß Wichser!«, brüllte sie und trat sogar gegen die Tür. »Ihr verdammten ...« Sie verstummte und Jaden sah, wie sie einen Schritt von der Tür zurückstolperte.

Dann hörte er es auch. Ein leises, kraftloses Klopfen von der anderen Seite.

Brian keuchte und würgte einige Worte hervor, die Jaden als ein immerwährendes »Nein, Nein, Nein« wahrnahm.

»Wir müssen sie da rausholen«, sagte Alayna. »Wir müssen doch irgendwie ...« Sie weinte, während sie das sagte. Also hatte sie es vermutlich schon begriffen.

Anders als Daisy, die in einem Meer an Schaumstoffflocken neben der halben Matte kniete und das Klopfen von der anderen Seite erwiderte. Dabei war diese halbe Matte doch Zeichen genug, dass diese Tür sich nicht aus Barmherzigkeit öffnete. »Hey, halt durch, ja? Wir holen dich da raus. Hörst du? Wir holen dich da raus!«

Jaden schüttelte den Kopf und vergrub sein Gesicht in den Händen. Er wusste nicht, wann er das zum letzten Mal getan hatte. Als kleiner Junge? Um sich vor dem brüllenden Vater zu verstecken? Es hatte ihn damals nicht von der Welt abgeschirmt und das tat es auch heute nicht. Er hörte Brians rasselndes Husten, Alaynas Schluchzen und Daisys Versicherungen, die sie einem Klopfen hinter der unnachgiebigen Tür gab.

Und dann hörte das Klopfen auf. Einen Moment lang hörte damit auch alles andere auf. Die Versprechen, das Weinen, das Atmen.

»Nein. Hey!« Daisy trommelte gegen die Tür. »Nein, Fran, hörst du? Wir sind noch hier, wir sind immer noch hier! Wir lassen dich nicht ... Lass uns nicht im Stich, hörst du? Mach mir keine Angst, verdammte Scheiße, hör auf damit! Mach einfach die Tür auf und wir holen dich! Sei nicht so stur, mach einfach ...«

Jaden kroch zu ihr. Daisy war mittlerweile auf den Boden gesunken und lag vor der Tür. Er wusste nicht, ob es daher rührte, dass ihr Körper nachgegeben hatte, oder daran, dass sie vermutete, dass Fran auf dem Boden lag, und sie ihr näher sein wollte.

Daisy schlug noch immer mit ihrer Faust gegen die Tür. Jaden konnte sehen, dass einige Fingerknöchel bereits rot waren. Blut, das sie selbst noch gar nicht wahrgenommen hatte. »Fran, mach schon! Na los!«

»Hey«, sagte Jaden ruhig. Er war nicht ruhig. Aber es war ein Automatismus, so zu reden, wenn es in ihm eigentlich ganz anders aussah.

Erst jetzt schien Daisy ihn wahrzunehmen und sah ihn mit tränenverschleiertem Blick an. Ein flüchtiger Blick über ihre Schulter, ehe sie sich wieder der Tür widmete, um auf sie einzuschlagen. Ihre Worte aber galten nicht mehr der Tür. Oder der Person dahinter. »Sag ihr, dass sie damit aufhören soll. Sie kann nicht einfach nur liegen bleiben. Sie muss durchhalten, sie ...«

Niemand sagte, dass Fran ja vielleicht gerade wieder auf dem Weg zurück zur Wanne war. Dass sie die Tür öffnete und jemand reinrennen konnte, um sie zu retten. Niemand von ihnen sprach diesen Unsinn aus, weil jeder wusste, dass man sich an letzten Strohhalmen nur dann festhalten kann, wenn man wenigstens darauf hoffen darf, dass sie einen tragen.

»Komm her«, sagte er also nur und zog Daisy hoch und in seine Arme.

Sie wehrte sich nicht, aber sie schüttelte den Kopf. Das war etwas, womit sie nicht aufhören konnte. »Das kann doch alles nicht wahr sein. Was ist das für eine Scheiße?«

»Ich weiß«, sagte er nur, weil er nicht wusste, was er sonst sagen sollte. Er sah zu Alayna, die still dasaß und weinte. Und zu Brian, der sich etwas zur Seite gedreht hatte, und immer noch mit der Luft kämpfte. Vielleicht jetzt aus anderen Gründen. Und er hörte seinen Puls in den Ohren rauschen und ihm zuflüstern, dass dieser Raum hier noch kleiner war. Und verschlossen. Und dunkel. Dass er ihn vielleicht nie verlassen würde, so wie Fran aus dem letzten Raum niemals ohne Hilfe herauskommen würde. Irgendwann würde man sie holen. Wenn sie kalt war und noch weiter weg als jetzt schon. Was würde mit ihr passieren?

»Scheiße, ich kann das nicht weiter«, schniefte Daisy, löste sich von ihm, jedoch nur so weit, um sich neben ihn gegen die Tür zu lehnen. Fühlte es sich für sie genauso merkwürdig an wie für ihn? Mit dem Wissen, dass Fran dahinter lag und aufgehört hatte, Fran zu sein?

»Klar kannst du«, sagte er, weil man das eben so sagte. Ihm fiel auf, dass sie anders reagierte als bei der Sache mit Max. Doch da hatte man alles noch für einen Zufall halten können, nicht wahr? Dann, wenn man fest genug daran glauben wollte. Unfälle passierten. Eine Anzeige an einer Wand musste damit nichts zu tun haben. Konnte, musste aber nicht. Das Gehirn ist normalerweise sehr gut darin, Sachen, die nicht sein dürfen, mit logischen Erklärungen zu überzeichnen, bis man damit leben kann. Sobald allerdings die Farbe ausgeht, lässt es einen mit der Realität allein.

»Was ist da drin passiert?« Jaden wandte sich zu Brian, sah über Daisys Kopf hinweg zu dem anderen Mann, der noch immer am Boden lag und hustete. Hin und wieder gelang ihm auch ein Atemzug, der sich wirklich wie einer anhörte.

Brian schüttelte nur den Kopf und schloss die Augen.

»Brian! Was war da drin los?«

»Ich dachte, sie wäre ...« Husten. »Es tut mir so leid.«

Das klang aufrichtig. Jaden war sich nicht sicher, aber er glaubte sogar, Tränen zu hören. Doch da war dieses Bauchgefühl, das er nur zu gut kannte. Er hatte es oft, wenn er in ein liebreizend lächelndes Gesicht sah und irgendwoher wusste, dass die Person dahinter ihm Schwierigkeiten machen würde, wenn er sie durchließ.

»Es tut mir leid«, murmelte Brian, rollte sich auf den Rücken und rieb sich über die Augen. »Es tut mir so leid.«

Die Luft war kühl und klar, als die Tränen allmählich versiegten. Wenn Jaden die Augen schloss, konnte er sich für einen winzigen Augenblick vormachen, dass er draußen auf der Bordsteinkante saß. In einer kühlen Nacht in Los Angeles. Und dann fiel ihm die Ruhe hier drin wieder auf. Das Fehlen von Straßenlärm, von Schritten und Stimmen der Passanten, das stetige Rauschen der Stadt. Alles, was hier in diesem Raum rauschte, war die Lüftung, die den letzten Qualm beseitigte, der sich hier rein gestohlen hatte.

»Es ist immer noch dunkel.« Alayna war die Erste, die sprach. Sie wischte sich mit dem Handrücken über ihre linke, dann die rechte Wange und sah anschließend zu Jaden und Daisy, die nach wie vor an ihm lehnte.

Es war Minuten her, dass das letzte Klopfen von innen zu hören gewesen war. Länger, als ein Mensch brauchte, um ... Er seufzte und nickte. Mehr wusste er zu Alaynas Worten nicht beizutragen, aber ignorieren wollte er sie auch nicht.

»Und da drin ist Wasser. Wir brauchen das Wasser.« Die Kleine deutete auf den massiven, schwarzen Klotz in der Mitte des Raumes. Auf ihm stand diese Flasche, die angestrahlt wurde wie ein Ausstellungsstück. Und die sich hinter genauso dickem Glas befand.

»Wir könnten die Scheibe einschlagen«, hörte Jaden eine Stimme neben sich. Brian hatte sich mittlerweile ebenfalls hingesetzt und lehnte an der Wand.

»Haben wir schon versucht«, murmelte Daisy. »Vorhin, als ... Verdammt noch mal, das ist falsch!« Ruckartig setzte sie sich auf. »Wir können nicht einfach ...« Sie deutete zu der Vitrine, in der hell erleuchtet die Halbliterflasche Wasser stand. Und in der ein Messer lag. Dann zeigte sie mit ihren Händen in Richtung der Tür. »Während ... Das können wir nicht einfach ignorieren und weitermachen. Wir müssen doch irgendetwas ... Gott!«

Jaden lehnte seinen Kopf nach hinten, bis er die Tür berührte. Er verstand, was Daisy meinte, doch ihm fiel kein Vorschlag ein. Ihm fiel überhaupt sehr wenig ein, schien ihm. Seine Lunge, sein Hals, seine Kehle – alles fühlte sich an, als wäre es mit Ruß und Staub bedeckt. Den anderen musste es ähnlich gehen. Und das da war nur ein halber Liter Wasser. Das war keine Lösung für diesen Zustand. Es war nur ein weiteres Rätsel. Vielleicht nicht einmal das. Vielleicht war es nur eine Aufgabe. Und er hatte wirklich keine Lust, das herauszufinden.

Brian allerdings erhob sich und lief auf die Vitrine zu. Der Lichtschein, der von dort ausging, und Wasser und Messer beleuchtete, war auch die einzige Lichtquelle in diesem

Raum. Nun beschien sie Brians Gesicht, zeigte den Ruß auf seiner Haut und die hellen Bahnen, die Tränen hindurchgezogen hatten. Hatte er sie um Frances geweint oder waren sie nur ein natürlicher Mechanismus seiner Augen gewesen, die der Qualm zu stark gereizt hatte?

Jaden beobachtete, wie Brian um die Vitrine herumging, seine Hände an den Glaskasten legte, daran rüttelte, und das Ding sich nicht einen Millimeter rührte.

»Ich glaube, das ist Sicherheitsglas«, murmelte er.

»Wie ich schon sagte«, seufzte Daisy. »Wir haben es schon probiert.«

»Was ist hier sonst noch in dem Raum?«

»Nichts.« Alayna. Sie sah zu Boden, als wäre es ihre Schuld. Vielleicht hielt sie es dafür und machte sich Vorwürfe, dass sie noch nichts hatte finden können, was sie weiterbrachte. Immerhin hatte sie aufgehört zu weinen. Möglich, dass die Tränen schlicht leer waren. Eine Floskel, die Jaden immer bescheuert gefunden hatte. Ein Körper konnte beliebig viele Tränen produzieren – genau wie alles andere, was Körper so absonderten. Aber es war möglich, dass Alaynas Körper allmählich die Ressource ausging.

»Das kann nicht sein«, murmelte Brian. »Sie können nicht so was hier aufstellen nach ... Allem anderen davor. Und dann gibt es keinen Weg, da ranzukommen.«

»Ich fürchte, wir haben schon eine Menge von dem gesehen, was sie angeblich nicht können, oder? Wer auch immer *die* überhaupt sind«, wandte Daisy ein. Trotzdem rappelte sie sich auf, drückte kurz Jadens Schulter und lief dann zu Brian. »Wir haben die Wände abgetastet. Ich weiß nicht einmal, ob es hier eine Tür gibt, von der es weitergeht. Haben nichts gefunden. Der einzige Ausgang, von dem wir wissen, ist der zurück.«

»Was heißen würde, dass es hier doch irgendetwas gibt, womit wir die Tür auf dieser Seite hätten öffnen können.« Jaden konnte beobachten, wie Brians Gesicht zu einer starren Maske wurde, ehe er es dem Lichtschein entzog und sich laut fluchend davon wegdrehte.

Daisy warf Jaden einen kurzen Blick zu. Ein stummes »Ich bin ratlos«, und Jaden nickte. Alayna hatte sich zusammengekauert. Den Kopf auf ihre Knie gelegt und die Arme darüber zusammengeschlagen. Es sah aus, als würde sie sich bei einem Erdbeben unter einen Tisch kauern. Ein Erdbeben wäre Jaden nur recht. Möglich, dass es einiges hier drin erschüttern würde. Technik, die darauf nicht ausgelegt war. Vielleicht diese Vitrine.

Sachte stupste er mit seinem Fuß gegen den von Alayna. »Alles okay?«, fragte er. Eine bescheuerte Frage. Mittlerweile waren einfach nur noch bescheuerte Fragen übrig.

Sie reagierte nicht gleich, weshalb Jaden sie noch einmal anstieß, diesmal deutlicher. »Alayna!«

Sie schüttelte den Kopf, sah aber auf. »Ich versuche mich zu erinnern, aber ich weiß nicht, ob in der Wanne Sensoren gewesen sind.«

»Was?«

»Da waren keine Sensoren, glaube ich. Nur der Druck mit dem Gewicht. Woher wussten die, dass ...«

Jaden sah zu Brian, der erwiderte seinen Blick, wich ihm allerdings schnell aus. »Wir haben dieses Ding in die Wanne gepackt. « Er deutete auf die Hälfte der Matte, die in diesem Raum lag. »Aber es ist nichts passiert. Es hat nur reagiert, wenn eine Person ...«

Alayna nickte und ließ ihren Kopf wieder auf ihre Knie sinken, wo er weiterhin nach Lösungen für etwas suchte, das längst vorbei war.

»Die Kameras«, schnaubte Brian. »Die haben gesehen, wenn wir ... Welcher Wichser denkt sich das aus? Wer beobachtet, wie Menschen verrecken und drückt seelenruhig einen Knopf, wenn sie das tun? Das ... Was ist das hier für eine Scheiße?«

»Keine Ahnung«, sagte Jaden ruhig. Allmählich fühlte er sich auch so, wie seine Stimme klang. Ruhig. Viel zu ruhig, sogar. Das hatte nichts mit seinem Job zu tun oder seinen Erfahrungen. Das war etwas anderes. Es war das, was sich einstellte, wenn nur Panik die Alternative wäre. Das vertraute Gefühl von Resignation. Von »Tun, was getan werden muss«.

»Alles okay mit dir?«, hakte Daisy erneut nach. Sie zog ihre Stirn kraus. Die Tränen auf ihrem Gesicht waren getrocknet. Die Stimme wankte jedoch noch immer.

Jaden hätte gern den Kopf geschüttelt, doch etwas in der Art, wie Daisy ihre Frage gestellt hatte – ängstlich – hielt ihn davon ab. Er hatte nicht den Eindruck, dass es ihr guttun würde, wäre er ehrlich. Manchmal brauchten Menschen einfach etwas anderes als die Wahrheit. »Alles okay«, bestätigte er also und hatte keine Ahnung, ob er auch nur annähernd glaubwürdig klang.

Zum Glück glaubten Menschen sehr viel, wenn sie es nur wollten. Daisy lächelte vorsichtig und nickte, dann verschränkte sie die Arme vor der Brust und sah wieder zu der Flasche und dem Messer.

Brian hatte sich hinter ihr an die Wand gestellt, lehnte seine Stirn gegen das Schwarz, und Jaden wartete nur darauf, dass er damit begann, den Kopf gegen die harte Oberfläche zu schlagen.

Jaden konnte es eine Weile aushalten, dass jeder nur irgendwo stand oder saß. Wenn es ohnehin keine Rolle spielte, was man tat und was nicht, konnte man ebenso gut reglos darauf warten, dass Zeit vorbeizog und einen mitnahm. Er war nicht mehr sicher, ob dieses Spiel, wenn man es so nennen wollte, überhaupt darauf ausgelegt war, auch nur einen von ihnen mit einem Pulsschlag wieder freizugeben. Er bezweifelte es, wenn er an die letzten beiden Räume dachte. Mittlerweile hatte er zu viele sonderbare Leute gesehen, um sich Hoffnungen zu machen. Aber er war sich nicht sicher. Er war sich wirklich nicht sicher.

Und schlussendlich war es das, was ihm den Antrieb gab, sich auf die Beine zu stellen und zu Daisy zu gehen.

Ahnungslosigkeit war ein ziemlich absonderlicher und vager Motivator. Aber er war besser als die absolute Gewissheit, dass man auch ihn demnächst aus einem dieser Räume würde tragen müssen.

»Es ist ein bisschen hypnotisierend, die Luftblasen anzusehen. In dem Wasser. Ob es gekühlt ist?«, murmelte Daisy gedankenverloren, als er neben ihr stand.

Kurz gab Jaden sich dem Gedanken über ihre Frage hin, wischte ihn dann jedoch beiseite, als er merkte, wie sein Körper auf die bloße Vorstellung von einem kühlen Glas Wasser reagierte.

»Die Frage ist eher, wie wir da rankommen«, sagte er und sah kurz zu Brian. Der hatte sich nicht mehr gerührt, stand noch immer mit dem Gesicht zur Wand und die Stirn dagegen gelehnt. Es schien nicht, als würde er allzu ergiebige Ideen beisteuern. Ebenso wenig Alayna, die noch immer zu versuchen schien, die Welt auszublenden. Als wäre das, worauf ihre Welt sich gerade beschränkte, nicht schon klein genug. Diesen Gedanken wiederum schob Jaden weg, ohne auch nur zu erwägen, ihn näher zu beleuchten. Den Fehler hatte er im ersten Raum gemacht und war ihn viel zu lange nicht losgeworden. Aktionismus hatte geholfen. Das Gefühl, etwas gegen die Lage zu tun – und sei es nur, einen anderen Menschen aus einem Fahrstuhl heraus in einen schwarzen Abgrund hinabzulassen.

Kurz sah er zu der Tür, die sich für einen von ihnen mit unverrückbarer Endgültigkeit geschlossen hatte. Wie lange hatte es für Fran gedauert vom Begreifen bis zum Ende? Hatte es wehgetan?

Die Fragen muteten kindisch an, aber sie ließen ihn nicht los. *Hatte es wehgetan?* Wie schlimm war es gewesen? Sie kreisten um Jaden wie etwas, auf das man sich vorbereitete, nicht wie etwas, das die Neugier immer wieder anlockte.

Einmal mehr beschloss er, das Denken einfach abzubrechen. Es kam ihm nicht so vor, als könnte Grübelei ihm hier zu etwas verhelfen, das einer Lösung gleichkam. Handeln war einfacher.

Also legte er seine Hände rechts und links an den Glaskasten. Er rüttelte daran, versuchte, ihn anzuheben oder zu verschieben. Dabei ging er nicht zimperlich vor, wandte aber auch keine Gewalt an. Bisher hatte sich noch keine der Türen mit brachialer Gewalt geöffnet. Kein Fach, kein Schrank. Alles war dafür vorgesehen gewesen, sich zu öffnen. Die Frage war nur, wie.

»Vielleicht ist das da nur, um uns abzulenken?«, murmelte Daisy. »Dass wir uns die ganze Zeit fragen, wie wir an das Wasser kommen, und in Wahrheit …« Sie verstummte und runzelte die Stirn.

»Was ist in Wahrheit?«, hakte Jaden nach. Nicht, weil er überzeugt von dem war, was Daisy sich zusammenreimte. Sondern weil jede Überlegung einen Ansatz mitbringen konnte, nicht wahr? Was hatte seine Gran ihm immer gesagt? *»Nicht jede falsche Antwort ist automatisch dumm.«*

Hatte es ihr wehgetan?

Sofort riss er den Blick von der Tür. Er hatte sich ganz automatisch wieder dorthin geschlichen.

»Daisy?«, fragte er stattdessen erneut. Er hatte längst vergessen, was sie gesagt hatte, und sie selbst offenbar auch.

Sie schüttelte den Kopf leicht, ihre Lippen öffneten und schlossen sich wieder. »Nicht so wichtig.«

»Okay.« Mehr wusste er dazu nicht zu sagen. Also wiederholte er es einfach. Das war leichter. »Okay.« Zur Sicherheit nickte Jaden noch, dann ging er in die Hocke, um sich den schwarzen Block unter dem Glaskasten anzusehen. Er hatte keine verdammte Ahnung, wonach er überhaupt Ausschau hielt. Mit den Fingern fuhr er die Seiten entlang, drückte hier und da auf Stellen, ohne zu wissen, warum. Er machte es einfach, um etwas zu tun. Die Alternative war dieselbe Lethargie, wie sie Brian und wohl auch Alayna befallen hatte. Oder Trauer. Vielleicht war es auch das. Schock. Ihm fielen etliche Begriffe ein, jeder schien die Situation zu beschreiben, sie dennoch nicht richtig zu erfassen. Und schließlich wiederholten sie sich und drehten sich im Kreis. Sie waren träge, bewegten sich langsam durch ...

Es klickte. Und sofort schien sein Herz das Geräusch adaptieren zu wollen, was es in ein ungesundes Stolpern verschlug, bis es sich wieder gefangen hatte.

Er keuchte. Gerade hatte er den Rand des schwarzen massiven Steinklotzes dort abgetastet, wo er den Boden berührte. Und tatsächlich gab ein schmales Stück seiner Oberfläche nach und kam Jaden entgegen.

»Was hast du gefunden?«

Daisys Frage ließ auch Alayna aufhorchen. Brian blieb weiter reglos an seinem Platz stehen. Jaden hätte ihm gern etwas Hilfreiches gesagt. Doch alles, was ihm einfiel, war »Das mit Fran war nicht deine Schuld.« Nur wie sicher war er da? Gut möglich, dass es eine Lüge wäre, das zu sagen. Es schien Jaden sogar wahrscheinlich. Max war nicht Brians Schuld gewesen. Aber von Max hatte er sich auch schneller erholt.

»Was ist das?«

Daisy war nun auch in die Hocke gegangen und begutachtete, was er herausgezogen hatte. Ein Metallblech, auf dem fünf viereckige Glasplatten angebracht waren. Jede davon wurde durch einen fluoreszierenden Umriss markiert.

Fünf. War es möglich, dass sie noch immer zu fünft hätten sein können? Wäre das wirklich schaffbar gewesen?

»Scheiße. Verdammte Scheiße!«, stieß Daisy neben ihm aus und sah zur Tür. Ihre Augen sahen aus, als warteten sie auf Tränen, die nicht kommen wollten. »Wieso sind das fünf? Das kann doch nicht ... Wie hätten wir ... Nein! Verdammt noch mal, nein!« Sie gab ein komisches Geräusch von sich, das vermutlich ein Schluchzen geworden wäre, hätte es Tränen gegeben.

Alayna kam auf allen vieren angekrochen. Jaden wusste nicht, ob sie nicht mehr aufstehen wollte, oder ob sie es auch gar nicht konnte. Selbst ihn erfasste hin und wieder ein leichter Schwindel, den er mit einem kurzen Kopfschütteln wieder verscheuchen konnte. Alayna allerdings wirkte zu zerbrechlich für etwas, das schon ihn wanken ließ.

»Was habt ihr da?« Ihre Stimme klang heiser. Ehe Daisy und Jaden ihr antworten konnten, begutachtete sie das Fundstück.

»Mh«, machte sie und legte es wieder auf den Boden.

Daisy und Jaden warteten darauf, dass sie ihnen verriet, was hinter diesem »Mh« steckte. Aber Alayna sah nur auf diese Glasplättchen vor sich. Als wären ihr die Wörter aus dem Kopf gefallen.

»›Mh‹ ist keine Information«, hörte Jaden Brian murmeln. »Hab ich Fran schon erklärt.«

Er stand noch immer an der Wand, hatte sich nun jedoch mit dem Rücken dagegen gelehnt und blickte zu der kleinen Gruppe hinüber, die vor der Vitrine hockte.

Alayna sah ihn zuerst nur vollkommen irritiert an, als wäre mit diesem einen Wort, das nicht einmal ein richtiges war, doch eigentlich alles gesagt gewesen. »Das sind Glasplättchen«, sagte sie. »So was nimmt man im Blutlabor. Ich hatte in meiner Schulzeit ein Praktikum und da ... Die nutzt man im Labor. Für Blut.«

»Mh«, machte nun auch Daisy, woraufhin Brian sich die Stirn rieb und wirkte, als würde er sich lieber wieder mit der Wand und dem Boden beschäftigen als mit den anderen Personen in diesem Raum.

Alayna streckte längst ihre Finger danach aus. Es war auffallend, wie viel sicherer sie wirkten, nun, da sie sich mit etwas Vertrautem befassen konnten. Sie zitterten nicht.

Vorsichtig berührte sie ein Glasplättchen nach dem anderen. Sie alle klebten fest an dem Blech. Bis auf eines. Dieses nahm sie in die Hand und hielt es fest.

»Also doch nicht fünf«, murmelte Jaden. Er war nicht sicher, ob er mit dieser Schlussfolgerung recht hatte. Doch er konnte sich auch nicht wirklich vorstellen, dass diese ganze Sache hier einen Fehler zuließ. Und sei es nur ein Glasplättchen, das nicht an seiner Unterlage hielt, wenn es eigentlich dafür vorgesehen war. Dass dieses eine lose war, konnte kein Zufall sein. »Und jetzt?«, fragte er, ehe er sich in diese ganze Spekulation vertiefte, die ihn noch wahnsinnig machen würde, wenn er nicht achtgab.

Daisy streckte ihre Hand nach ihm aus und tätschelte seinen Kopf, als wäre darin die Antwort auf seine Frage längst verborgen und es wäre ihr lieber, sie durch eine sanfte Berührung heraufzubeschwören, anstatt sie sagen zu müssen.

Das übernahm stattdessen Brian. »Ihr wollt jetzt nicht ernsthaft mein Blut?«

»Ist nur logisch«, meinte Daisy. »Da ist auch ein Messer neben der Flasche. Vielleicht ist das ... der Hinweis, was es braucht, um an das Wasser zu kommen.«

»Süß«, meinte Brian nur und schüttelte den Kopf.

»Was soll das denn heißen?«

»Nichts.«

Daisy stöhnte genervt auf. »Entweder bringst du dich ein oder du hältst die Klappe. Mir wäre Einbringen lieber, weil ich glaube, dass du ziemlich clever bist, wenn du willst. Deine Entscheidung.«

Brian schwieg und verschränkte die Arme vor der Brust.

»Schön«, meinte Daisy nur. »Wie du willst. Also, was machen wir?« Ihre Frage stellte sie den anderen beiden.

»Vier Glasplättchen, vier Blutproben.« Alayna zuckte mit den Schultern, nahm das Stück Glas, das sie noch in der Hand hielt, und zerbrach es. Mit der Bruchstelle schnitt sie sich selbst in den Finger und ließ einige Tropfen Blut auf eine der festsitzenden Plättchen fallen. Dann reichte sie die Scherbe weiter.

Jaden blinzelte verwirrt, was Alayna mit einem recht müden Schulterzucken beantwortete. »Ich bin am Verdursten.« Ihre zaghaften Worte hallten noch nach, während Jaden bereits überlegte, wie eine so kleine Flasche Wasser für vier Personen reichen sollte, denen es allen ging wie ihr. Doch mit Sicherheit war die Flasche nicht dafür gedacht, um für alle zu reichen. Und Brian hatte recht mit ... was auch immer er mit »süß« gemeint hatte.

Dennoch nahm Jaden die Scherbe entgegen, folgte Alaynas Beispiel und reichte das Stückchen Glas dann an Daisy weiter. Lieber hätte er einen Joint herumgehen lassen.

Daisy war dann diejenige, die auf Brian zuging. »Lass uns nicht hängen, okay?«

»Ihr seht schon, worauf das hinausläuft, oder?« Brian sah in die Runde. »Wir müssen wieder Entscheidungen treffen. Ein halber Liter Wasser und ein Messer.« Er deutete auf den Glaskasten. Jaden schien, als leuchtete der mittlerweile heller, aber vielleicht war es auch nur seine verschwimmende Wahrnehmung, die ihm einen Streich spielte.

»Wir teilen«, sagte Daisy ruhig.

Brian schnaufte nur und schüttelte ungläubig den Kopf. Wirklich verübeln konnte Jaden ihm das nicht.

»Niemand fasst das Messer an.« Klang Jadens Stimme schon die ganze Zeit so rau? Oder war es erst der Gedanke an Wasser, der das bewirkte? »Wenn stimmt, was Alayna sagt, und wir ... Wenn das Wasser freigegeben wird. Wir trinken einer nach dem anderen. Und falls wir vergessen, dass wir das vorhatten«, er musste zugeben, dass das sogar wahrscheinlich war, »greift trotzdem niemand zu diesem Messer. Können wir uns darauf einigen?«

»Auf jeden Fall«, sagte Daisy und lächelte ihm dankbar zu. Es war deutlich, dass er etwas gesagt hatte, was sie unbedingt hatte hören müssen. Auch Alayna nickte, als er sich zu ihr umdrehte, dann sah er Brian an. »Also?«

Brian schloss nur seine Augen und schüttelte den Kopf. Als er die Augen wieder öffnete, galt sein Blick der Tür, hinter der Fran lag. Jaden war nicht sicher, was er in Brians Blick las. Resignation? Trauer? Schuld? Er wusste nach wie vor nicht, was sich in dem letzten Raum abgespielt hatte. Und mit einem Mal hielt er es nicht mehr für die klügste Idee, das Messer nicht an sich zu nehmen, sondern es unangetastet zu lassen, wo Brian danach greifen konnte, wenn er den idealistischen Schwur dieser Gruppe zu brechen entschied.

Aber darauf musste er es ankommen lassen. Als Brian mit einem Schnaufen nachgab und Daisy die Scherbe aus der Hand nahm, beschloss Jaden, den Kerl lieber nicht aus den Augen zu lassen. Er hatte ihn gemocht. Eigentlich mochte er ihn noch immer. Aber er konnte nicht wissen, was eine Situation wie diese aus Menschen machte, die er kaum kannte.

Brian hockte sich neben Alayna und zuckte kurz zusammen, als er sich selbst die notwendige Wunde am Finger zufügte.

Es dauerte ein paar Sekunden, dann ließ er die Scherbe einfach fallen und richtete sich wieder auf.

»Soll ich?«, hakte Alayna nach und sah noch einmal in jedes Gesicht. Es war nicht ihre Art, Beschlüsse allein zu treffen, aber auf Daisys Nicken hin schob sie das Blech mit den Blutstropfen wieder zurück an seinen alten Platz, bis es mit einem leisen Klicken einrastete.

Mittlerweile war Jaden das Warten zuwider. Die Hoffnung, eine Lösung gefunden zu haben, das Nichtwissen, wofür genau und die Ahnungslosigkeit, was sich hinter dieser Lösung eigentlich verbarg. Und dann war da noch der Moment, in dem das Warten in Frustration umschlug, wenn die mühsam erarbeitete Idee sich in Hilflosigkeit zerschlug. Er wusste wirklich nicht, was sie noch machen sollten, wenn das nicht klappte. Und er war unsicher, ob es einem der anderen besser ging.

Kurz bevor das Warten in den Zustand der Enttäuschung und Ratlosigkeit umschlagen konnte, hörte er ein leises Surren. Er hätte es nicht mitbekommen, hätte nicht jeder stillschweigend verharrt und darauf gewartet, dass irgendetwas passierte.

»Habt ihr das auch gehört?«

»Ich bin nicht sicher«, gestand Alayna. »Es ist nichts passiert.«

»Aber ihr habt das doch auch gehört, oder? Ich bin doch nicht bescheuert.«

»Schwerhörigkeit und Intelligenz stehen nicht unmittelbar miteinander in Verbindung«, murmelte Brian. Als Jaden sich zu ihm umdrehte, sah er in ein eher müdes als streitlustiges Gesicht. Brian hob sogar abwehrend seine Hände und trat einen halben Schritt zurück, als Jadens Blick ihn traf. »Automatismus. Ich hab keine Lust zu streiten. Aber ich hab nichts gehört.«

»Bin nicht sicher.« Daisys Blick hatte ebenfalls auf Brian geruht. Nun aber sah sie Jaden an. Sie hatte also ebenso beschlossen, dass sie keine Lust hatte, einen unnötigen Konflikt heraufzubeschwören. Wenigstens in diesem Punkt waren sie sich mal einig. »Tut mir leid, ich bin echt nicht sicher. Kann sein, dass ich was gehört habe. Aber wenn, dann war es irre leise. Kam vielleicht auch von drüben und gar nicht von hier, ich ...« Daisy presste ihre Lippen zusammen und hatte Mühe, ihren Blick auf Jaden gerichtet zu halten und nicht zu der Tür hinter ihm zu sehen.

»Vielleicht hat sich ja auch die Tür wieder entriegelt«, murmelte Alayna. Ihre Stimme klang belegt und rau. Jaden hätte nicht sagen können, was davon die Angst machte und was der Durst. »Ob Fran noch dort ist?«

»Ich sehe nach.« Daisys Worte klangen entschlossener als ihr Gesichtsausdruck wirkte. Auch in ihren Schritten lag ein

Zögern, mit dem sie sich der Tür näherte. Sie tat einen schweren Atemzug, der große Ähnlichkeit mit einem Seufzen hatte und legte die Hände an die Tür. Ihren vorsichtigen Versuchen, das Ding in Gang zu setzen, wurde nicht nachgegeben, also wandte Daisy mehr Mühe auf. Die Tür blieb verschlossen.

Jaden war selten so froh über eine Tür gewesen, die sich nicht öffnete, wie in diesem Moment, und er ging davon aus, dass es den anderen genauso ging.

»Okay«, sagte Daisy und nickte. »Also wohl doch das Wasser, hm? Haben wir probiert, ob sich das Glas jetzt bewegt? Vielleicht lässt es sich jetzt öffnen?«

Das Glas war genauso unnachgiebig wie zuvor, als Jaden versuchte, es nach rechts oder links zu bewegen. Um ganz sicher zu gehen, presste er seine Hände noch fester an den Kasten und versuchte, ihn anzuheben.

»Scheiße«, stieß er aus. »Brian, komm mal her. Ich glaube, das ist lose. Aber schwer.«

Brians Augen weiteten sich, und er blinzelte, ehe er sich aus seiner Starre löste. Es schien ihm Mühe zu bereiten, seine Hände aus den Hosentaschen zu ziehen. Schlussendlich brachte er aber die notwendige Willenskraft auf und legte seine Hände an die Glasscheibe. »Und jetzt?«

»Heben wir das Ding hoch«, verkündete Jaden.

Brian nickte nur – wenig begeistert. Jaden war kurz versucht, ihm zu gestehen, dass es ihm ähnlich ging. Er hatte Durst. Seine Kehle bestand aus porösem Papier, übergossen mit brennender Chilisoße. Er brauchte dieses Wasser. Aber er wusste, dass das für alle anderen ebenso galt. Die Sache war nur: Wasser war nicht das Ende vom Spiel. Es war die scheiß Ereigniskarte. *»Gehe nicht über Los, ziehe keine 200 Dollar ein.«*

»Also los«, sagte er anstelle jeder Beteuerung von Verständnis, und die beiden Männer stemmten das Glas nach oben.

Es bewegte sich, allerdings nur sehr mühsam um ein paar Zentimeter. Offenbar reichte die Glaskonstruktion bis in den schwarzen massiven Klotz hinein, und es war ihnen gerade einmal gelungen, sie ein Stück weit hinaus zu ziehen. Ging sie etwa bis zum Boden?

»Komm, wir helfen.« Daisy stieß Alayna an und die beiden Frauen stellten sich einander gegenüber an die noch freien Seiten der Vitrine.

»Vorschlag«, schnaufte Brian. Er schien nicht allzu überrascht, dass die Anderen ihn etwas irritiert ansahen. Alayna blinzelte sogar verwirrt. Konstruktive Einfälle hätte wohl niemand mehr von ihm erwartet. »Jaden und ich stemmen das Ding so weit hoch wie möglich, dann haltet ihr es auf der Höhe, die wir geschafft haben, damit wir wieder weiter unten anfassen können.«

»Das klingt vernünftig«, murmelte Daisy erstaunt und sah Jaden an, als bräuchte sie die Bestätigung von ihm, ob sie wirklich richtig gehört hatte.

»Dann los. Wüsste nicht, worauf wir noch warten wollen«, sagte Jaden.

Also stemmten er und Brian den Glaskasten nach oben. Sie schafften vielleicht zehn Zentimeter, ehe sie nachgreifen mussten. Vier Durchgänge brauchten sie, ehe dieses Glasmassiv sich mit einem Mal lockerte und in Alaynas Richtung kippte. Ausgerechnet zu Alayna.

Jaden sprang sofort an ihre Seite. Sie hatte die Hände erhoben, wie, um dieses Ungetüm aufzufangen. Reflexe waren so entsetzlich unlogisch, schoss es Jaden durch den Kopf. Reflexe verursachten oft die schlimmsten Fehler.

Schnell schob er Alayna beiseite. Erst, als er das Donnern dieses massiven Gegenstandes hörte, der auf den Fußboden knallte und nicht auf einen Menschen, spürte er den Schmerz an seiner linken Schulter. Dort, wo die Glaskante ihn getroffen hatte.

Das Gurgeln eines unterdrückten Schreis presste sich aus seiner Kehle, als er seine rechte Hand an die schmerzende Stelle drückte. Eine Prellung, mehr nicht. Er wusste, wie sich ein Gelenk anfühlte, dessen Bestandteile nicht mehr so sortiert waren, wie sie es eigentlich sein sollten. Und dieser Schmerz hier war anders. Er wurde bereits dumpf und ging in ein penetrantes Pochen über, das Jaden wohl noch eine ganze Weile begleiten würde.

»Alles gut?«

Er nickte und richtete sich schnellstmöglich wieder auf, um Stellung neben dem Schaukasten zu beziehen, dessen eigentlicher Kasten nun verloren gegangen war. »Niemand nimmt das Messer. Dabei bleibt es«, erinnerte er noch einmal und griff nach der Flasche. Brian behielt er im Auge, als er Alayna das Wasser reichte.

»Teilst du jetzt zu?« Brian machte keine Anstalten, sich Jaden oder dem Messer zu nähern, aber Jaden konnte sehen, wie sich seine Kiefermuskeln anspannten. »Wer hat dich zum Boss erklärt?«

»Wir brauchen die Kleine«, erklärte er. »Sie ist clever, und sie findet Lösungen für ... Was auch immer das hier ist.«

»Er hat recht.« Jaden konnte hören, dass Daisy das nicht gern eingestand. Ihre Worte waren keine richtige Zustimmung, sondern vielmehr eine Kapitulation – getragen von einem tiefen Seufzen. »Keiner von uns hat so viele Ideen gehabt wie Alayna. Egal, ob richtige oder falsche.« Sie nickte der Jüngeren zu. »Trink du zuerst.«

»Das gibt's doch nicht«, fluchte Brian und schlug die Hände über seinem Kopf zusammen. Mit zusammengekniffenen Augen beobachtete er Alayna dabei, wie sie die Flasche aufschraubte und an ihren Lippen ansetzte. Aber er rührte sich nicht.

Es war also kein Wunder, dass sie ihn unsicher ansah, während sie die ersten Schlucke nahm. Erst klein und vorsichtig, dann siegte der Instinkt und sie trank in kräftigen Zügen.

Jaden war nicht sicher, ob er sie einfach lassen sollte. Sie hatten gesagt, sie würden teilen. Aber wie sollte man so wenig Wasser teilen, dass es Sinn für irgendwen hatte und nicht das Durstgefühl noch verschlimmerte?

»Es ist jetzt gut.« Brians Stimme hatte sich beim Anblick eines trinkenden Menschen in ein klägliches Krächzen verwandelt. »Hier sind noch andere.«

»Lass sie«, murmelte Jaden leise. Auch seine Kehle war trocken. Das Reden fiel schwer. Und Alayna trinken zu sehen, war nicht leichter. Sein Kopf pochte allmählich so penetrant, dass der Schmerz kaum noch zu ignorieren war. »Wenn sie nicht mehr denken kann, sind wir am Arsch.«

Jaden beobachtete, wie sich Brians Lippen zusammenpressten. Er nickte. Tatsächlich nickte er, doch Jaden konnte erkennen, dass sein Blick kurz abwich und nach rechts fiel. Vielleicht lag das Messer nur zufällig dort. Vielleicht aber auch nicht. Sicherheitshalber schob Jaden sich zwischen Brian und dessen mögliches Ziel. Er wollte keine Handlungen voraussetzen, die jemand noch nicht unternommen hatte. Das war ein furchtbarer Anfängerfehler. Zu offenkundiges Misstrauen schürte immer eine gleichwertige Erwiderung. Aber er würde lieber mit allem rechnen.

»Kleine Schlucke«, mahnte Daisy Alayna. »Nicht, dass dir schlecht wird.«

Tatsächlich setzte Alayna auf diese Aufforderung hin die Flasche ab. »Es tut mir leid, ihr müsst auch ... Ich ...«

Brian ging bereits auf sie zu, um die Flasche entgegenzunehmen, aber Daisy hob ihre Hand und hielt sie so in seine Richtung, dass selbst er das klare Zeichen verstand, noch kurz zu warten. »Sicher?«, fragte sie Alayna. »Wenn du die Flasche abgibst, kriegst du sie nicht zurück.«

»Meine Güte, was soll das?«, schnaubte Brian. »Glaubt ihr, es geht hier darum, Karmapunkte zu sammeln?«

»Nein, es geht darum, dass Jaden recht hat!«, blaffte Daisy zurück. »Die Kleine ist clever. Sie bringt keinem was, wenn ihr Gehirn zu einer Rosine verschrumpelt.«

»Sehr anschaulich«, kommentierte Jaden und gab sich Mühe mit einem entschuldigenden Schmunzeln an Alayna.

»Ist doch wahr. Außerdem ... Überlegt doch mal. Wenn wir alle drei Schlucke trinken, sind wir alle immer noch durstig. Mehr noch als vorher. Wenn wenigstens einer von uns klar denken kann, dann ...«

Das Geräusch war eigentlich nicht allzu laut. Plastikflaschen landeten nicht mit einem ohrenbetäubenden Dröhnen auf dem Boden, wenn sie herunterfielen. Dennoch fuhren alle drei zu Alayna herum, als dieses zarte Geräusch ertönte.

Die Flasche lag auf dem Boden. Sie war noch immer geöffnet. Ihr klarer Inhalt ergoss sich auf den Stein darunter und bildete eine Pfütze.

»Sag mal, hast du sie noch alle?«, fuhr Brian Alayna an.

Die junge Frau rührte sich nicht, schüttelte nur leicht den Kopf. Selbst Jaden war leicht zusammengezuckt, als Brian plötzlich losgebrüllt hatte.

»Da war noch genug drin, um wenigstens ...«

Brian unterbrach sich selbst, als Alayna sich vornüberbeugte und geräuschvoll das Wasser erbrach, das sie eben zu sich genommen hatte.

»Scheiße«, fluchte Daisy. »Ich hab ihr gesagt, sie soll kleine Schlucke nehmen. So eine Verschwendung. Ich meine ... Hey, ist alles okay?«

Alayna hörte nicht auf, sich zu übergeben. Sie erbrach noch mehr Flüssigkeit auf den Boden. Hatte sie die ganze Flasche so schnell ausgetrunken?

»Ich ...«, japste sie, würgte dann aber direkt wieder. Sie kam dabei kaum zum Atmen.

Als Jaden sah, wie ihre Beine zitterten und sie zur Seite wankte, löste sich seine Starre, und er stürzte an ihre Seite, um sie zu stützen.

»Alles klar bei dir?«, fragte er im selben Moment, als Alayna in sich zusammensackte. Hinter sich hörte er, wie Daisy Brian anwies, auf keinen Fall diese beschissene Flasche anzufassen. Aber Jaden bezweifelte, dass dieser Hinweis noch notwendig war.

Er hielt Alayna fest und ging langsam mit ihr in die Knie. Sie würgte noch immer. Ihr Magen beförderte mehr und mehr Flüssigkeit nach oben, die sie ausspie. Einige Tropfen landeten auf ihren Händen, mit denen sie sich auf dem Boden abstützte. Sie waren dunkel. Kein Wasser.

»Verdammt noch mal«, fluchte er. »Was war da drin?«

Er sah zu Daisy und Brian, als könnten die ihm eine Antwort geben. Aber beide starrten nur zu ihm und Alayna. »Scheiße, dann helft mir wenigstens!«

Er wusste nicht einmal, wobei sie helfen sollten, trotzdem kam wenigstens Daisy zu ihm – gerade rechtzeitig. Alayna setzte dazu an, etwas zu sagen. Aber aus ihrer Kehle kam nur etwas, das wie ein Knacken klang. Und fast im selben Moment krampfte ihr Körper in seinen Armen. Sie wurde starr und zitterte.

»Oh mein Gott, oh mein Gott, oh mein Gott!«, wimmerte Daisy. Sie hielt Alayna an der Hüfte fest, während Jaden versuchte, ihren Kopf auf seinen Schoß zu legen, damit sie ihn nicht auf dem Boden anschlug.

Sahen ihre Augen ihn an?

»Lasst sie los.« Brian stand hinter ihnen. Vermutlich konnte er Alayna nicht einmal richtig sehen. Ganz bestimmt sah er ihre Augen nicht, die fast nur noch schwarz waren. Als hätte die Pupille Platz gemacht, um alle Angst, die dahinter lag, in den Raum zu werfen. »Für sie ist es schneller vorbei, wenn ihr Kopf vielleicht …«

»Halt deine Fresse!«, schrie Daisy ihn an. »Sie kann dich hören, du Arschloch! Wie kannst du so was sagen?«

»Sie ist klug, sie weiß, was ich meine.« Mehr sagte Brian dazu nicht. Jaden hörte nur noch Schritte, die sich von ihnen entfernten. Und kurz dachte er an das Messer, das er aus den Augen verloren hatte.

»Halt einfach deinen beschissenen Rand!«, fauchte Daisy ihm hinterher. Jaden erkannte, wie sie kurz zu Alaynas Gesicht sah, sich dann mit einem Keuchen abwandte.

Der zierliche Körper von Alayna krampfte noch immer und wehrte sich gegen die Bemühungen von Jaden und Daisy. »Wir sind hier, okay?«, sagte er. Es fiel ihm schwer, dabei in Alaynas Augen zu sehen, die tränten. Weinte sie? »Ich lass dich hier nicht allein, verstanden? Daisy auch nicht. Wir bleiben hier.« *Bis es vorbei ist.* Die letzten Worte sprach er nicht aus. Aber er wusste, dass es vorbeigehen würde, genauso wie er wusste, dass Brian recht hatte. Bei manchen Dingen war es besser, wenn sie schneller vorbeigingen.

Es müsste nicht einmal wehtun, schoss es ihm durch den Kopf. Mit dem Messer, das noch niemand von ihnen angerührt hatte, würde es ganz leicht gehen. Es wäre die bessere Möglichkeit. Doch die Entscheidung dafür würde nicht nur Alaynas Leben für zukünftige Situationen in die Waagschale werfen.

Jaden spielte das Szenario durch. Daisy würde panisch werden. Und wer wusste schon, wozu sie fähig war, sobald sie ihr Vertrauen verlor? Zudem hatte er keine Ahnung, wie Brian auf die Bestätigung reagieren würde. Beide hielten sich nach wie vor an die Regeln der Moral, die man ihnen beigebracht hatte. Noch hielten sie sich daran. Und das würden sie länger tun, wenn Jaden es ihnen gleichtat. Auch wenn sein Instinkt ihm sagte, dass diese Regeln früher oder später brechen würden.

Alaynas Augen verdrehten sich und sie gurgelte frisches Blut, das zwischen ihren Lippen hervorsickerte, über seine Finger, die ihr Gesicht festhielten. Kurz zögerte er, dann drehte er ihren Kopf zur Seite, damit sie nicht an ihrem Blut erstickte.

»Scheiße«, fluchte Daisy wieder. Ein kurzer Fluch, der von den Tränen begleitet wurde, die auf ihrer Stimme lagen. »Was ist das nur für eine riesige ... Wir dachten, das wäre Wasser. Es sah doch aus wie Wasser.« Sie holte Luft, aber entließ sie nur in einem wortlosen Wimmern, als die Krämpfe, die Alaynas Körper geschüttelte hatten, endlich nachgaben. Das Blut aber kroch weiter aus ihren Mundwinkeln, tropfte auf den Boden.

»Hey«, sagte Jaden und nahm vorsichtig seine Hand von Alaynas Kiefer. Stattdessen strich er kurz über ihre Wange und legte sie dann zaghaft auf ihren Brustkorb. Dieser hob und senkte sich noch immer, sog Luft in ihren zerbrechlichen Körper und stieß sie wieder aus.

Es wird alles wieder gut. Wir kriegen das hin. Halt einfach durch.

Das war es, was man doch eigentlich sagte in solchen Situationen, oder? Wenn er sich Filme ansah, waren es oft diese oder ähnliche Sätze, die fielen. Aber es kam Jaden falsch vor, das zu sagen. Statt nach Worten griff er nur nach Alaynas Hand und drückte sie. Ein Schauer zog sich kalt über seinen Rücken, als ihre Finger sich leicht bewegten und seine umfassten. Eine kraftlose Antwort auf seine Geste.

»Oh Gott«, keuchte Daisy. Ihr Blick ruhte auf den ineinanderliegenden Händen. »Sie kriegt alles mit?«

»Ich weiß es nicht«, gestand Jaden. Er hoffte, dass es nicht so war, aber für den Fall, dass doch, wählte er seine Worte nicht zu ehrlich.

»Wir könnten es für sie abkürzen«, erinnerte Brian im Hintergrund. Er sprach ziemlich leise. Offenbar wollte auch er vermeiden, dass Alayna ihn hörte.

Jaden schloss die Augen. Fuck. Auf keinen Fall durften sie sich darauf einigen, ehe Alayna von selbst aufgab. Egal, aus welcher Motivation er erfolgte, ein Mord blieb ein Mord. Und ein erster zerbrach immer die Hemmschwelle für weitere. Dass er das wusste, war sein Vorteil.

»Bist du bescheuert?« Daisy sprang auf, ließ Alayna los und stürzte auf Brian zu. Eine Armlänge vor ihm blieb sie stehen. Jaden wusste nicht, ob sie diesen Sicherheitsabstand mit Absicht hielt, oder ob es blanker Zufall war. »Wir können sie nicht einfach umbringen!«

Ihre Stimme war gesenkt, trotzdem hielt Jaden Alayna lieber das linke Ohr zu und presste ihren Kopf so gegen seinen Bauch, dass sie hoffentlich nichts von dieser Diskussion hinter ihnen mitbekam. Ihr Blick blieb weiterhin starr geradeaus gerichtet, schaute aus aufgerissenen, tränenden Augen durch ihn hindurch. Kurz erwiderte er ihren Blick, dann sah er weg.

Alaynas zweiten Krampf sah er dadurch nicht kommen. Er spürte ihn, als ihr Rücken sich durchbog und dann ihr ganzer Körper es ihm nachzumachen versuchte. Es war schlimmer als vorher. Sofort legte er wieder seine Hände um ihren Kopf, um ihre Kiefer zusammenzupressen. Aber der übrige Körper wand sich mit so viel Kraft, dass er fürchtete, sie würde sich jeden Moment selbst das Genick brechen.

Daisy war fast im selben Moment wieder an ihrem vorherigen Platz. Brian aber rührte sich nicht. Er sah nur zu ihnen herüber und erwiderte Jadens Blick.

Erst, als er seinen abwandte, bewegte Brian sich von seinem Platz weg. Auf die Vitrine zu, wo noch immer ... »Finger weg von dem Messer!«, platzte es aus Jaden heraus. Am liebsten wäre er aufgesprungen und hätte Brian niedergerungen – nur, weil der einen Schritt in die falsche Richtung gemacht hatte.

»Ich hab gesagt, du lässt die Finger von dem Ding!« Brian anzuschreien war leichter, als in Alaynas Gesicht zu sehen. Aus dem Augenwinkel erkannte er, dass ihr das Blut nun sogar schon aus der Nase kam, dass mehr davon zwischen ihren Zähnen hindurch schäumte und über ihre Mundwinkel schwappte. Brian hatte seine Hand nach dem Messer ausgestreckt und hielt es nun in der Hand, als würde er das Gewicht des Gegenstandes abschätzen.

»Leg das Ding wieder hin, verdammt noch mal!«

»Sie leidet«, sagte Brian mit staubtrockener Nüchternheit, legte das Messer aber wieder weg. »Mehr können wir nicht für sie tun.«

»Spinnst du? Niemand bringt hier Alayna um!« Allmählich hatte Jaden die Befürchtung, dass Brian wirklich das Vernünftigste tun würde. Dass er wieder zum Messer griff, in dessen unmittelbarer Nähe er noch immer stand. Dass er zu ihnen kommen und Alayna auf diese Art helfen würde. Und dann würde Brian merken, wie leicht es war, das zu tun, wenn es sein musste. Ab da war es nur noch eine Frage der Zeit, bis die Grenzen der Notwendigkeit sich verschoben.

»Der Rauch hat auch nicht nachgelassen, bis jemand daran krepiert ist. Das Gift oder was auch immer wird so lange wirken, bis es seine Arbeit getan hat. Ich fürchte, so sind die Regeln.«

»Steck dir deine beschissenen Regeln sonst wohin!«

»Jetzt sei doch vernünftig, das ist das Beste, das wir für sie …«

»Nein!«

»Sie packt das nicht!« Nun wurde Brian lauter. Und trotzdem war alles, was Jaden hörte, das Trommeln von Alaynas Füßen auf dem Boden. Das Gurgeln in ihrer Kehle. Diesmal drehte er sie nicht zur Seite. Vielleicht würde es die Sache beschleunigen, ehe Brian einen entscheidenden Schritt zu weit ging.

»Das weißt du nicht. Bist du Arzt?«

»Ich bin einfach kein Idiot!«

»Es kommt überhaupt nicht infrage, dass …«

»Jaden.«

»… wir hier Hand an sie legen. Niemand rührt sie an, verstanden?«

»Jaden.«

»Ob du mich verstanden hast, hab ich gefragt!«

»Hey ...«

Jaden zuckte zusammen, als er eine schmale Hand an seiner Wange spürte, die seinen Kopf drehte, bis er in ein Paar grüner Augen sah. »Ist gut«, sagte Daisy und deutete mit einem Nicken nach unten zu Alayna. Jaden sah nicht hin, aber er spürte, dass ihre Krämpfe aufgehört hatten. Das war gut. Und gerade rechtzeitig. »Sie hat es geschafft.«

Jaden atmete aus und sah Alayna an. Sie wirkte nicht, als hätte sie es geschafft. Ihr Blick starrte noch immer zu ihm hinauf. Da war schaumiges Blut um ihren Mund herum und das Rot, das ihr aus der Nase geflossen war, hatte seine Hand über ihr halbes Gesicht geschmiert.

Er atmete aus. Es war gut, dass es vorbei war. Für alle. Aber es war beschissen, dass Alayna diejenige hatte sein müssen. Sie hätten Brian seinen Willen lassen sollen. Hätte er doch das Wasser nehmen sollen oder was auch immer sich darin befunden hatte.

»Sie hat auf mich gewartet«, murmelte er und löste seine Hand von ihrem Kiefer.

»Was?«

»Beim Fahrstuhl. Sie hat darauf bestanden, dass wir zusammen springen, damit ich nicht zurückbleibe.«

Es ging ganz leicht. Alaynas Augen schlossen sich fast wie von selbst. Als hätten sie nur darauf gewartet, dass man ihnen ein bisschen half. Sie sah immer noch nicht aus, als würde sie schlafen. Da war zu viel Blut. In ihrem Gesicht und an Jadens Händen.

»Wir müssen weiter«, flüsterte Daisy ihm zu. Ihr Oberarm lehnte an seinem, doch er merkte, dass sie versuchte, Alayna nicht zu nahe zu kommen. »Ich weiß nicht, ob du es mitbekommen hast. Aber die Tür zum alten Raum hat sich ein bisschen geöffnet. Und hinten ist eine Luke aufgegangen. Da können wir durch.«

Jaden sah nicht nach hinten, sondern dorthin, wo die halbe Matte lag. Fast rechnete er damit, dass er Fran sehen würde. Wie sie hustend durch den Spalt stolperte und fragte, was zur Hölle so lange gedauert hatte. Oder ihren Körper, der irgendwann keine Kraft mehr gehabt hatte, um gegen die Tür zu klopfen. Aber da war nichts. Nur blanker Fliesenboden und eine Wand aus hellgrauem Qualm, die in diesen Raum kroch. Deutlicher konnte die Aufforderung zum Aufbruch nicht sein.

Jaden nickte, mehr zu sich selbst, und schob Alayna vorsichtig von seinem Schoß.

Es stimmte, was man über tote Körper sagte. Sie wogen schwerer als die lebenden.

4. Wut

Brian

3,5 Wochen zuvor

Tim. Er glaubte, dass der Kerl Tim hieß. Sie hießen alle Tim oder Oliver. Als wäre es ein Naturgesetz, dass Eltern, deren Söhne sich irgendwann mit vierzehn oder sechzehn als schwul outen würden, biedere, unkreative Persönlichkeiten waren. Sie vergaben mausgraue, unscheinbare Namen, damit diese Typen dann mit regenbogenfarbenen Gedanken dagegen protestieren können.

Er selbst bildete da keine Ausnahme.

Der Tim an diesem Abend war blond und eigentlich zu jung für ihn. Er schätzte den Kerl auf Anfang zwanzig und wähnte sich gerade so sicher, dass er volljährig war. Aber die Küsse des Typen sprachen für sehr talentierte Lippen und eine begnadete Zunge. Ihm nicht auch die Gelegenheit zu geben, diese Talente an anderen Körperteilen zu beweisen, wäre grenzenlos dumm. Und in diesen Dingen hatte Brian noch nie zu Dummheit geneigt.

»Wie weit noch?« Tim flüsterte die Worte mit feuchtem, alkoholgeschwängertem Atem in Brians Ohr und ließ ein verheißungsvolles Kichern folgen.

Brian hasste es, wenn sie kicherten wie Mädchen. Aber Alkohol machte das oft mit Männern und ihm verlieh dieses wunderbare Elixier die Gabe, den Unsinn einfach zu überhören und sich stattdessen auf die Berührung der Hand zu konzentrieren, die seinen Bauch hinabstrich und sich merklich an dem Shirt störte, das er noch anhatte.

»Nicht mehr weit.« Er wohnte nur ein paar Blocks vom Club entfernt. Der Weg in eine Toilettenkabine oder den Darkroom war kürzer, gab aber an seinem Ziel nur begrenzte Möglichkeiten her. Abgesehen davon, dass vor allem der Darkroom so dunkel zu sein schien, weil die Leiber, die sich dort miteinander beschäftigten, keine waren, die er sich bei Vorhandensein einer Lichtquelle ansehen wollte.

Da ließ sein eigenes Loft weit mehr Raum für Ideen, von denen er sicher war, dass Tim ihnen nicht abgeneigt sein würde.

Zwei Blocks trennten ihn und seine Eroberung von all dem, was er mit dem jungen Kerl vorhatte. Zwei Blocks durch Nieselregen hindurch, der das weiße Shirt seines Gegenübers durchscheinend machte, und verriet, welcher Anblick Brian erwartete, sobald sie ihr Ziel endlich erreicht haben würden.

Mittlerweile wunderte er sich längst nicht mehr über die Vertrauensseligkeit der Männer, die er mitnahm. Triebe und Vorfreude waren zu groß für Bedenken, die Schwellung in der Hose vermutlich ebenfalls. Aber diese Gewissheit behielt Brian sich meist vor, bis sie zu Hause angekommen waren.

Tims Hand hatte bereits ihren Weg unter Brians schwarzes Shirt gefunden, fuhr die Bauchmuskeln nach, für die er hart arbeiten musste, seit er die 30 überschritten hatte. Aber es lohnte sich nach wie vor. Die leichten, verheißungsvollen Bisse, die er an seinem Hals spürte, waren nur ein kleiner Teil der Beweise dafür.

Grölendes Gelächter lenkte Brian von den Fingerspitzen ab, die von seinem Bauchnabel an abwärts geglitten waren und sich bereits unter den Bund seiner Hose geschoben hatten.

»Na, seht euch die zwei Turteltäubchen an!«

Instinktiv schob Brian Tim etwas von sich. Ein Reflex, den man sich als Teenager in einer Kleinstadt nun einmal aneignete, wenn man immer wieder gegen Mauern aus Homophobie prallte. Er hatte es nie ganz ablegen können, zu verstecken, was die Aufmerksamkeit anderer erregt hatte. Den anderen Kerl von sich zu schieben, die Hand vom Hintern zu nehmen, die Lippen von denen eines anderen. Geholfen hatte ihm dieser Automatismus allerdings auch nie.

»Hey, ihr Schwuchteln!«

Es waren drei Männer, die zu ihnen herüberstarrten. Sie waren auf der anderen Straßenseite. Aber nur so lange, bis der Größte von ihnen zwischen den rar gesäten Autos hindurch die Fahrbahn überquerte. Nach diesem Manöver lief er genau hinter Brian und Tim die Straße entlang.

»Na, was ist, willst du meinen Schwanz auch lutschen, Blondchen?«

Der Typ war hörbar betrunken. Das spielte aber keine Rolle. Seine zwei Anhängsel waren schon auf halber Strecke zu ihnen.

Brian spürte, wie sein Puls raste. Er versuchte vergeblich, sich zur Ruhe zu ermahnen, einfach weiterzulaufen und die Arschlöcher zu ignorieren. Eigentlich gehörte Ignoranz zu seinen größten Talenten. Aber sobald jemand hinter ihm lief, wurde er nervös.

Er war siebzehn gewesen, als das erste Mal eine Gruppe aus vier anderen Jugendlichen ihn und seinen damaligen Freund verfolgt hatte. Vom Stadtfest über die wesentlich verlasseneren Straßen hinweg bis zum alten Rathaus.

»Lass die einfach reden«, hatte Martin gesagt und Brian hatte ihm zugestimmt. Sie hatten sogar Witze darüber gemacht, bei wie vielen Frauen die vier Mitschüler hinter ihnen schon abgeblitzt sein mochten. Wie neidisch die anderen vielleicht waren, weil Brian und Martin sich nicht mit Blumensträußen und Dates aufhielten, dafür aber wussten, wie sich ein verdammt guter Blowjob anfühlte.

Sie hatten über die armen Heten hinter ihnen gelacht.

Sie hatten gerade die Zufahrt zum Rathaus passiert, als sie hörten, wie der Baseballschläger zwei Mal gegen den Laternenpfeiler schlug. Metall hatte einen anderen Klang als menschliche Körper. Das wusste Brian seither.

Ihn traf die Wucht von Jason Malonys Wut im Nacken und vier Mal in den Rippen, wovon zwei brachen. Martins Kopf brauchte nur einen Schlag des Hitters.

Noch fünfzehn Jahre später konnte Brian sich an das laute Knacken erinnern, mit dem der Schädel zerbrochen war.

In den Berichten hieß es später, Jason Malony wäre von seinen zwei Mitschülern Brian Jenkins und Martin Holland provoziert worden und hätte sich verteidigen müssen. So zitierte es die Lokalzeitung in derselben Ausgabe, in der man die Beisetzung von Martin Holland annonciert hatte, der »leider unter tragischen Umständen zu früh hatte von uns gehen müssen«.

An diesem Abend lief Brian neben Tim noch etwa fünfzig Meter weit, ehe er die Nase voll davon hatte, auf die Wucht eines Schlägers zu warten, und drehte sich zu den drei tragischen Umständen um.

Die Feiglinge blieben sofort wie angewurzelt stehen, und Brian hatte große Lust, jedem von ihnen einfach ins Gesicht zu spucken, um sie mit diesem gefährlichen Virus der Homosexualität anzustecken.

Es kostete ihn etwas Mühe, diesen grotesken Trupp aus minder attraktiven männlichen Zweibeinern anzublinzeln. »Na, wer möchte zuerst?« Die senile Scheinheiligkeit, mit der er die Frage stellte, war ihm selbst zuwider.

Er war nicht gut darin, dem überzogenen, feenhaften, völlig absurden Bild zu entsprechen, das diese Affen hinter ihm wohl von Männern hatten, die andere Männer fickten. Er hatte mal erlebt, wie schnell die geballte Männlichkeit sich verpisst hatte, sobald man zudringlich wurde. Aber da ihm das niemand abgekauft hätte, blieben für ihn nur die Provokation oder die Flucht.

»Also?«, fragte er und nahm sich Zeit damit, auf jeden der drei Typen und dabei auf ihre Körpermitte zu deuten. »Wer von euch will zuerst auspacken und sich einen blasen lassen? Ich krieg einen Schwanz wirklich richtig tief rein.« Er grinste und fuhr sich mit den Fingerspitzen über seine Kehle. »Und der hübsche Bengel hier ... Was der mit seiner Zunge anstellt ...« Brian nickte nach links, wo er Tim vermutete, von dem er nicht sicher war, ob er nicht längst das Weite gesucht hatte.

Aber tatsächlich hörte er den jungen Blonden neben sich kichern. »Zungenpiercing«, sagte der breit grinsend und entlockte Brian damit nicht nur ein etwas stolzes, sondern auch ein vorfreudiges Grinsen.

»Sag mal, wollt ihr uns verarschen?« Der große Typ baute sich vor Brian auf. »Leck mich!«

»Durch die Hose?« Brian gab sich äußerste Mühe mit einem irritierten Blinzeln, während er hinab zum Schritt des Kerls sah. Entweder saß die Hose enorm eng und war gut ausstaffiert, oder die Vorstellung von einem Zungenpiercing hatte ähnliche Wirkung auf den Muskelprotz wie auf Brian.

»Verzieh dich, du Missgeburt!«

Und dann machte der Typ den Fehler und streckte seine Hand nach Brians Brust aus. Brian ahnte, dass er ihn am Kragen seines 120-Dollar-Shirts packen wollte, das es nicht vertragen würde, von einer grobschlächtigen Hand derart gewalkt zu werden. Und diese Form der Übergriffigkeit war etwas, worauf Brian schon seit Jahren hochgradig allergisch reagierte.

Seine Faust traf den Kiefer seines Gegenübers mit einem lauten Krachen. Er spürte, wie seine Fingerknöchel unter der Belastung aufschrien, und freute sich in gleichem Maße, dass dieser Schrank ein klein wenig in die Knie ging. Taumelte er sogar?

»Fass mich ja nicht an!«, zischte er und schüttelte seine schmerzende Hand aus. Scheiße noch mal, es fühlte sich an, als hätte er sich seine Finger an dem Kiefer geprellt.

Der Gegenhieb des großen Klotzes kam kraftvoll, aber so ungelenk, dass Brian ihm ausweichen konnte. Er wusste, das hier würde in einer Prügelei enden, in Prellungen und vielleicht einer Gehirnerschütterung. Dabei war alles, was er wollte, diesen Kerl mit dem Zungenpiercing flachzulegen. Also lief er rückwärts drei Schritte zurück und griff nach hinten in seine Gesäßtasche.

Das Klappmesser hatte er immer dabei. Bisher hatte er es nie benutzt, und er glaubte auch nicht, dass er es tun würde, sollte es zu einer Situation kommen, die man gemeinhin als Ernstfall bezeichnete. Aber er hatte es dabei, und auch diesmal zeigte es die übliche Wirkung: Augen weiteten sich, und er hörte Gemurmel wie »Entspann dich, Mann« und »Wir wollten nur einen Witz machen.«

Heten hatten einen sonderbaren Humor. Die Sache mit dem Witz hörte er öfter. Oder dass lustig gemeint war, was man gesagt hatte. Vermutlich war auch der Baseballschläger, der Martins Schädel gespalten hatte, nur ein Gag gewesen, der etwas schiefgelaufen war. Nicht böse gemeint.

»Lass uns gehen«, wandte er sich an Tim. Aber der Platz neben ihm war leer.

Kurz sah er sich um und erblickte gerade noch den gut gebauten Rücken unter einem nassen weißen Shirt, der sich zwischen Autos hindurchschob. Und den blonden Hinterkopf.

»Fuck«, stieß er aus. Damit hatten diese Holzköpfe ihn um den buchstäblichen Höhepunkt dieses Tages gebracht. Der lief nämlich gerade an einer Gruppe Frauen vorbei, die sich an seinem Anblick genauso ergötzten, wie Brian es eben im Club getan hatte. Und an einem Typen, der ... Filmte er ihn?

»He!«, brüllte Brian – nicht Tim hinterher, sondern zu diesem Vogel, der sein Handy in die Höhe hielt und dessen Kamera auf ihn gerichtet hatte. Irgend so ein Latino mit heller Strähne. Mehr konnte er nicht erkennen. »He, was soll die Scheiße?«

Dann spürte er eine Faust in seiner Magengrube.

Jetzt

Die Luft, die er einatmete, kratzte in seiner Lunge, aber er versuchte ruhig zu bleiben. Vermutlich würde er nie wieder Abgase riechen oder ein Kratzen in seinen Atemwegen spüren können, ohne panisch zu werden.

Der Schacht, der aus diesem Raum hinausführte, gab ihm genug Sicherheit, um nicht durchzudrehen, sondern daneben auszuharren, bis Daisy und Jaden sich endlich von diesem Mädchen gelöst hatten.

Vermutlich sahen sie das »3:3« nicht, das an der Seite des schwarzen Quaders aufleuchtete, der eben noch die Flasche und das Messer präsentiert hatte wie überbewertete Kunst, die Menschen aus Schrott zusammenbastelten, und die dann aussah, als hätten sie es einfach nur aus der Tonne gefischt und mit einem Spot ausgeleuchtet.

Das »3:3« strahlte da deutlich mehr Tiefe aus. »Es dominiert den Raum«, kam ihm in den Sinn. Eine Floskel, derer sich seine Begleitungen gern bedient hatten, wenn sie nichts Sinnvolles zu sagen hatten, aber ausgesprochen wichtig klingen wollten. Schwierig wurde es erst, wenn jemand anderes sich dieser Phrase bereits bedient hatte.

Scheiße, wie gern hätte er diese stumpfen Worte von sich gegeben, Fran angegrinst, und das Ganze weiter für ein Spiel gehalten. Wie gern wäre er immer noch so naiv.

»Kommt ihr?«, fragte er ungeduldig.

Er wollte nicht noch länger Rauch einatmen müssen. Nicht mehr lange, und das Husten würde wieder einsetzen. Mit dem Husten kam das Würgen, kam die Angst vor dem Ersticken und kam die Frage, wie es sich für Fran angefühlt hatte.

Vermutlich würde er diese Frage nie wieder loswerden. Er neigte dazu, viel zu lange zu grübeln, ob er anders hätte reagieren sollen. Fran war eine der Situationen, die ihn nicht mehr loslassen würden, da war er sicher. Fraglich war nur, wie viel Zeit ihm noch blieb, um von dieser Überlegung verfolgt zu werden.

»Wir müssen ...«

»Schon gut«, hörte er Daisy sagen. Ihre Stimme klang schon wieder etwas rauer. Das mochten Tränen sein oder auch die Ablagerungen in ihrer Kehle, die der Rauch da hinterlassen hatte. Über beides konnte er sich keine Gedanken machen. Um Fran hatte er sich noch Sorgen gemacht, und dann hatte er eine Entscheidung treffen müssen. Es war gut möglich, dass weitere Entscheidungen fallen mussten. Die würden ihm leichter fallen, wenn Sorgen oder Mitleid keine Rolle spielten.

Die Sekunden, bis Daisy und Jaden endlich bei ihm waren, zogen sich schier endlos in die Länge. Herrgott, wie lange konnten zwei junge Menschen brauchen, um sich auf die Beine zu stellen und ein paar Meter zu laufen?

»Das Messer?«, hakte Jaden nach, als er vor Brian stand.

Der nickte nur in Richtung dieses Podestes, das ihm langsam vorkam wie schwarzer, massiver, kantiger Hohn. In all den Ausstellungen, die er als Begleitung hatte besuchen müssen, hatten Künstler sich ein Bein ausgerissen, um dem Hohn ein Gesicht zu geben. Fratze über Fratze hatte Brian mit einem inneren Augenrollen kommentiert. Wer sagte ihnen jetzt, dass der Hohn gar kein Gesicht brauchte? Ein schwarzer Klotz mit einem installierten Spot genügte völlig.

Jaden sah hinüber, musste das Messer wohl dort liegen sehen. Brian war nicht so dumm gewesen, anzunehmen, dass Jaden nicht überprüfen würde, wo das Ding war. Und er war nicht so überheblich, zu glauben, dass dieser Kerl nicht in der Lage wäre, ihm eine Waffe binnen Sekunden zu entwenden. Es war klüger, wenn einfach niemand von ihnen sie hatte.

»Wer geht zuerst?«, fragte Daisy.

Hierzu hatte Brian sich schon Gedanken gemacht, die ihm sowohl logisch als auch für ihn einigermaßen sicher erschienen. »Jaden«, sagte er und deutete auf das Loch in der Wand. Es dehnte sich etwa hüfthoch vom Boden aus und war in etwa genauso breit. Dahinter war Schwärze, die nicht verriet, wie weit dieser Tunnel führte, ob er enger wurde und ob es überhaupt ein Tunnel war und nicht vielleicht nur ein tiefes Loch in einer Wand. »Wenn er durchpasst, passen wir auch durch. Nichts für ungut.« Das falsche Lächeln dazu sparte er sich. Für so einen Quatsch hatte er keine Nerven mehr. »Ist so rum sicher besser, als wenn und du stecken bleibst. Wenn wir wieder zwei Meter fallen, kommt keiner mehr hoch, um dich da durch zu ziehen. Von hinten schieben ist leichter.«

Jaden sagte einen Moment lang nichts, sondern presste nur seine Lippen aufeinander. Kurz rechnete Brian damit, dass er widersprechen würde. Aus irgendeinem Prinzip, das sich vermutlich niemandem erschloss außer der wirren Logik eines Teddybären, der hier plötzlich vorhatte, zum Alphawolf zu mutieren. Aber dann glaubte er, Angst in dem Blick zu sehen, mit dem Jaden sich das Loch in der Wand kurz besah. Brian erinnerte sich an den ersten Raum, an Jadens kleine Probleme, die er mit der verschlossenen Tür hatte. Wie war es im Fahrstuhl gewesen? Darauf hatte er ehrlich gesagt nicht mehr geachtet.

Daisy kam diesen Überlegungen zuvor und legte ihre Hand an Jadens Arm. »Das klingt ehrlich gesagt nach einer klugen Idee«, sagte sie dem großen Mann. »Für uns alle. Und ich bin direkt hinter dir.«

Das sollte Brian nur recht sein.

Jaden sah kurz zu Brian, dann zu Daisy. »Mir wäre lieber, er ist hinter mir und nicht hinter dir. Und du solltest ein Auge darauf haben, dass er auch wirklich dieses Messer liegen lässt, sobald ich da drin bin.« Wieder lag sein Blick auf Brian.

»Ich wollte ihr nur ...«, hob Brian an, deutete sogar in die Richtung, in der Alayna lag. Dann ließ er seinen Arm aber sinken und beschränkte sich auf ein Kopfschütteln. »Ach, vergiss es.« Mit Logik baute man kein Vertrauen mehr auf. Zudem hatte er die leise Ahnung, dass Jaden ihn misstrauisch beäugte, seit er den gekachelten Raum verlassen hatte – ohne Fran. Vermutlich war das einfach das Los eines Letzten, dessen weiße Weste keiner mehr bezeugen konnte.

Abgesehen davon, dass seine rußverschmiert war, und Fran vermutlich den Teufel tun würde, sich für ihn zu verbürgen.

Es folgte ein Nicken zwischen Jaden und Daisy, dann ging Jaden in die Knie und krabbelte die ersten paar Zentimeter in diesen Gang oder Schacht oder wie immer man das nennen wollte hinein. »Und?«, rief Daisy ihm zu.

»Ich kann nichts sehen, aber es scheint leicht bergauf zu gehen.

»Reizend«, murmelte Brian nur und kassierte dafür einen Blick, der ihn an eine strenge Mutter erinnerte, die ihr Kind fragte, ob es nicht langsam reichte. War Daisy klar, dass man Männern damit so richtig auf den Sack gehen konnte? Oder glaubte sie, dass Jaden auf diese Art der Strenge stand? Vielleicht mochte er es ja, seinen Hintern versohlt zu bekommen oder ähnliche Spielereien? Allein bei der Vorstellung hatte Brian große Lust auf ein Grinsen, völlig egal, wie angemessen das war oder nicht.

Er behielt diesen Gedanken im Hinterkopf, während er selbst sich auf alle viere begab. Es war einfach wesentlich leichter, sich an albernen Vorstellungen festzuhalten, als an der Frage, wohin dieser Gang führte, und ob am Ende eine 4:2 aufleuchten würde. Eigentlich war er sich sogar sehr sicher, dass es dazu kommen musste. Die Frage, die für ihn übrig blieb war die, ob das Spiel bei 5:1 endete oder weiterlief. Und gegen wen sie hier eigentlich spielten. Spielten sie überhaupt noch, oder war das hier schon ein Experiment zur Untermauerung des Darwinismus oder ... *Spanking*. Jaden, der sich über Daisys Schoß legte, und sie anfeuerte, seinen Hintern zu versohlen. Brian kicherte bei dem Bild vor Augen. Er kicherte tatsächlich wie so ein albernes Schulmädchen. Seinen Verstand hatte er also schon eingebüßt.

Jaden hatte recht, der Schacht blieb, wie er war, und auch er glaubte, eine Neigung bergauf zu bemerken, war sich aber nicht sicher. Daisy war dicht hinter ihm.

Brian schätzte den Weg, den sie zurückgelegt hatten auf vielleicht sechs oder sieben Meter, als sie ein leises Klicken hörten, und es schwarz wurde. Richtig schwarz. Dieses Schwarz, bei dem man nicht sicher war, ob man die Augen offen oder geschlossen hatte. Die Definition vom Fernbleiben des Lichts.

»Scheiße«, stieß er aus, als er gegen Jaden stieß. Daisy machte nur einen Moment später Bekanntschaft mit seiner Kehrseite.

»He!«, stieß sie aus.

»Dein Gorilla ist steckengeblieben«, erklärte Brian.

»Was?« Und dann. »Jaden, steckst du fest?«

»Nein«, sagte dieser sehr leise. »Die Luke hinter uns ist zu.«

Das war für keinen etwas Neues. Das war, was dieses leise Klicken verkündet hätte. Ob der Tür ein lautes, monströses Donnern lieber gewesen wäre? Auf Jadens Reaktion hätte das jedenfalls besser gepasst. Brian konnte hören, wie der riesige Kerl schnaufte, hustete, wieder schnaufte und ein Geräusch, bei dem er annahm, dass der Typ versuchte, mit seinen bloßen Händen die Wände um sich herum auszudehnen.

»Krabbel einfach weiter«, sagte Daisy – nun mit der sanften Version einer mütterlichen Stimme. »Zurück können wir nicht. Vorn ist vielleicht ein Ausgang.«

Brian ahnte, dass sie dieses »vielleicht« lieber hätte weglassen sollen. Selbst ihm entging nicht, dass Jadens Atem flacher ging als eben noch. Das Schnaufen war ihm eindeutig lieber gewesen, da hatte er sich noch vorstellen können, der Berg aus Fleisch vor ihm wäre schlicht aus der Puste. Aber das Problem war größer als die schlichte Ermattung eines Steroidgiganten.

»Verdammt«, fluchte Daisy und zerrte an Brians Hosenbund. »Geh mal zur Seite, ich muss zu ihm.« Also drückte Brian sich an die Wand neben ihm und spürte, wie Daisy sich an ihm vorbeikämpfte, bis sie Jaden erreichte. »Atmen, hörst du? Und zwar richtig, genau wie ich.«

Brian lehnte sich gegen die Wand neben ihm. Er konnte nicht mal seine Beine ganz ausstrecken, bis sein Fuß schon an die gegenüberliegende Mauer stieß. Auch seine Hand, die er nach oben streckte, fand sehr schnell die Oberfläche aus kaltem Stein. Aber er sah nichts davon. Weder seine Hand noch die Wände um ihn herum.

Wie lebendig begraben, schoss es ihm durch den Kopf. Ein Gedanke, der schon seinen Puls beschleunigte. Was er mit jemandem anrichtete, dem bereits ein Fahrstuhl unheimlich war, wollte er sich lieber nicht vorstellen.

Er konnte hören, wie Daisy, die es irgendwie schaffte, ihre Nerven zu behalten, Jaden einen Rhythmus vorgab, mit dem er Luft in seine Lungen lassen und wieder ausstoßen sollte. Das tat sie so lange und mit so viel Geduld, dass Brian unsicher wurde, ob diese Frau eine Heilige war oder eine verdammte Psychopathin, die es selbst beruhigte, wenn andere am Rande der Panik waren. Was stimmte nicht mit ihr?

»Es ist alles okay«, hörte er sie sagen und musste würgen.

Es ist alles okay. Das Gleiche hatte er Fran gesagt. Sie hatte keine Luft mehr bekommen, sie war panisch geworden, mit aufgerissenen Augen und nach Luft schnappend wie ein Fisch auf dem Trockenen. Sie hatte die Luft nur noch aus ihren Lungen gewürgt, und keine neue mehr hinein. Also hatte er ihr gesagt, dass alles okay war.

Sein Kinnhaken war nicht fest genug gewesen. Er hatte nicht gewollt, dass sie noch mal aufwachte. Sie hatte nicht merken sollen, wie der Rauch ihre Lungen verstopfte, und wie ihr Körper schließlich versagte. Er wollte nur, dass sie schlief, bis ihr Körper beschloss, dass er damit nicht mehr aufhören wollte.

Er hatte nicht gewollt, dass ...

»Weiter geht's«, raunte Daisy ihm zu. Ihre Hand tastete nach ihm, hatte wohl seine Schulter finden wollen, aber streifte stattdessen sein Ohr.

»Kommt er klar?«, hakte Brian nach.

»Er kriegt das hin.« Die Antwort gab Daisy nicht in erster Linie Brian, da war er sich ziemlich sicher. Aber das sollte ihm recht sein, solange Jaden sich wieder in Bewegung setzte. Sollte er noch länger hier ausharren und austesten müssen, wie weit er mit seinen Beinen und Armen so kam, würde er vielleicht durchdrehen. Und das Letzte, was er wollte, war, dass Daisy ihm sagte, wie er zu atmen hatte.

Es ging ziemlich langsam voran. So langsam, dass Brian die Überlegung anstellte, dass Jaden vielleicht einfach bewusstlos geworden war, und Daisy ihn schob. Aber es ging voran, weiterhin bergauf. Die Neigung wurde sogar stärker, schien es ihm, oder er hatte mittlerweile einfach ganz und gar das Gefühl für den Weg verloren, auf dem er dahinkroch.

Seine Augen hatte Brian geschlossen. Nichts zu sehen war weniger irritierend, wenn man es auch gar nicht erwartete.

Nur hin und wieder blinzelte er, um sich zu vergewissern, dass er immer noch in voller Dunkelheit war.

»Seht ihr vorne irgendwas?«, fragte er. Sie hatten vielleicht weitere zwanzig oder dreißig Meter zurückgelegt. Das war ziemlich schwer zu sagen ohne jede Art der Orientierung.

»Nein«, kam es von Daisy, Jaden ließ ein bestätigendes Grunzen vernehmen.

Immerhin wusste Brian, dass er, sollte er erblindet sein, nicht allein mit diesem Schicksal war. Seine Chancen standen immerhin nicht schlechter als die der anderen beiden. Die Frage war nur – die Chance worauf?

»Was meint ihr, wie der Mist hier weitergeht? Wann hört das auf?«

»Halt die Klappe«, antwortete Daisy ihm nur.

Da das aber ein eher unbefriedigendes Resultat von Überlegungen war, die sie nur nicht anstellen wollte, bohrte Brian weiter.

»Im Ernst. Wir sind nur noch drei. Wie hoch stehen die Chancen, dass das alles ein Fake ist? Vielleicht waren die anderen nur Schauspieler und haben uns einen Streich gespielt? Und am Ende überschütten sie uns mit Schampus und …«

»Brian, ehrlich jetzt! Halt die Klappe.«

»Ich mag die Vorstellung«, fasste er zusammen. Und er meinte das ernster als er es je zugegeben hätte. Er konnte sich nichts Besseres vorstellen, als dass Fran am Ende dieses Tunnels auf ihn wartete, ihm eine Kopfnuss gab und ihm dann versicherte, dass sie ihm seine Entscheidung nicht übel nahm.

»Glaubst du daran?«, kam es von vorn. Jaden hatte also seine Sprache wiedergefunden.

»Die Alternative ist ziemlich scheiße, oder?«

»Ist sie.«

Er hörte ein Keuchen, das eindeutig zu Daisy gehörte. »Könnt ihr bitte damit aufhören?«

»Warum?«, gab Brian zurück. »Ehe einer von euch mich kaltmacht ... Also bis zu dem Moment wäre es doch nett, zu glauben, dass wir hier nur einen ziemlich makabren Streich vor uns haben.«

»Niemand macht dich kalt!«, keifte Daisy. »Verstanden? Und mich auch nicht und Jaden genauso wenig! Niemand zwingt uns dazu, irgendwem hier wehzutun!«

Sag das noch mal, dachte Brian, *wenn du keine Luft mehr kriegst. Und wenn klar wird, dass nur du oder die Person neben dir je wieder wird richtig atmen können. Wenn du dir wünschst, es wäre nicht ausgerechnet diese Person, deren Leben du gegen deins abwägst ... Was machst du dann, Daisy?*

»Okay«, sagte er nur. Für den Moment konnte er das Versprechen geben. Und er fürchtete, die nächste Panische hier bei sich zu haben, wenn er diese Zusicherung nicht gab.

»Gut. Jaden?«

»Okay«, meinte auch er, und Brian glaubte, dass er es kaum ernster meinte als er selbst.

Dann schwiegen sie. Die Fragen, die übrig blieben, sprach keiner aus. Wohin führte dieser Schacht? Was würden sie an seinem Ende finden? Wer würde derjenige sein, der die 4:2 hervorbrachte? Und wie würde es passieren? Würde jemand von ihnen dafür sorgen müssen oder gäbe es wieder Umstände, die es ihnen ersparten, selbst das Leben eines Menschen beenden zu müssen? Und für wieso zur Hölle passierte das Ganze?

Die Fragen hallten in dem Dunkel und von den Wänden wider. Brian konnte sie regelrecht greifen. Über die Lippen brachte sie keiner. Welche Antworten hätte das auch zutage befördert? *»Wollen wir eine Reihenfolge ausmachen? Wer von uns als Nächstes draufgeht und wer danach? Was meint ihr, lassen sie einen übrig? Gibt es einen Gewinner?«*

Wenn er ehrlich war, war er neidisch auf Max. Für ihn war es schnell und vermutlich schmerzlos vonstattengegangen, und ihm waren solche Fragen erspart geblieben. Er hatte bis zum Schluss an einen Fehler im System glauben dürfen. Und er hatte sie noch eine ganze Weile an einen Unfall glauben lassen. Ganz gleich, was die Zahlen an der Wand sagten.

Brian schüttelte den Kopf. Neid auf einen Toten. Wie bescheuert konnte man sein? Das war das Gleiche, wie sich damit abzufinden, dass der eigene Puls nicht mehr allzu lange vorhanden sein würde. Das war unnatürlich – ganz egal, was die Regeln besagten.

Dennoch wurde er das Gefühl nicht los, wie Vieh brav zur Schlachtbank zu trotten und sich dort gar nicht weiter zur Wehr zu setzen. Er hatte mal eine Dokumentation gesehen. Kühe auf einem Schlachthof. Sie hatten sichtlich Ängste ausgestanden, und trotzdem waren sie in der Herde diese schmalen Gänge entlanggetrottet. Keine von ihnen war ausgeschert, keine war in einem Wutanfall ausgebrochen oder hatte versucht, ihre Muskelkraft gegen das bevorstehende Ende einzusetzen.

Vielleicht war es ja doch natürlich. Auf eine sehr abstruse Weise. Vielleicht war Resignation ein ziemlich natürlicher Prozess, der …

»Nein. Nein, bitte nicht! Scheiße! Scheiße, Scheiße, Scheiße!«

Das waren keine Worte, die man in einem schmalen Gang ohne Licht hören wollte, aber sie waren Brian lieber als seine eigenen Gedanken, die dunkler waren als in seiner letzten depressiven Phase.

»Was ist los?«, fragte er. Die Trägheit seiner Überlegungen legte sich auch auf seine Worte. Er tat noch einmal den Versuch, sich dieses Bild vor Augen zu rufen, in dem Jaden sich von Daisy den Hintern versohlen ließ. Aber irgendwo zwischen dem Eingang in diesen Tunnel und dem Punkt, an dem sie nun waren, hatte die Vorstellung sowohl Reiz als auch Humor gänzlich verloren.

»Es geht nicht weiter! Wir sitzen hier fest!« Jaden schien Mühe zu haben, die Worte herauszupressen. Vermutlich würde Daisy ihm gleich wieder erklären, wie er zu atmen hatte.

»Warte mal«, sagte sie und kroch etwas weiter. Brian hörte den Stoff ihrer Kleidung rascheln und das Klatschen ihrer Handfläche auf dem Boden unter ihnen.

»Verdammt. Da ist eine Wand«, sagte sie, was er ohnehin schon vermutet hatte. »Es geht nicht weiter« war eine recht unmissverständliche Aussage.

»Habt ihr versucht, dagegen zu drücken? Vielleicht geht sie genauso auf wie im letzten Raum?«, murmelte er. Ein kläglicher Versuch, eine konstruktive Lösung zu bieten. Aber ein Ort wie dieser ließ nun einmal recht wenige Optionen für solche Ansätze.

»Was glaubst du, was ich gerade mache?« Diesmal klang Daisy nicht wie eine wütende Mutter Oberin, sondern wie ein ängstliches Mädchen.

Wir hätten das Messer mitbringen sollen, dachte Brian, während er den Versuchen lauschte, diese Wand vielleicht doch noch zu bewegen. *Bisher hat sich noch jede Tür öffnen lassen, wenn man ihr ein Opfer dargebracht hat.*

Brian griff sich an die Stirn, als er sich dabei ertappte, wie er ernsthaft darüber nachdachte, wie man einen Menschen nur mit bloßen Händen töten sollte. Er war so weit, dass er darüber sinnierte, sich sein Shirt auszuziehen und Daisy damit zu strangulieren. Aber er brach diesen Gedanken sofort ab, ehe er ohnehin zu dem Schluss gekommen wäre, dass das utopisch war. Jaden musste nur mitbekommen, dass etwas nicht stimmte und schon würde er eingreifen. Damit war Brian chancenlos, da machte er sich keine Illusionen.

Wie lange dauerte es überhaupt, bis jemand starb, ab dem Moment, in dem man ihm die Luft abschnürte?

Ein stechender Schmerz durchzuckte ihn, als er seinen Hinterkopf gegen die Wand rammte. Es tat mehr weh, als er geplant oder erwartet hatte, aber es half immerhin dabei, diese Überlegungen einzustellen. Das hier war anders als die Sache mit Fran. Weniger aussichtslos und weniger dringlich. Wenigstens hoffte er das.

»Lasst mich mal sehen«, sagte er schließlich. Eigentlich sagte er das nur, weil ihm nichts anderes einfiel, und er nicht wieder über andere Einfälle stolpern wollte, an deren Ende jemand das Atmen einstellte.

Jaden war es, der etwas nach hinten rückte und Brian den Weg nach vorn freigab. Brian quetschte sich an diesem warmen muskulösen Körper vorbei und dachte kurz, dass das hier doch eine wesentlich konsequentere Interpretation des Begriffs »Darkroom« sein konnte. Ein völlig neues Konzept, das er sogar anregender fand als das übliche, und obendrein ein Gedanke, mit dem zu spielen wesentlich mehr Spaß machte, als darüber nachzudenken, die Frau zu töten, die neben ihm hockte.

Schulter an Schulter drängte er sich neben Daisy an das Ende des Ganges und traf dort ohne große Überraschung auf die Barrikade, die beide erwähnt hatten.

»Vielleicht gibt es ja einen Hebel«, murmelte er. »Wie eine Klinke. Ein Stein könnte locker sein wie vorher die Fliese. Wir müssen nur suchen. Sie geben uns schließlich Zeit dafür. Immerhin können wir noch atmen und ...« Hervorragend. Er führte Selbstgespräche. Genauso, wie zu seinen Studienzeiten, wenn er seine Grübeleien laut vorgetragen hatte, während er sich konzentrierte. Das hatte er zwei Semester lang gemacht, bis ihm aufgefallen war, dass er wirkte wie ein psychopathischer Vollpfosten. Es war mühsam gewesen, sich diese Unart abzugewöhnen. Zu mühsam, um sich jetzt wegen ein bisschen Dunkelheit und ein paar Steinen wieder davon einholen zu lassen, wie er fand.

»Wir haben alles schon abgetastet.«

»Dann kümmer du dich darum, dass Jaden nicht durchdreht, und ich taste eben alles noch mal ab. Es ist stockdunkel.« Fast hätte er gesagt, dass es nur verständlich wäre, etwas zu übersehen. Aber diese Offensichtlichkeit fühlte sich auf seiner Zunge an wie ein ungeheuer mieser Wortwitz. Also behielt er sie für sich.

Tatsächlich kroch Daisy zu dem Riesen nach hinten. Brian konnte hören, wie sie dem Kerl beruhigende Worte zuflüsterte. Hätte er sich Mühe gegeben, hätte er wohl auch verstanden, was sie sagte, aber er blendete die Stimmen hinter sich lieber als namen- und gesichtslose Geräuschkulisse aus.

Mit den Händen fuhr er die Kanten entlang, an denen die Wände des Schachtes auf sein Ende trafen. Er spürte Steine, die akkurat ineinandergriffen. Keine billige Betonplatte, sondern wirklich Steine – vor ihm, an der Seite, unter ihm und …

»Ihr Idioten!«, stieß er aus, als er seine Hand weiter nach oben ausstrecken konnte als eben noch. Tatsächlich konnte er mit seinen Fingern die Wand vor sich immer weiter hinauffahren. Dabei stellte er sich sogar auf. »Wie konntet ihr das nicht merken?«

»Was?«, hakte Daisy nach. Sie klang hoffnungsvoll und nicht wütend über Brians Worte. Es gab eben Dinge, für die man es gern hinnahm, als Idiot bezeichnet zu werden.

»Ich kann stehen«, verkündete Brian. Das war nicht allzu präzise, das musste er sich selbst eingestehen, aber ein einigermaßen cleveres Köpfchen, das er Daisy durchaus zugestand, würde seine Schlüsse daraus ziehen.

»Wie, du kannst stehen?«, fragte sie, und er hörte, wie sie sich ihm näherte. Als sie neben ihm war, richtete sie sich vorsichtig auf. Es schien ewig zu dauern, bis er nicht mehr mit anhören musste, wie sie sich Stück für Stück die Mauer nach oben tastete. Aber verübeln konnte er es ihr wohl kaum. Angesichts dessen, dass die Lage nicht allzu vertrauenswürdig war, und sie auch ihm nicht richtig über den Weg zu trauen schien, hätte er es wohl kaum anders gehandhabt.

»Ich kann sogar meine Arme in die Luft strecken«, erklärte Brian. Genau das hatte er sogar ausprobiert, bis er sich vorgestellt hatte, wie albern das aussehen musste, sollte plötzlich Licht den Weg zu ihnen finden.

»Gut, das ist gut, oder?«

Daisy lief in recht engen Bahnen um ihn herum und schien weiterhin die Wände auf der neu entdeckten Höhe abzutasten. Vielleicht war da ein weiterer Schacht versteckt, in den es hineinzuklettern galt. So weit war Brian mit seinen Untersuchungen noch nicht gekommen.

Daisy stand Rücken an Rücken mit ihm, als er einen dumpfen Schmerzenslaut hinter sich vernahm.

»Alles okay?« Die Frage kam nicht von ihm, sondern von Jaden. Dass der seine Nerven wiederfand, sobald die holde Maid an seiner Seite sich wehtat, war wohl zu erwarten gewesen.

»Hier ist was«, keuchte Daisy. »Scheiße, mein Finger! Gott, tut das weh.«

Was Brian vermutete, war eine tiefe Schnittwunde in ihrer Hand. Dass sie in eine scharfe Klinge gegriffen hatte, die es ihnen möglich machen sollte, nun doch das Opfer darzubieten, dass die Tür forderte. Wo auch immer eine Tür sein sollte.

Aber er lag falsch. Und er war noch nie so erleichtert gewesen, falsch zu liegen.

»Ich hab mich nur gestoßen, hier ist ... ich weiß nicht, ist das ein Griff? Gib mir mal deine Hand.«

Ehe sie spezifiziert hatte, wen sie meinte, hatte sie sich an Brians Arm hinabgetastet und er ließ sie mehr oder weniger bereitwillig seine Hand dorthin führen, wo ihre bereits lag. Das Erste, das ihm in den Sinn kam, als er die raue Oberfläche spürte, war Rost. Und Rost wimmelte nicht auf einer Steinwand.

Tatsächlich konnte er mit seiner Hand das Metall umfassen, das der Korrosion so sehr zum Opfer gefallen war. Er zog daran, es ächzte, hielt seinen Bemühungen aber Stand.

»Gibt es noch mehr solcher Griffe?«, fragte er. Gleichzeitig tastete er mit seinen Händen die Wand hinab. Sie war genauso kahl wie überall sonst.

»Vielleicht weiter oben«, mutmaßte Daisy. »Wenn du so nett wärst ...«

Brian nahm an, dass es Jaden lieber wäre, hätte er derjenige sein können, dessen Hände an Daisys Seiten hinabglitten, bis sie rechts und links ihre Taille umfassten. Und allein dieser winzige Aspekt weckte seine Hilfsbereitschaft. »Keine Ahnung, wann ich das letzte Mal einer Frau so nahe gewesen bin«, raunte er. Unmöglich hätte er sich das verkneifen können, und dass Daisy sogar leicht gluckste, machte es für ihn perfekt. Er wusste, dass ihre Solidarität keinesfalls ihm galt oder je gelten würde. Die Erleichterung über diesen Fund ließ sie das wohl für einen kurzen Moment vergessen.

Er zählte bis drei, ehe er sie nach oben stemmte und sie sich zeitgleich an dieser Sprosse hinaufzog. »Ha!«, stieß sie aus. »Da ist noch eine ... Schieb mich weiter hoch!«

Nun war doch Jaden an seiner Seite. Brian hatte ihn gar nicht bemerkt, aber ihm entging nicht, dass es auf einmal sehr viel leichter wurde, Daisy nach oben zu heben. Er nahm an, dass Jaden sie an ihren Füßen nach oben stemmte, bis sie selbstständig Halt gefunden hatte. »Hier geht es definitiv weiter!«, verkündete sie. »Da sind noch mehr Sprossen in der Wand. Keine Ahnung, wohin es führt, aber ich finde das lieber heraus, als bei euch unten zu versauern.«

»Kannst du probieren, wie weit du hochkommst?«, fragte Brian. »Lohnt es, dass wir nachkommen?«

»Wo wollt ihr denn sonst hin?«

»Wo sie recht hat ...«, murmelte er und seufzte. Ihm war der Gedanke zuwider, Jaden um Hilfe bitten zu müssen. Eigentlich mochte er den großen, freundlichen Kerl. Aber gleichermaßen wusste er, dass der ihn zuerst ausschalten würde, ehe er Daisy auch nur ein einziges Haar krümmte. Eine Gewissheit, die im normalen Leben völlig unerheblich war, gab in einer Situation wie dieser einfach keine gute Vertrauensbasis ab.

»Ich heb dich doch«, brummte Jaden von allein. »Hast du die Hände an der Sprosse? Ich kann's nicht sehen.«

Brian atmete tief durch und legte beide Hände um die rostige Metallstange, die etwa dreißig Zentimeter über seinem Kopf befestigt war. »Bereit.«

Er musste kaum selbst Kraft aufwenden, bis er die zweite und auch die dritte Sprosse zu fassen bekam. Jaden stemmte ihn an seinem Fuß schließlich so weit hoch, dass er den linken abstellen konnte. »Alles klar«, verkündete er. »Danke.«

»Schaffst du es allein?«, klang Daisys besorgte Frage von etwas weiter über ihm. Wie hoch sie wohl war? Möglicherweise war die Dunkelheit hier ein Vorteil. Sagte man nicht immer, dass es ein Fehler sei, in die Tiefe zu schauen? Wie schlimm konnte es sein, wenn diese Tiefe sich nicht von der Höhe oder den Seiten unterschied?

»Ich pack das«, sagte Jaden. »Brian sollte nur lieber noch etwas weiter hoch, damit wir uns nicht in die Quere kommen.«

Also kletterte Brian noch etwas weiter hinauf, bis er sich auf selber Höhe mit Daisys Füßen befand. Sie hörten ein Ächzen, das körperliche Anstrengung einem menschlichen Körper nun einmal entlockte. Vor allem aber konnte Brian das Knarren hören, mit dem das Metall gegen Jadens Gewicht protestierte. Kurz gab er sich dem Gedanken hin, dass sich eine der Sprossen aus der Wand lösen würde und Jaden in die Tiefe stürzte. Aber er kam zu dem Schluss, dass ihm dieser Gedanke missfiel. Irgendetwas ließ ihn annehmen, dass das hier noch nicht die Etappe war, die ein weiteres Leben forderte. Was hieß, dass dieses Leben an dieser Stelle zu früh verwirkt wäre, und später ein anderes dafür herhalten musste. »Pass bloß auf«, rief er also nach unten. »Wer weiß, wie alt diese Dinger sind.«

»Am besten sollten wir uns immer an zwei Stangen festhalten, nie mit beiden Händen an derselben. Oder?«, schlug Daisy vor.

Und genau das taten sie. Brian gab sich sogar redlich Mühe, sehr bewusst darauf zu achten, nie sein ganzes Gewicht auf eine Sprosse zu verlagern. Nach ein paar Minuten hatte er längst das Gefühl verloren, wie hoch sie sein mussten. Aber es brauchte keine Details, um ziemlich sicher zu sein, dass ein Sturz aus dieser Höhe ihm alles brechen würde. Wenn er Glück hatte, war es zuerst das Genick.

»Verdammte Scheiße, das hört nicht auf!« Daisy hatte das Fluchen wieder für sich entdeckt. Es schien sie von den brennenden Muskelschmerzen abzulenken, mit denen sie alle mittlerweile kämpften. Die Sprossen waren in sehr ungleichmäßigen Abständen in die Wand gelassen, was den Aufstieg nicht gerade erleichterte. »Meine Güte, so hoch war doch das ganze Gebäude nicht. Wie lange soll das noch gehen?«

»Wer weiß, wie weit wir vorhin nach unten gefahren sind«, meinte Brian, mehr zu sich selbst als zu Daisy.

Dennoch antwortete sie ihm mit einem Keuchen. »Ehrlich, ich will das nicht mehr. Was machen wir, wenn da oben nichts ist?«

»Da oben muss etwas sein.« Wenigstens wollte er fest daran glauben. Außerdem glaubte er daran, dass niemandem von ihnen gefallen würde, was da oben wartete, allerdings … »Es war noch nie nichts da, wo wir hingegangen sind.«

»Brian, du klingst wirr«, befand Daisy.

Vermutlich war er bereits wirr. Welcher normale Mensch überlegte sich, wie er andere Menschen um ihr Leben brachte? Einfach, weil ein Spiel es von ihm verlangte. Er war sich noch immer nicht sicher, ob er schlicht der Erste war, der den Ernst der Lage als solchen akzeptiert hatte, oder ob es eigentlich gesünder wäre, zu leugnen, bis es einen selbst traf.

»Stopp!«, rief Daisy plötzlich, und sofort erstarrte er. Auch unter sich hörte er nicht mehr das ächzende Knarren der Metallstangen, wenn Jaden sich an ihnen hinaufzog. »Ich komme nicht weiter.«

»Sag mir, dass das nicht dein Ernst ist.«

»Nein, ich ... hier ... Scheiße, hier ist die nächste Wand.«

»Taste die Wände ab!«, wies Brian sie an. »Rechts und links von dir, hinter dir. Vielleicht ist da ein nächster Gang.«

»Hier ist nichts!«

»Such weiter!«

»Brian, hier ist nichts!«

»Fuck!«, stieß er aus. »Das kann nicht sein. Es gab immer einen Weg oder eine Tür oder ... irgendwas.«

»Vielleicht haben wir es verpasst«, hörte er Jaden.

»Was?«

»Vielleicht gab es weiter unten eine Abzweigung, aber wir haben sie nicht gesehen, weil ...«

»Wir haben nicht einmal danach gesucht«, stöhnte Daisy. »Gott, wieso sind wir so dämlich?«

»Also wollt ihr jetzt den ganzen Weg wieder runter und alles abtasten? Und wenn da nichts ist? Schafft ihr es noch mal bis hier hoch?«

»Wie hoch sind wir überhaupt?« Daisy klang so leise, dass Brian sie kaum verstand. Bis zu Jaden kam ihre Stimme nicht durch.

»Was?«, hakte der nach.

»Sie fragt, wie hoch wir sind.«

»Keine Ahnung. Hoch.«

Und dann hörte Brian ein Schluchzen. Es war deutlich über ihm. Er fragte sich, ob er Daisy in der ganzen Zeit schon hatte weinen sehen.

»Wir kriegen das schon hin«, sagte er. Das war mehr ein Automatismus als etwas, woran er wirklich glaubte. Tränen waren einfach noch nie etwas gewesen, womit er gut umgehen konnte.

»Das ist kein Stein«, schniefte sie.

»Du sprichst in Rätseln.«

»Das hier über mir. Das ist keine Steinmauer, das ist Beton.«

Er war noch immer nicht sicher, was sie ihnen damit sagen wollte. Sein Hirn fühlte sich mittlerweile zu mürbe an. Er hatte das Gefühl, dass der Gedanke eigentlich sehr, sehr simpel war. Aber es gelang ihm nicht, ihn zu fassen.

»Was ist, wenn das eine Tür ist?« Dass sie diese Frage verzweifelt und ohne jeden Optimismus aussprach, ließ Brians Magen ein Stück weit nach unten sacken, noch ehe sie den Schluss formulierte, den sie aus dieser Theorie zog. »Bisher ging jede Tür erst auf, wenn ... wenn ...«

Hier ist es leichter, kam es Brian in den Sinn. *Es ist nicht mehr nötig, als dass einer von uns loslässt. Mehr nicht. Nur loslassen. Das Simpelste auf der Welt.*

»Hör auf, so was zu sagen«, blaffte er. Ihm genügte schon, wenn er selbst diese Gedanken hatte. Bisher war es beruhigend gewesen, dass es den Anschein gemacht hatte, damit allein zu sein. Ein einsamer Spinner, der sich von den Verschwörungstheorien hatte anstecken lassen, die Makenzie vor ein paar Stunden zum Besten gegeben hatte. Nichts weiter. Wenn andere aber nun seine Gedanken teilten, waren sie damit mehr als ein paranoides Hirngespinst.

Aber war ihm das nicht längst klar gewesen?

»Lass mich mal durch«, hörte er Jadens Stimme und kurz darauf das Stöhnen der Metallstangen.

»Komm mir nicht zu nahe!«, zischte Brian, als Jadens großer, schwerer Körper sich an ihm vorbeipresste, und ihn unsanft gegen die Wand drückte. Die Wand war Brian herzlich egal, aber er wusste, dass es nicht viel brauchte, um ihn mit einem Tritt gegen den Kopf zum Türöffner zu machen.

Er versuchte, genau zu lauschen, wohin Jaden seine Hände und Füße setzte, und immer in die entgegengesetzte Richtung auszuweichen. Möglichst unauffällig bewegte er sich auch ein Stück weit nach unten, um sich aus der Reichweite der beiden Turteltauben zu begeben. Was er dabei nicht bedachte, war der Moment, in dem er mit Jadens Füßen auf einer Höhe war. Das Gewicht von zwei Männern war mehr, als die Verankerung vertragen konnte.

Die Sprosse verließ die Wand im selben Moment, in dem Brian sein Gleichgewicht verlor. Es war nur ein Reflex, mit der anderen Hand nach vorn zu greifen, und reiner Zufall, dass an dieser Stelle eine Metallstange war. Hastig griff er auch mit der zweiten Hand in diese Richtung, suchte Halt mit seinen Füßen. Seine Schulter protestierte gegen die Gewalt, mit der sein Gewicht das Gelenk strapazierte.

Es vergingen Sekunden, ehe sie das Scheppern von Metall auf Stein hörten.

»Oh Gott«, hörte er Daisy über ihm keuchen. »Oh Gott. Scheiße! Bist du okay?«

»Sag deinem scheiß Gorilla, er soll aufpassen, wo er hintritt!«, blaffte Brian. Er hatte Mühe, seinen Puls zu übertönen.

»Was ist überhaupt passiert?«

»Die Stange hat nachgegeben, das ist passiert, weil das Riesenbaby draufgetreten ist, obwohl ich da noch ... Ach, vergesst es.«

Dass er Jaden etwas murmeln hörte, das er nicht verstand, trug nicht zu seiner Beruhigung bei. Und für Daisys »Das war keine Absicht. Niemand von uns sieht, wo er gerade hintritt« hatte Brian nicht mehr übrig als ein müdes Schnaufen.

»Was will der eigentlich oben?«

Zur Antwort bekam er ein Knirschen zu hören. Es erinnerte ihn an das Geräusch eines schweren Gullideckels, der aus seiner Ruhestätte gehoben wurde und sich gegen diese Aufdringlichkeit mit all seinem Gewicht wehrte.

»Der scheiß Gorilla versucht, uns hier rauszuholen«, zischte Daisy ihm zu. Sie klang näher als eben noch. Anscheinend ging auch sie lieber nicht mehr das Risiko ein, sich die Sprossen mit Jaden zu teilen. Erst recht nicht, wenn dieser seine Muskelkraft verausgabte, um die Decke über ihm zu bewegen.

Und tatsächlich hallte schließlich das Geräusch von Beton durch den Schacht. Beton, der sich auf Beton bewegte. Als Nächstes war da das Licht. Ein schmaler Streifen, aber es schien Brian, als blickte er in die gleißend helle Sonne.

Jaden stöhnte, als die Platte, die er angehoben hatte, an ihren Platz zurückfiel, und es wieder dunkel wurde. »Anders«, murmelte er zu niemand Bestimmten, dann setzte er wieder an. Diesmal gelang es ihm, die Betonplatte weit genug anzuheben und ein bisschen zu verrücken, sodass sie nicht mehr in die Öffnung zurückfiel, sondern schief darüber liegen blieb. Wieder fiel Licht zu ihnen hinein, und Brian zwang sich verbissen dazu, keinen Blick nach unten zu riskieren.

»Gebt mir einen Moment«, hörte er Jaden keuchen. »Dann versuche ich, das Ding beiseitezuschieben.«

Brian nickte nur und richtete seinen Blick konsequent nach oben. Dass Daisy an ihm vorbeistarrte, machte seine Bemühungen allerdings nahezu unnötig. Er musste nicht in den Abgrund schauen, aus dem sie gekommen waren. Ein Blick in ihr Gesicht mit den aufgerissenen Augen sagte ihm alles, was er wissen musste. Natürlich suchte sich sein Körper genau diesen Moment aus, um etwas von dem guten Adrenalin wieder abzubauen. Seine Arme zitterten unter der Belastung, und seine Schulter schmerzte. Selbst seine Finger schienen nicht mehr willens, sich um eine dumme Stange zu schließen. Sicherheitshalber hakte er einen Arm an einer Sprosse unter und hoffte, dass diese ihm wohlgesonnener war.

Bei Jadens nächstem Kraftakt knirschte die Platte, die er zuvor angehoben hatte über den darunter liegenden Boden und gab dem Licht mehr Raum. Allerdings war der noch nicht groß genug, um einen Menschen hindurch zu lassen, nicht einmal Daisy.

»Du schaffst das«, murmelte diese.

Brian hätte nicht sagen können, ob sie Jaden Motivation zusprechen wollte, oder ob sie auch Mühe hatte, ihr Gewicht noch länger festzuhalten. Der Blick nach unten machte mit Sicherheit nichts besser. »Du schaffst das.«

Wen auch immer sie meinte, die Worte mochten Jaden helfen. Unter einem lauten Ächzen, das mehr nach einem Grunzen klang, schob er die Platte weiter.

»Daisy ...« Er schnaufte. »Willst du ... Vielleicht kannst du ... Und ... Oh Scheiße. Scheiße!« Sein Blick hatte vermutlich den von Daisy finden wollen, hatte ihn aber nicht direkt gefunden, und zuerst den langen, direkten Weg nach unten erblickt. Sofort wandte Jaden sich von dem Abgrund ab und legte seine Stirn auf seinen Unterarm. Brian glaubte zu erkennen, dass seine Arme zitterten.

»Okay«, flüsterte Daisy leise und kletterte vorsichtig und langsam an Jaden vorbei nach oben. Er half ihr, durch das Loch hinaus zu kommen.

»Willst du nicht erst mal gucken, was da ist?«, murmelte Brian.

»Spielt das denn eine Rolle?«

»Vermutlich nicht«, musste er eingestehen. Ebenso wie die Tatsache, dass er wohl nicht mehr allein damit war, vor dieser Situation zu resignieren.

Daisy setzte sich an den Rand des Ausstieges und stemmte ihre Füße gegen die Kante der Betonplatte, um sie noch weiter zu schieben, bis das Loch über ihnen schließlich groß genug war, um die beiden Männer hindurchzulassen.

Jaden war der Erste, der zu ihr nach draußen kletterte, Brian folgte ihm. Erst, als er seinen Fuß von der letzten

Sprosse genommen hatte, wagte er einen Blick zurück. Tunnel, war das erste Wort, das ihm einfiel. Das, was er sah, wirkte wie ein endloser, vertikaler Tunnel, der sich irgendwann im Schwarz verlor. Wie weit er ab da noch reichte, vermochte er nicht zu sagen.

»Hilf mir mal.« Er klopfte Daisy kurz auf die Schulter, um ihr klarzumachen, dass sie es war, mit der er sprach. »Wir müssen die Platte wieder drüber schieben. Kommt nicht infrage, dass hier einer von uns aus Versehen da rein stolpert. Dafür hab ich nicht den Weg bis hierher gemacht.«

Daisy nickte nur. Keine Kommentare, keine Flüche, keine spitzen Bemerkungen. Sie kniete sich einfach nur neben ihn und half ihm, die Platte wieder über das Loch im Boden zu schieben und den Tunnel zu verschließen.

Erst, als das erledigt war, erlaubte er sich einen Blick in den Raum, in dem sie nun gelandet waren. Fast hätte er gelacht. »Sieht aus wie der schönste Platz, den meine Highschool zu bieten hatte.«

»Eine Umkleide?«, fragte Jaden skeptisch, während Daisy nur den Kopf schüttelte.

»Ob es hier einen Wasserspender gibt?«, keuchte sie. »In meiner Highschool hatten wir einen Wasserspender in der Umkleide.«

»Du willst doch nicht ernsthaft Wasser trinken?« Jaden klang vielmehr ängstlich als empört.

»Mittlerweile würde ich es drauf ankommen lassen«, gestand sie und sah sich tatsächlich suchend um.

Aber da war nichts. Nichts außer vier Reihen schmaler Metallschränke. In der Mitte der Gänge waren Holzbänke aufgestellt. Neonlicht leuchtete den Raum auf dieselbe schmeichelhafte Art und Weise aus, wie man es von Sportumkleiden gewohnt war. Eine der Röhren flackerte. Genauso, wie man es eben aus Schulzeiten kannte.

»Ich möchte mir gern einbilden, dass das hier die Personalräume sind von ... was auch immer das hier ist.« Daisys

Worte klangen nicht annähernd so hoffnungsvoll, wie diese Aussicht sie hätte stimmen müssen.

»Wäre schön«, stimmte Jaden ihr zu und rappelte sich auf, bis er auf seinen Beinen stand. »Was machen wir jetzt?«

Daisy zuckte mit den Schultern. »Wir sehen uns um, oder? Wie immer?«

»Jedes Mal, wenn wir das gemacht haben, waren wir am Ende einer weniger.«

Brian rieb sich die Stirn. Also hatte der große Kerl doch noch nicht resigniert. Das mochte eine Chance sein, von der er nicht einmal sicher war, ob er sie haben wollte. Chancen galt es üblicherweise umzusetzen, und was das in dieser ganzen Sache hier hieß, wussten sie ja mittlerweile.

»Also sollten wir einfach nur ... nichts tun?« Daisys Frage klang unsicher. Sie schien nicht zu wissen, welche Antwort sie am liebsten hören wollte.

Jaden atmete aus. Anscheinend war er mit seinen Überlegungen nur bis zu dem Punkt gekommen, der allgemeine Gültigkeit hatte: Gleichbleibende Handlungen provozierten gleiche Ergebnisse. »Ich will das nicht mehr.«

»Umsehen sollten wir uns dennoch«, meinte Brian. »Und dann überlegen wir, was wir mit dem machen, was wir finden. Ob wir nun ... Ach, was weiß ich.«

»Ob wir nun ... was? Was wolltest du sagen?«, hakte Daisy nach. Sie hatte sich mittlerweile wieder auf den Boden gesetzt.

»Das, was wir finden, lässt uns ja meist genau so handeln, wie sie es von uns wollen. Wir könnten damit natürlich brechen. Oder es versuchen. Aber ich bin nicht sicher, ob das einen Unterschied macht. Auf jeden Fall kommen wir nicht weiter, wenn wir hier sitzen bleiben.«

»Mh«, machte Daisy.

Jaden rieb sich den Nacken und sah verunsichert zu den Schränken, die dort standen, als gehörten sie wirklich nur zu einem heruntergekommenen Fitnessstudio oder zu einer

Highschool, deren Budgetplanung etwas ungeschickt ausgeführt worden ist. »Das ist doch der Punkt, in denen die Opfer in den Filmen irgendeinen geheimen Ausgang finden. Eine versteckte Tür oder einen Schacht.«

»Sag das nicht«, murmelte Daisy

»Dass es einen Ausweg geben könnte?«

»Nein – ‚Opfer'.«

»Mh«, machte nun auch Jaden. Brian nahm an, dass es ihm zu müßig war, über Wortfindungen zu debattieren. Wie alles allmählich müßig war. Es ist recht leicht, vor Dingen wegzulaufen, aber nicht, sich aufzurappeln und auf sie zuzugehen. Nicht, wenn der nächste Weg den gleichen Ausgang versprach wie Makenzie, Fran und Alayna ihn gefunden hatten.

Brian schnaufte amüsiert. »In Filmen sind sie auch besser darin, Lösungen zu finden, oder? Wir werden Hollywood für die Vortäuschung falscher Tatsachen verklagen. Niemand steht über Stunden unter Adrenalin.«

Jaden sah ihn nur an. Und Brian nickte. Er glaubte zu verstehen, was der Riese ihm mitteilen wollte. Aber er würde es nicht in Gegenwart der Frau aussprechen, die nicht einmal das Wort »Opfer« aushielt.

In Filmen sind sie auch bis zum Schluss so dumm zu glauben, dass es einen anderen Ausweg gibt, als den, der vorgegeben ist.

»Okay«, sagte Daisy. »Sehen wir uns also um?«

Sie wartete die Antwort nicht ab, sondern stand mit einem Ächzen auf. Täuschte Brian sich, oder wankte sie leicht, als sie die ersten Schritte tat?

Spielt keine Rolle, sagte er sich und erhob die träge Masse seiner selbst ebenfalls von dem rauen Betonboden. Beton. Nicht Fliesen oder Linoleum. Dieses winzige Detail hatte die Abteilung für Bühnenbild und Requisite wohl übersehen.

Mehr Liebe zum Detail zeigte die sonstige Einrichtung. Die flackernde Neonröhre war bereits ein erstes Indiz gewesen. Außerdem fand Brian Dellen im Blech einiger Schranktüren. Es wirkte, als hätte jemand in seiner Wut dagegen geschlagen, oder als hätte man die Schränke zu oft zur Platzoptimierung umgestellt, als dass sie das mehrfach unbeschadet hätten überleben können.

Sechs Schränke waren verschlossen.

»Kein Zufall«, murmelte Daisy, nachdem sie zwei Mal alle Spinte abgelaufen war und die Anzahl derjenigen gezählt hatte, die mit einem Nummernschloss versehen waren. Vier Ziffern verlangte jedes von ihnen.

»Du meinst, für jeden von uns einen Schrank?« Jaden stieß zu ihr. Er selbst hatte sich die offenen Schränke vorgenommen und eingesammelt, was darin zu finden gewesen war. Sportkleidung. Einzelne Schuhe, die sich nicht zu Paaren zusammenfinden wollten. Leere PET-Flaschen, die vermutlich nur dort drapiert worden waren, um drei Kehlen noch trockener werden zu lassen.

»Ja, aber wir sind nur noch drei«, fasste Daisy zusammen.

Was ihr offenbar größtes Kopfzerbrechen bereitete, war für Brian ein recht eindeutiges Unterfangen. »Wenn man nicht kalkulieren kann, wer es bis hierher schafft, muss man eben auf jeden vorbereitet sein.«

Daisy sah ihn an, nickte dann aber, als wäre dies ein neuer Gedanke, der aber unmittelbar einleuchtete. »Natürlich«, sagte sie leise. »Klar.« Dann strich sie sich eine Haarsträhne aus der Stirn und sah unruhig wieder den schmalen Gang mit den Schränken hinunter. »Ich zähle lieber noch mal. Vielleicht irren wir uns ja.«

Brian nickte nur. Er nahm an, dass Daisy in der Lage war, bis sechs zu zählen – vollkommen egal, in welcher Situation sie gerade steckte, ob ihr Kopf wehtat, oder ihre Arme vielleicht noch immer von der zurückliegenden Anstrengung zitterten. Er wusste nicht einmal sicher, wovon sie sprach, wenn sie sagte, dass sie sich vielleicht irren mochten. Man konnte sich nur irren, wenn man eine konkrete Annahme geäußert hatte. Und allzu konkret, fand er, waren sie nicht gewesen.

Er setzte sich neben Jaden auf die Bank und starrte auf das Sammelsurium, das sie innerhalb von wenigen Minuten zusammengetragen hatten. »Meinst du, dahinter verbirgt sich ein Code?«

»Möglich«, murmelte Jaden nur. »Aber wenn ich ehrlich bin, will ich den gar nicht knacken. Was, wenn dann wieder Rauch einströmt oder wir das nächste Gift finden oder etwas anderes? Ich will nicht mal darüber nachdenken. Wissen gleich gar nicht.«

Wieder nickte Brian nur und stützte seinen Kopf auf seinen Händen auf, indem er seine Stirn auf die Handballen presste. »Vielleicht sollten wir nach anderen Sachen suchen. Ein Lüftungsgitter, das locker ist. Oder eine Tür ... Vielleicht können wir die anders knacken als ... Verdammt.«

Er unterbrach sich, als er das abgehackte Atmen von Daisy hörte. Sie musste im parallelen Gang zwischen den Spinten sein. Und die Geräusche, die sie von sich gab, waren unverkennbar ein brüchiges, trockenes Schluchzen.

Brian sah Jaden an, der erwiderte seinen Blick und auf ein Nicken hin erhoben sich die beiden Männer.

Daisy war tatsächlich im parallelen Gang, saß auf der Bank und sah sie mit großen, roten Augen an, die feucht glänzten. »Alayna wüsste, ob dieser ganze Kram was bedeutet«, brachte sie hervor. Es klang, als würden die Silben übereinander stolpern.

Gott sei Dank nutzte Jaden Brians kurzes Zögern und ging zu Daisy. Er setzte sich neben sie, legte einen Arm um ihre Schultern und zog sie zu sich. Brian beschränkte sich darauf, sich einfach an einen der verschlossenen Schränke zu lehnen und dabei zuzusehen, wie Daisy verzweifelte, und Jaden versuchte ihr dabei zu helfen. Oder dagegen. Wer wusste das schon?

»Ich will das nicht mehr«, brachte sie hervor. Ihre Worte waren kaum zu verstehen, aber so simple Sätze ließen sich einigermaßen einfach dechiffrieren. »Wenn wir die Schränke aufkriegen, was dann?«

»Keine Ahnung.« Jaden übernahm das Antworten. »Keine Ahnung.«

Brian war sich nicht sicher, wie hilfreich es war, so ehrlich zu sein. Aber eine einigermaßen kompetent anmutende Lüge hätte er auch nicht parat gehabt. Er seufzte nur anteilnehmend, ließ sich an dem Schrank hinabgleiten, bis er davor auf dem Boden saß.

»Wir lösen das, das kriegen wir hin, denke ich, aber ... aber was dann? Was wollen die noch? Ich weiß einfach nicht, wie wir etwas machen können, was uns hilft, und was sie nicht wollen.« Daisys Gedanken kamen nur in Bruchstücken hinaus, immer wieder unterbrochen von einem Schluchzen, dem die Tränen zu fehlen schienen.

Diesmal sagte Jaden nichts, sodass Brian sich genötigt sah, einen Ton von sich zu geben. Nur fiel ihm nichts ein. Er merkte selbst, dass ihm jeder Antrieb fehlte, weiter nach Lösungen zu suchen. Lösungen hatten hier einfach nichts Gutes gebracht, und mittlerweile hatte er die Idee, dass das keine Zufälle, keine Unfälle mehr waren, als Tatsache angenommen. Das hieß allerdings, dass ihm kaum Möglichkeiten blieben, etwas zu tun, um sich selbst zu helfen. Ihm fiel nicht eine einzige ein. Woher sollte er also die Motivation nehmen, überhaupt noch etwas zu tun? Um aktiv zum Verlust eines weiteren Teammitgliedes beizutragen? Oder dazu, dass das Team diesmal ihn verlor? Wie selbstzerstörerisch musste man sein?

»Wir können aber nicht einfach hier sitzen bleiben«, bemerkte Jaden, auch wenn er wenig davon zu halten zu schien, Daisy loszulassen und die Ermittlungen innerhalb dieses Raumes fortzusetzen.

»Natürlich können wir das«, entgegnete Brian. »Was soll passieren? Dass sie herkommen, um uns zum Weitermachen zu zwingen? Sollen sie doch. Dann stürzen wir drei uns auf sie und fliehen über den Weg, durch den sie hier reingekommen sind. Das könnten wir tun.«

»Könnten wir«, murmelte Daisy. Ihre Stimme klang matt und wenig angetan von seinem Vorschlag. Dabei schien es ihm selbst noch die vielversprechendste Option, die ihnen blieb.

»Oder sie warten, bis wir alle verdurstet sind.« Jaden zuckte mit den Schultern. »Das dauert noch eine Weile, aber nicht ewig. Oder sie machen kurzen Prozess. Allein schon, weil du gerade den Plan gemacht hast, sie anzugreifen.« Er schnaufte. »Idiot.«

Vermutlich hatte er recht, zumindest mit seiner letzten Bemerkung. Also legte Brian einfach nur seinen Hinterkopf gegen eine Schranktür. Sie antwortete dieser Geste mit einem blechernen Donnern. Das Flackern des Neonlichtes hielt weiterhin beständig seinen Takt. Aus. An. Aus. An.

Was war, wenn einer übrig bleiben würde? Wenn das hier ein Test war. Er dachte an Darwin. Auslese war hart, aber sie brachte einen Gewinner hervor, der überlebte. Der mit seinem Leben dafür belohnt wurde, andere Individuen übertrumpft zu haben. In Schnelligkeit, Intelligenz oder einfach Anpassung. Vielleicht ging es darum, sich der Tatsache anzupassen, dass jede Evolutionsstufe ein Opfer forderte, bis einer das Ziel erreichte.

Irgendwo an diesem Punkt hörte er auf, die Überlegung weiter zu verfolgen. Sie verzweigte sich und führte dann doch in eine Richtung, in die er gar nicht gehen wollte.

Aber war er das nicht schon ... bei Fran?

Brian presste seine Handballen gegen die Stirn und kniff die Augen zu. Das brachte rein gar nichts gegen die Bilder aus dem Raum, in dem er Fran zurückgelassen hatte. Woher hatte er diese Bilder überhaupt? Er war sicher gewesen, nichts mehr sehen zu können, nicht atmen zu können und denken gleich überhaupt nicht.

Fran hatte keine Luft mehr bekommen. Er war nicht sicher gewesen, ob sie hyperventilierte oder ob ihre Lungenflügel zu verklebt gewesen waren, um noch Sauerstoff aufzunehmen. Aber mindestens Letzteres hatte ihm gedroht.

Sie war sofort ohnmächtig geworden. Als hätte ihr Bewusstsein keine Ambitionen mehr gehabt, Widerstand zu leisten. Und er hatte gehofft, dass sie bewusstlos bleiben würde. Er hatte nicht gewollt, dass sie Schmerzen hatte oder Angst. Er hatte vor allem nicht gewollt, dass ausgerechnet sie ... ausgerechnet ... Jeder andere, aber ...

»Scheiße«, fluchte er. Seine Stimme kratzte und klang schon gar nicht mehr nach seiner Stimme.

Aber vielleicht war es gut. Er hatte nicht nachdenken können, nur reagieren. Hier war das etwas anderes. Hier war viel zu viel Raum, um nachzudenken. Vermutlich auch Zeit. Keine Uhr an der Wand zeigte ihnen, ob hier etwas passieren würde.

Kurz gab er sich der Überlegung hin, ob das hier vielleicht wirklich ein Fehler war. Der Ausgang, den sie nicht hätten finden sollen, zu irgendeiner Umkleide, in der ... Ja, in der niemand war, die nirgendwohin führte. Und deren Boden aus kahlem Beton bestand.

»Wir müssen alles noch mal durchsuchen.« Daisy klang mittlerweile wie eine Krähe, die Schluckauf hatte. Nicht mehr wie die zauberhafte, fluchende Erscheinung, die vor ein paar Stunden zu spät dran gewesen war. Fast hätte diese Unart sie gerettet. Dachte sie darüber nach? Über das große »Was wäre, wenn ...«?

»Wir haben jeden Schrank schon ...«

»Egal«, sagte sie. »Wir müssen rausfinden, was der Raum von uns will, damit wir bewusst etwas anderes tun können.«

»Wir wissen, was der Raum von uns will«, murmelte Brian.

»Dann ist uns also klar, was wir auf keinen Fall machen, nicht wahr?« Sie sah ihn mit großen, erwartungsvollen Augen an. Irgendwo zwischen dem letzten, dunklen Raum und hier war ihre mütterliche Autorität verloren gegangen. Als würde man Schicht für Schicht seiner Persönlichkeit ablegen und hinter sich lassen.

Ein therapeutischer Gedanke, fand Brian, würde man ihn nicht so konsequent bis zum Ende führen.

»Meinetwegen.« Jaden nickte müde und rieb sich die Augen. Allein der Anblick genügte Brian, um zu spüren, wie auch seine eigenen juckten.

Er behielt sie offen und beobachtete, wie Jaden aufstand und damit begann, noch einmal jede offene Tür zu inspizieren.

»Wir sollten versuchen, die anderen zu öffnen.« Eigentlich war Brian die Überlegung zuwider. Was würde passieren, wenn es ihnen gelang? Was war dahinter? Ein Knäuel aus hochgiftigen Schlangen? Eine weitere Rauchbombe? Lachgas? Ein Sprengsatz, der eine hübsche kleine Explosion bereithielt? Feuer? Türen konnten sagenhaft viel hinter sich verbergen, selbst wenn sie noch so klein waren.

»Die Zahlen müssen was mit uns zu tun haben«, überlegte Daisy. »Es sind genau sechs.«

»Könnte auch Zufall sein.« Jaden war bereits drei Türen weiter und blickte mitsamt seiner Naivität hinter einer Spinttür hervor zu ihnen.

Daisy legte nur den Kopf schief und schenkte ihm ein tröstliches Lächeln. Die stumme Mitteilung, dass er ein Idiot war, jedoch nichts dafürkonnte. Und dass sie es eigentlich auch schön fand. Ein Idiot war er dennoch.

Ihre autoritäre Aura hatte sie also nicht gänzlich bei Alayna zurückgelassen. Und Brian kam nicht umhin zu bemerken, dass ihn das ein wenig beruhigte.

»Geburtstage«, sagte er. Das war für ihn das Naheliegendste, und wenn er ehrlich war, hielt er die Organisatoren dieses Scheißvereins – wie auch immer er sich nun nannte – für klug genug, um vorauszuahnen, dass inzwischen niemand mehr auf komplexere Lösungen kommen würde. Wie lange waren sie mittlerweile hier drin? Sieben Stunden? Acht? Länger? Vielleicht zwei Tage? Ohne Wasser, dafür aber mit leichter Rauchgasvergiftung und einem Regelwerk, das sie noch immer nicht so recht begriffen hatten.

Es ist sonderbar, wie lange sich ein domestizierter Verstand gegen einfache Regeln wehren kann, wenn sie dem widersprechen, was er wahrhaben will.

Brian rappelte sich auf und lief wahllos auf eine der Türen zu, die mit einem Nummernschloss versehen waren. »Vier Ziffern«, sagte er, auch wenn er davon ausging, dass das den beiden anderen selbst klar geworden war. »Kann das Jahr sein oder der Tag. Oder Monat und Jahr.«

Er fing mit seinen eigenen Daten an.

2110

1087

1987

Nichts. Kein Klicken, aber immerhin auch fünf andere Optionen. »Daisy, dein Geburtstag?«

Auf ihre Antwort hin, gab er die nächsten Ziffern ein.

1409

0989

1989

Das Schloss reagierte nicht. Mittlerweile war Daisy aufgestanden und probierte dieselben Ziffern an einem anderen Schloss aus.

»Was haltet ihr davon, wenn jeder einfach alle Schlösser abgeht und seine Kombinationen eingibt? Irgendein Spint wird sich vielleicht öffnen, dann überlegen wir neu.«

»So machen wir's«, stimmte Jaden zu und widmete sich direkt dem Schloss zu seiner Linken.

Vier Versuche brauchte Brian, ehe ein Schloss sich mit einem leisen Klicken entriegelte. Er wusste nicht zu sagen, ob sein Puls schon einmal derart eskaliert war, nur weil sich ein einfaches Zahlenschloss hatte öffnen lassen. Sein Herz presste sich gegen seine Rippen und pumpte mehr Blut durch seinen Körper, als dem Kopfschmerz lieb war. Dieser schrie in seinem Kopf gellend auf und ließ das Bild vor Brians Augen kurz verschwimmen.

Er sagte nichts. Zur Sicherheit. Stattdessen zog er so leise wie möglich den Metallsteg des Schlosses aus seiner Position und öffnete die Tür. Sie knarrte nicht, wie er es eigentlich erwartet hatte. Noch ein Fehler bei den Requisiten, fiel ihm auf. Er hätte unglaublich gern darüber gelacht. Seinetwegen sogar mit Makenzie.

Als die Tür sich geöffnet hatte und sein Blick auf den Inhalt fiel, blieb er wie erstarrt stehen.

Das war sein Schrank. Es war nicht exakt der Gleiche wie damals. Aber er war ihm sehr ähnlich. Es war fünfzehn Jahre her, dass er das letzte Mal auf ein Bild von ihm und Martin geschaut hatte und nun klemmte es abgegriffen an der Innenseite der Tür. Sie waren sechzehn gewesen, das Foto war auf irgendeiner Party gemacht worden. Noch zu Zeiten, als jeder sie für beste Freunde gehalten hatte. Die sie auch gewesen waren, nur eben nicht ausschließlich.

Vor ihm hing die alte Lederjacke. Die, die dort hing, war nicht alt. Aber sie sah genauso aus wie das abgeranzte Teil, das er sich von seinem Vater geliehen und nie wieder zurückgegeben hatte. Der Impuls war stark, sie zu nehmen und anzuziehen, nur um zu sehen, ob sie genauso passte wie damals. Vermutlich besser. Sein Kreuz war wesentlich breiter geworden, die Jacke würde nun nicht mehr so lose an seinen Schultern hängen wie in der Highschool.

Im oberen Fach sah er Bücher. »Algebra II« und »Englische Literatur III«. Und sein Jahrbuch. Sein verdammtes Jahrbuch.

Seine Finger zitterten, als er danach griff. Er musste sicher sein, ob das hier Recherche war oder kriminell.

»Oh Gott«, hörte er Daisy wimmern und fuhr herum. Fast hatte er angenommen, sie stünde hinter ihm, doch sie war nicht zu sehen. Vermutlich hatte sie auf der anderen Seite ihren eigenen Schrank entdeckt. Darum konnte Brian sich gerade nicht kümmern.

Das Jahrbuch lag schwer in seiner rechten Hand, mit der linken schlug er es auf. »Ich wünsche dir einen schönen Sommer.« Exakt elf Mal stand dieser Spruch in verschiedenen Handschriften darin. Daneben »Verpiss dich, du dreckige Schwuchtel.« Es war eines der Mädchen gewesen, die diesen Eintrag gemacht hatte. Brian hatte damals angenommen, dass sie sich auf der Abschlussfeier vom Captain des Baseballteams hatte entjungfern lassen. Und das war nun ihre Art gewesen, größtmögliche Solidarität zu zeigen.

Wenn er den Gerüchten glaubte, von denen nur ein Bruchteil zu ihm geschwappt war, nachdem er das Kaff verlassen hatte, hatte der Typ sie an diesem Abend sogar geschwängert. Den beiden hatte also eine nur allzu typische, wenig glamouröse Zukunft bevorgestanden, der er sich immer überlegen gefühlt hatte.

Bis zu diesem Zeitpunkt.

Um sicherzugehen blätterte er noch ein paar Seiten weiter. Und da waren sie. Oder vielmehr waren sie da nicht. Die herausgerissenen Seiten derjenigen, die ein Jahr vor ihrem Abschluss mit einem Baseballschläger auf der Straße gewartet hatten.

Das hier war eindeutig sein Jahrbuch. Sogar der kreisrunde Kaffeefleck, den sein Dad verursacht hatte, als er sich diesen Meilenstein eines amerikanischen jungen Menschen angesehen hatte, war da. Entweder hatte man Brian also das Jahrbuch entwendet, oder es mindestens so genau begutachtet, dass man ein perfektes Replikat hatte erstellen können.

Er dachte an all die Männer, die in seiner Wohnung gewesen waren. Niemand von denen hatte je den Anschein gemacht, sich für seine Bücher zu interessieren. Im Fokus waren sein Schwanz und sein Alkoholvorrat gewesen. Hin und wieder auch der Kühlschrank.

Aber nicht die Bücher. Niemals die Bücher.

Es wäre ihm doch aufgefallen, oder? Ihm wäre aufgefallen, wenn einer der Typen auf einmal Interesse für sein Jahrbuch gezeigt hätte. So was war nicht normal, also konnte es ihm auch nicht entgangen sein, oder?

Er hörte, wie Daisy und Jaden sich leise unterhielten, glaubte, dass Daisy weinte, aber der Raum hinter Brian war für ihn nicht mehr da. Seine Konzentration hing fest an dem Spint vor ihm, der viel zu viel von ihm wusste. Viel zu …

Er stockte. Da gab es eine Sache. Wussten sie auch davon? Wenn ja, woher? Es gab wenige Bilder, die er leichtsinnig gemacht hatte.

Er griff hektisch nach der Lederjacke. Die linke Tasche war leer, doch die war ohnehin immer leer gewesen. Die rechte wog schwer. Das spürte er schon, als er sie von außen betastete. Das Gewicht, die harte Oberfläche.

Sein Herz krampfte sich kurz um seine Kehle. So fühlte es sich an, als er seine Finger in die Tasche schob. Man hört immer von der Kälte, die man spürt, wenn man das Metall einer Waffe berührt. Aber es ist nur ein toter Gegenstand, der dieselbe Temperatur hat wie seine übrige Umgebung. Da war keine Kälte, als er vorsichtig die Glock aus der Tasche zog. Da war nur dieses vage, flatterhafte Gefühl von Sicherheit, das ihm diese Waffe immer gegeben hatte, wenn er sie bei sich getragen hatte.

Ob es dieselbe war oder nur das gleiche Modell?

Sein Vater hatte diese Glock besessen und nicht wieder an der Dienststelle abgegeben, als er das neue Modell bekommen hatte. Brian hatte keine Ahnung, ob sein Dad das mit der Waffenkammer so abgesprochen oder ob er es einfach entschieden und einen Verlust gemeldet hatte. Die Seriennummer war jedenfalls zerkratzt gewesen, als Brian sie sich eine Woche nach dem Stadtfest aus der Schublade geholt hatte.

Die Waffe, die er nun in der Hand hielt, hatte ihre Seriennummer noch. Es beunruhigte ihn ein wenig, dass diese Pistole nicht dieselbe war wie die aus seiner Jugend. Die er drei Mal erhoben hatte, um sich Arschlöcher vom Leib zu halten, aber nie, nicht ein einziges Mal, hatte er den Abzug gedrückt.

Es wäre ihm lieber gewesen, hätte man ihm seinen eigenen Gegenstand in den Spint gelegt. Wie einen alten Freund, den er jetzt gut brauchen konnte. Auch wenn das bedeutete, dass man nicht nur in seine Wohnung, sondern auch in seinen kleinen Lagerplatz auswärts von L. A. eingedrungen sein musste.

Die Waffe steckte er schnell hinten in seinen Hosenbund und zog sein Hemd darüber. Anders als früher fühlte er sich damit nicht sicherer, nicht einmal gut vorbereitet. Aber er musste davon ausgehen, dass auch die anderen vielleicht ein ähnliches Geschenk bekommen hatten.

Augenblicklich stellte er sich Jaden mit einem Baseballschläger vor und rieb sich die Augen, um dieses Bild loszuwerden.

»Brian?«

Er zuckte zusammen, als er Jadens Stimme hörte. Nur die. Keine Schritte.

»Hast du was gefunden?«

Er entschied, nicht zu lügen, sondern nur dieses kleine, metallene Detail für sich zu behalten, das sich an seinen nackten Rücken schmiegte, und sich auf einmal doch kalt anfühlte.

»Einen Haufen Scheiße. Wo haben die das her?«

»Bei dir also auch.« Jaden klang resigniert, seine Stimme auch kaum bis zu Brian durch.

Der schnappte sich das Jahrbuch und warf noch einen letzten Blick in den Schrank. Hinter den Büchern entdeckte er eine etwas zerknautschte Zigarettenschachtel. Er zog sie hervor. Marlboros. Er schnaufte. Immerhin hier hatten sie einen winzigen Fehler gemacht. In der kurzen Zeit, in der er Raucher gewesen war, hatte er Winstons geraucht, nie Marlboros.

Dennoch sah er nach und fand darin zwei Zigaretten und ein Feuerzeug. Also nahm er die Schachtel und steckte sie sich in seine Hosentasche, ehe er zu Jaden und Daisy zurückkehrte.

Er hatte damit gerechnet, Daisy weinen zu sehen. Ihr Schluchzen hatte er gehört, und dann hatte sie keinen Ton mehr gesagt. Was ihn überraschte, war das Kleid, das auf ihrem Schoß lag. Es war dunkelblau und der Rockteil hatte mehrere Lagen an Stoff. Brian war sicher, dass es pompös ausgesehen haben musste, als Daisy es getragen hatte.

»Abschlussball?«, mutmaßte er.

»Es ist genau dasselbe Kleid. Das ist mein Kleid. Wo haben die mein Kleid her?« Daisy schien an ihren Worten fast zu ersticken.

»Sicher, dass es genau dasselbe ist und nicht nur das gleiche Modell?«, hakte Brian nach. »Bei mir hängt eine Lederjacke. Genauso eine, wie ich sie immer getragen habe. Aber das Original ist wieder bei meinem Vater, falls er die noch hat. Das Ding in dem Spint da ist nachgekauft. Die haben sich viel Mühe gegeben.«

Daisy schüttelte den Kopf und sortierte den Stoff ein wenig. Sie deutete auf einen Träger, der abgerissen war. Auf Blutflecken am Stoff ihres Ausschnittes und auf einen Riss auf Höhe der Taille. Irgendjemand hatte einer Naht zu viel zugetraut.

»Ach du Scheiße«, stieß er aus. »Was ist denn mit dem Kleid passiert?«

»Was mit dem Kleid passiert ist? Mit dem Kleid?« Daisy wischte sich mit ihrer Handfläche über die Nase. »Arschloch.«

Brian runzelte nur die Stirn und sah Jaden an, der mit einem Mundwinkel zuckte. Ein stummes »Komm schon, sei kein Idiot.«

Aber er musste nicht weiter grübeln. Daisy tat ihm den Gefallen, ihm genug Material zu liefern, um das Puzzle in seinem dröhnenden Kopf zu lösen. »Dem armen Kleid ist passiert, dass es von einem Mädchen getragen wurde, das nicht vorhatte, mit ihrem Freund zu schlafen, nur weil Abschlussball ist. Nur war der Freund betrunken und größer und anderer Meinung. Das ist dem armen, armen Kleid passiert.«

Brian atmete tief durch und nickte. »Scheiße. Wo haben die das her?«

»Aus der Kiste in meinem Schrank, nehme ich an.«

»Du hast es behalten?«

»Ja, ich hab es behalten«, giftete sie mit einem Tonfall, der klarmachte, dass sie sich dafür auf keinen Fall rechtfertigen würde.

Also blieb Brian nichts anderes übrig, als wieder zu nicken und zu fluchen.

»Bei mir ist es meine alte Jacke aus dem Footballteam«, sagte Jaden, um von Daisy abzulenken. »Ein paar Flaschen Wodka. Leer, natürlich. Und ein paar Familienfotos.«

»Mir haben sie das Abschlussballfoto in die Tür geklebt. Von Matt und mir. Die Bilder, die sie am Eingang immer ... Ich könnte kotzen. Ehrlich.« Allmählich klang Daisy wieder wie sie selbst. Auch der Blick, mit dem sie Brian versah, sah ihr ähnlicher. Man musste nur die geröteten Augen und die Wangen ignorieren, die deutlich zeigten, dass eben viele Tränen von ihnen weggewischt worden waren.

»Bei mir ist es die alte Lederjacke von meinem Dad, die ich früher immer getragen habe. Und das hier.« Er hielt sein Jahrbuch in die Höhe. »Fotos wie bei dir und ...« Er kramte die Zigarettenschachtel aus der Tasche und warf sie neben

Daisy auf die Bank. »Die Idioten haben nicht richtig recherchiert. Hab nie Marlboro gekauft.«

»Hm«, machte Daisy nur, und Jaden nickte.

»Scheint der einzige Fehler zu sein, den sie gemacht haben.«

Brian zuckte mit den Schultern. Er gab sich nicht der Hoffnung hin, dass sie vielleicht nur noch keine anderen Fehler bemerkt hatten, dass sie aber irgendwo waren. Ganz loslassen mochte er diesen Gedanken dennoch nicht.

»Okay, wir wissen jetzt, dass sie Nachforschungen angestellt haben«, fasste er zusammen. »Und nun? Da ist nichts drin, dass wir nicht schon wussten. Auch, wenn mir leidtut, dass …« Er deutete auf Daisy, die nur den Kopf schüttelte.

»Ach, halt die Klappe.«

Also hielt er seine Klappe und setzte sich neben sie auf die Bank, penibel darum bemüht, dieses erinnerungsträchtige Kleid nicht zu berühren.

»Wir haben keine Tür gefunden, oder?« Jaden sah sich noch einmal um, während er die Frage stellte. Als könnte sich plötzlich irgendetwas auftun.

»Haben wir im letzten Raum auch nicht. Die war plötzlich da«, gab Brian zu bedenken.

»Wäre es hell gewesen, hätten wir das aber vielleicht gesehen.«

»Ja, vielleicht.« Brian merkte, dass er in letzter Zeit ziemlich häufig mit den Schultern zuckte. Er nahm nicht an, dass dieses Maß an Gleichgültigkeit im Sinne des Veranstalters war, und das war ein ungemein befriedigender Gedanke. Offenbar hatte derjenige, der sich diesen Scheiß ausgedacht hatte, nicht bedacht, dass Panik und Adrenalin Kraft kosteten und einen Menschen in ein phlegmatisches Loch stürzen konnten, wenn sie sich von ihm zurückzogen. Ohne eine weitere unmittelbare Gefahr konnte man sich genauso gut der Erschöpfung hingeben und ein Nickerchen machen.

Und Brian war erschöpft. Auf diese richtig schlechte Weise, nicht die gute.

»Also sehen wir uns jetzt Brians Jahrbuch an?« Daisy schnaufte.

»Ich hätte auch noch Algebra zu bieten. Und englische Literatur.«

»In deinem Spint?«, fragte Jaden. »Dann hol ich die Bücher.«

»Wozu?«

»Was, wenn da Hinweise versteckt sind? Wie im ersten Raum?«

Brian fiel kein Grund ein, der dagegen sprach, außer der, dass Alayna nicht hier war, und er unsicher war, ob irgendeiner der übrigen drei in der Lage sein würde, einem Buch wertvolle Informationen zu entnehmen. Und er war froh, dass er die Waffe bereits an sich genommen hatte. Auf das Bild mit Martin konnte Jaden ruhig stoßen. Er würde ihm nichts erzählen von dem Hass auf die klassischen Highschool-Sportler. Das würde ihm keinen Vorteil bringen. Aber Jaden konnte ruhig sehen, dass es Martin gegeben hatte. Er war ohnehin schon hinter den Spintreihen verschwunden.

Offenbar nahm er sich keine Zeit, um Brians Schrank näher zu untersuchen, und Brian schätzte dieses Maß an Diskretion. Jaden tauchte ziemlich schnell wieder mit den beiden Büchern auf, reichte Brian eins und behielt selbst eines in seinen riesigen Händen.

Fast zeitgleich schlugen sie die Lehrbücher auf, während Daisy durch das Jahrbuch blätterte. »Da sind Seiten rausgerissen«, bemerkte sie. Natürlich bemerkte sie das. Brian hatte sich damals nicht viel Mühe gegeben, diese Extraktion sauber durchzuführen. Und im ersten Raum hatten fehlende Seiten einen Hinweis bedeutet. Diesmal aber musste er enttäuschen, nahm er an.

»War vorher schon so.«

»Du hast Seiten aus deinem Jahrbuch gerissen?«, hakte Daisy nach.

Brian deutete auf das Kleid auf ihrem Schoß und gab sich Mühe, das so vorsichtig wie möglich zu tun, nur um zu bemerken, dass es nicht viele Varianten gab, um auf etwas zu deuten. »Du etwa nicht?«

Sie verzog nur ihre Lippen leicht und blätterte weiter durch Brians Jahrbuch, während dieser sich durch Gedichte blätterte, von denen ihm einige sogar noch etwas sagten. Referenzen zu Hamlet überflog er, hatte aber seinen Englischlehrer vor Augen, der sich ernsthaft mit einem Totenschädel vor die Klasse gestellt hatte.

Schlafen, vielleicht auch träumen ...

Er schüttelte den Kopf, um den berühmten Monolog aus dem Sinn zu bekommen. Falsches Timing. Ganz falsches Timing.

»Hört ihr das?« Daisy sah längst nicht mehr auf die Bilder pickliger Pubertierender, sondern starrte auf die Spintreihe gegenüber. Es war ihr eigener, der offen stand, ebenso wie der daneben, der leer war und gar kein Schloss besessen hatte.

»Was?«

»Wasser. Ich glaube, ich höre Wasser.«

»Wir haben alle Durst«, hob Brian an. »Ich bin immer noch frustriert, dass die Wodkaflaschen bei Jaden leer gewesen sind, aber ...«

»Nein, sie hat recht, sei mal ruhig.« Jaden stand auf und lief zu den beiden Schränken.

Und nun hörte Brian es auch. Ein Plätschern. Wie bei einem Wasserhahn, der tropfte. In eine volle Badewanne.

Ein Tropfen, der hinabfiel.

Noch einer.

Noch einer.

Der Rhythmus war nicht gleichmäßig. Manchmal waren die Abstände zwischen zwei Tropfen etwas länger. So wie in der Realität.

»Meint ihr, das ist eine Aufnahme?«

»Oh bitte nicht.« Daisy stellte sich neben Jaden und begutachtete den leeren Spint. »Ich verdurste. Ich meine es ernst. Noch länger, und ich dreh durch.«

»Das kommt nicht vom Spint«, murmelte Jaden. Er hatte sicherheitshalber den von Daisy in Augenschein genommen und einen weiteren. »Hier drin ist nichts.«

»Dann dahinter.«

»Da ist die Wand«, entgegnete Daisy, musste aber nur Brians schiefen Blick sehen, um ihren Fehler einzusehen. »Du hast recht, mein Fehler.«

Gemeinsam mit Jaden packte Brian die Dreierreihe an Schränken und kippte sie einfach vornüber. Sie machten sich nicht die Mühe, Daisys Bilder und ihre Ballschuhe vorher rauszuräumen. Aber das schien sie den beiden auch nicht übel zu nehmen.

»Diese verfluchten ...«

Da war die Tür. Eine einfache Feuerschutztür, die sich weiß und unscheinbar in die Wand einließ. Auf dieser Seite des Raumes gab es keine Klinke und keinen Knauf. Nicht einmal ein Schloss. Das Weiß dieser Tür wurde durch nichts unterbrochen.

»Wir müssen wieder daneben gucken«, flüsterte Daisy. Vermutlich kam nicht nur ihr das Geräusch von Wasser zunehmend lauter vor. Hatte sie Angst, dass es gemeinsam mit dem ersehnten Nass verschwand, wenn sie es übertönte? »Vielleicht gibt es ein Zahlenfeld, irgendetwas. Einen Code, ein Schlüsselloch ...«

Die Motivation, auch die anderen Spinte von der Wand abzurücken, hielt sich für Brian in Grenzen. Ganz gleich, was er dahinter finden würde. Der Preis, um das Rätsel zu lösen, war immer derselbe gewesen, oder?

Möglichst unauffällig tastete er nach der Waffe in seinem Hosenbund. Sie war noch immer da. Und sie war noch immer kühl. Warum war ihm nie aufgefallen, wie gleichbleibend kalt Metall auf Haut sein konnte?

Neben der Tür gab es nichts, nur kahle Betonmauer.

»Und die andere Seite? Vielleicht ist da etwas.« Woher Jaden noch die Energie nahm, weitere Spintreihen umzustürzen, war Brian ein Rätsel. Aber er half so gut es ging mit, immer darauf bedacht, dabei die Waffe nicht zu verlieren, sie möglichst nicht einmal sichtbar werden zu lassen. Er ahnte, dass er den Schlüssel längst gefunden hatte, und wartete auf den Moment, in dem er bereit sein würde, das wahrzuhaben.

Die Wände blieben leer, egal wie viel man von ihnen entblößte. Außer der Tür verbargen die Spinte nichts.

»Wir haben was übersehen. Wir müssen irgendetwas übersehen haben«, murmelte Daisy, doch Brian konnte die Tränen sehen, die schon wieder ihre Wangen hinunterrollten. Sie kannte den Schlüssel auch, oder? Sie wusste nur noch nicht, wie er aussehen würde.

»Hier ist nichts mehr!«, beteuerte Jaden. »Wir haben doch alle Schränke ... Und da ist nichts!«

Es war das erste Mal, dass Jaden aufgebracht klang. Nicht nervös oder ängstlich, sondern wirklich sauer. »Ich habe drüben sogar Schränke aus dem Mittelgang umgekippt, um zu sehen, ob was auf dem Boden ist, aber da ist verdammt noch mal nichts!«

»Haben wir im Schacht geschaut?«

Daisy passte sich Jadens aufbrausendem Ton auf die klassische Art und Weise an: Sie wurde leiser. Ihre Frage klang mehr nach einer Entschuldigung als nach einem Vorschlag.

Kurz sah Jaden sie an. Brian hätte nicht sagen können, was in dem Kerl vor sich ging. Aber so versteinert war sein Blick bisher nicht gewesen. Und obwohl Jaden Daisy ansah und nicht ihn, war es Brians Puls, der sich noch mehr beschleunigte. Er spürte, wie seine Halsschlagadern hämmerten und immer mehr Schmerzimpulse aus seinem Kopf diesem Rhythmus antworteten.

»Meinetwegen«, schnaufte Jaden und trottete zurück zu der Luke. Brian hörte, wie die Platte wieder beiseitegeschoben wurde und ahnte, dass jeder von Ihnen wusste, dass da nichts sein würde. Es ging nur darum, völlig sicher zu sein. Und dann nicht der Letzte zu sein, der auf die Erkenntnis reagierte.

Ihm wurde übel, als er nach hinten griff, zum Bund seiner Jeans. Seine Finger umschlossen den Griff einer Waffe nicht zum ersten Mal, aber noch nie hatten sie das in der Absicht getan, den Abzug auch zu drücken. Das war heute anders. Es musste anders sein, sonst wäre er derjenige, den es traf.

Er glaubte, dass es leichter dadurch wurde, dass Daisy nicht in seine Richtung sah. Sie saß noch immer auf der Bank, über sein Jahrbuch gebeugt und blätterte darin wie eine Wahnsinnige, die die Frage des Lebens anhand von Wolkenbildern beantworten wollte. »Hier muss doch irgendwas sein«, hörte er sie murmeln und sah nur ihren Hinterkopf.

Es würde schnell gehen. Schneller als für jeden anderen. Das war doch etwas Gutes, oder? So gut, wie es eben gerade noch sein konnte. Und Brian wusste nicht, ob er noch eine weitere Gelegenheit bekommen würde, es schnell gehen zu lassen.

Ihm war klar, wie dumm es war, diesen schnellen Weg an Daisy zu verschwenden, statt Jaden auf die einfachste Art auszuschalten. Aber er mochte Daisy. Er wollte nicht, dass sie gegen eine Tür klopfen musste, bis es endlich vorbei war. Und es ging ihm selbst etwas besser damit, eine menschliche Entscheidung der strategischen vorzuziehen. Vermutlich konnte er hier in diesen Räumen nichts tun, was näher an der Oberfläche zu einem »Richtig« kratzte.

Seine eigenen Lippen formten ein »Es tut mir leid«, dass er vollkommen ernst meinte, aber auf keinen Fall laut sagen würde. Er hoffte, dass sie es auch so wusste.

Er zielte auf Daisys Kopf und entsicherte die Waffe. Sie schien es nicht zu hören. Sein Zeigefinger bog sich. Der Widerstand, den der Abzug leistete, war deutlich. Ein klares »Bist du sicher?«, dass jede vernünftige Glock ihren Halter fragte, und zwar vor jedem einzelnen Schuss.

Er war nicht sicher. Vor allem wollte er es nicht. Er sah nur keine andere Wahl.

Also zog er seinen Zeigefinger weiter zu sich.

Klick.

Mit diesem Geräusch gab der Abzug nach.

Klick.

Noch ein Versuch.

Kein Schuss löste sich, aber Daisy fuhr herum und starrte in den Lauf einer schwarzen Handfeuerwaffe. »Wo hast du ...«, stammelte sie. »Hast du gerade ... Leg das Ding weg!«

Sie war nicht geladen. Brians linke Hand griff nach dem Versäumnis, das nun nicht mehr als dieses Klicken zuließ. Da war kein Magazin drin. Die Waffe war leer. Was sollte er mit einer verdammten leeren Waffe? Wenn ein Leben der Schlüssel war, wie sollte er es jemandem nehmen ohne Munition?

Er sah ein kurzes Flackern in Daisys Blick. Er bemerkte es, er begriff sogar, dass sie kurz über seine Schulter an ihm vorbei sah, ehe sie seinen Blick wiederfand. Aber was das bedeutete, kapierte er zu langsam.

Erst, als er den Druck auf seinem Kehlkopf spürte, wurde ihm klar, wohin sie geschaut haben musste. Ehe er etwas hätte ausrichten können, verlor er den Boden unter seinen Füßen. Und rang nach Luft.

5. Vertrauen

Daisy

16 Tage zuvor

»Nummer 17!«

Daisy beobachtete, wie eine Blondine aufsprang. Es waren fast immer Blondinen, die aufsprangen, wenn man ihre Nummern in den Warteraum rief. Als wäre blondes Haar leichter und zwang einen regelrecht zu so albernen Gepflogenheiten. Vermutlich wirbelten Blondinen auch herum, wenn sie angesprochen wurden, anstatt sich wie normale Menschen einfach umzudrehen. Und der Grund? Helle Haare waren einfach zu leicht, um das nicht zu tun.

Daisy schob das mal auf die Haare selbst, nicht auf das, was in dem Körperteil verborgen war, woran diverse Wallemähnen naturgemäß nun einmal hingen. Das würde wohl zu weit gehen und die Grenze der Fairness etwas zu sehr ausdehnen.

Sie sah Nummer 17 dabei zu, wie sie der biederen Frau hinterherlief, die auch die anderen sechzehn Teilnehmer abgeholt hatte. Daisy schätzte die Gute auf etwa fünfzig. Sie hätte schön sein können, glaubte sie, würde sie sich Mühe geben. Und in L. A. fiel es nun einmal sofort ins Auge, wenn Menschen sich keine Mühe gaben.

Mit einem Gähnen wandte sie sich von dem Bild der Tür ab, hinter der Nummer 17 und Miss Unambitioniert verschwanden. Statt auf die schwere Holztür sah sie lieber noch einmal auf den Text, der auf ihren Knien lag.

Es war ein Skript, wie sie sie schon etliche Male gelesen, gelernt und wieder gelesen und wieder gelernt hatte. Inhalt war nicht vorhanden, und getragen wurde diese bahnbrechende Leere durch die psychologischen Pseudoweisheiten, die einem in Hausfrauenzeitschriften begegneten. Manchmal schon auf dem Cover:

»Fühl dich wohl in deiner Haut.«

»Du bist mehr wert, als du glaubst.«

»Du bist schön, wie du bist.«

»Noch schöner wärst du aber mit diesen 10 Tipps.«

Der Dialog zwischen zwei Freundinnen für die Produktion einer Daily Soap versprach das, was man von Daily Soaps eben erwartete. Viele hohle Phrasen und Ratschläge einer Freundin, für deren Rolle man eine Besetzung suchte. Der Hintergrund, weshalb jene Freundin erst jetzt in der ganzen Handlung auftauchte, war Daisy schleierhaft. So, wie es sich für sie las, war diese »Autumn« nicht mehr als eine ausgesprochen übergriffige Fremde, die nun einmal – wie es das Klischee verlangte – nach einer Jahreszeit benannt war. Alternativ gab es noch Städte, Staaten oder Monate. Die Freundin, die in der Patsche steckte, weil ihr Freund sich letztens mit seiner ehemaligen Flamme auf einen Drink getroffen hatte, hieß beispielsweise May. Und mehr gab es für Daisy nicht zu wissen. Schließlich hatte man sie selbst nach einer Blume benannt. Wie schwer konnte es mit dieser Grundvoraussetzung schon sein, sich in eine Person mit Monatsnamen einzufinden?

Sie sah sich um und blickte in etliche Gesichter, die jünger waren als ihres. Viele hatten vielleicht nicht einmal 20 Lebensjahre hinter sich. Andere Wartende wirkten hingegen wie Hausfrauen, die sich nach einem neuen Sinn umsahen, nachdem die Kinder nun flügge geworden waren.

Die meisten von ihnen starrten auf das dreiseitige Skript. Und fast alle wirkten unglaublich aufgeregt.

»Zum ersten Mal bei einem Vorsprechen?«

Eine der Blondinen lächelte Daisy an. Sie war vermutlich Mitte zwanzig und setzte auf klare Attribute. Selbst Daisy hatte Mühe, sich von ihrem Ausschnitt loszureißen.

Sie schüttelte den Kopf zur Antwort. Solche Fragen passierten, wenn man nicht Acht gab und aus Versehen den Blickkontakt zu jemandem herstellte. »Nicht ganz.«

Sie hatte schon in etlichen Vorsprechen Rollen gespielt, die ihr zuwider waren. Und hin und wieder hatte sie sogar den Zuschlag bekommen, sowie eine kleine dreistellige Summe, um die fünf Sätze zu sprechen, die jeder Idiot hätte auswendig lernen können.

Erst gestern Nacht hatte sie sich gefragt, wozu sie sich das immer noch antat. Seit zwei Jahren war sie nun in Los Angeles. Ihr Kellnerjob reichte kaum für die Miete. Aber sie konnte bei der Schichtplanung mitreden, sodass sie ihre Vorsprechen schaffte. Und das hieß manchmal, um halb fünf aufzustehen, sich fertig zu machen, quer durch die Stadt zu fahren und um sieben Uhr mit mindestens fünfzig anderen Bewerberinnen vor einer Tür zu stehen, die sich immer, aber auch wirklich immer, mindestens eine Viertelstunde nach der angekündigten Zeit öffnete. Etwas über eine Stunde war das Maximum gewesen, das Daisy einmal erlebt hatte.

Noch immer sah die Blondine sie erwartungsvoll an. Daisy gab sich geschlagen und hakte nun mit der Gegenfrage nach, die die zierliche Gestalt wohl erwartete: »Und du? Erstes Mal bei einem Vorsprechen?«

»Ja! Ich habe schon einmal eine Freundin begleitet, aber das ist nicht dasselbe. Und ich liebe die Serie, es wäre mein Traum, dort aufzutreten. Und dann auch noch als Mays Freundin.«

Fremde, korrigierte Daisy in Gedanken. Mays übergriffige Fremde, der man nur den Titel einer ominösen Freundin verpasst hatte. Sie fragte sich einmal mehr, ob es in dieser Stadt zwingend nötig war, sich restlos für Dinge zu begeistern, um seinen Hintern dafür aus dem Bett zu kriegen. Als hätte jeder seinen Pragmatismus an der Stadtgrenze abgegeben.

Und sie fragte sich manchmal, wo die Stelle war, an der man logischen Verstand gegen Naivität tauschen konnte. Hin und wieder wünschte sie sich einen Funken davon. Und weniger »Du hast immer noch keine sinnvolle Rolle ergattern können. Vielleicht solltest du es sein lassen.« Sie musste nicht einmal mit ihrer hochgradig enttäuschten und noch distanzierteren Mutter telefonieren, um dieses Mantra immer und immer wieder im Kopf zu haben.

Aber noch konnte sie es nicht lassen. Noch musste sie es wenigstens versuchen. Und sei es nur, um sich selbst vor dem Vorwurf zu bewahren, aufgegeben zu haben.

»Kannst du mir irgendwelche Tipps geben?«, hakte der aufgeregte Engel nach.

»Tipps?« Fast hätte Daisy gelacht. Sie saß doch auch nur hier, hatte eine »18« über ihrer linken Brust kleben, als wäre das ihr Name. In dem Diner, in dem sie arbeitete, stand dort immerhin »Daisy«. Mit dem Gänseblümchensticker, den ihre Kollegin ihr irgendwann da angebracht hatte. »Wichtig ist, dass du deinen Text kennst«, sagte sie.

Die Blondine nickte und lächelte höflich. Und diesmal unbegeistert. Das konnte sie also auch. »Danke dir.«

Vermutlich hielt sie Daisy für eine missgünstige Schlampe, die ihr keinen Erfolg gönnte, und damit auch ihre wertvollen Tipps für sich behielt. Nur war das wirklich der wertvollste Ratschlag, den sie je gehört hatte: »Lerne deinen beschissenen Text.«

Es mochte bessere geben, doch die kannte sie selbst nicht. Sonst wäre ihr Name an diesem Vormittag wohl kaum »18«.

»Ich wünsch dir auf jeden Fall viel Glück«, setzte sie sicherheitshalber nach und wusste selbst nicht ganz, wieso. »Wann bist du dran?«

Ihr Gegenüber strich das blonde Haar etwas zur Seite, um den Blick auf die Nummer darunter freizugeben. 23.

»Dann musst du ja auch nicht mehr lange warten, warst früh da, oder?«

»Mh, ich ...«, setzte die junge Frau an, unterbrach sich aber selbst, als die schwere Holztür sich wieder öffnete, und Nummer 17 den Raum verließ. Tränen rannen über ihre Wangen. Echte Tränen, wie es aussah. Andernfalls wäre sie in der Lage, zu bewirken, dass sie aufhörten. Aber 17 schluchzte und sah nicht einmal richtig, wohin sie lief. Fast rannte sie in eine andere Kandidatin rein, die gerade aus den Toilettenräumen kam.

»18«, rief diese Vorzeigesekretärin auf. Sie starrte dabei wie auch die letzten Male auf ihr Klemmbrett, als wäre es ein Unding, ihr abzuverlangen, dass sie sich eine simple Zahl merkte, die auch noch auf die Zahl folgte, die sie vor zwanzig Minuten genannt hatte.

»Wünsch mir Glück!«, sagte Daisy, weil ihr kein besserer Abschied einfiel. Sie wäre eine lausige Drehbuchautorin, dachte sie. Und die Blondine war eine lausige Schauspielerin. Ihr Lächeln war das künstlichste, das Daisy seit Langem gesehen hatte. Offenbar nahm sie ihr noch immer den eher mauen Ratschlag übel.

Wie dem auch sei, dachte sie, rollte das Skript in ihren Händen zusammen und lief auf die Tür zu, wartete, dass man ihr öffnete, und schlüpfte durch den Spalt.

Manchmal hatten Vorsprechen eine kleine Kulisse aufgebaut. Die Ecke eines Wohnzimmers. Oder einen Cafétisch vor einem künstlichen Fenster, hinter dem der Ausblick auf den Eiffelturm oder Big Ben auf einem übergroßen Poster zu sehen war.

Dieser Raum war leer. Die einzigen Fenster befanden sich hinter den vier Köpfen, aus denen die Jury wohl bestand. Keine Namensaufsteller. Man setzte also voraus, dass die Kandidatinnen so große Fans waren, dass sie selbst das Castingteam kannten.

Daisy kam nicht umhin, dieses Maß an Arroganz ein kleines bisschen zu bewundern. Da sie nicht wusste, wohin sonst, stellte sie sich neben den kleinen Tisch, der etwa drei Meter vor den vier Personen stand. Daneben waren zwei Plastikstühle, die trostloser nicht hätten aussehen können.

»Daisy Evans«, stellte sie sich vor. »Ich spreche vor für die Rolle von …«

»Keine Namen.« Der zweite Typ von links unterbrach sie und machte sich sogar die Mühe, seine Hand dafür zu heben, sodass sie seine nackte Handfläche sah. Gab es einen arroganteren Körperteil als die Handfläche, die einem von einem anderen Menschen entgegengehalten wurde, damit man schwieg?

Sie konnte es sich nicht verkneifen, leicht entrüstet zu blinzeln und die Augenbrauen zu heben, ohne jedoch ihr Lächeln zu verlieren, mit dem sie sich eben vorgestellt hatte.

»Deine Zahl?«, hakte dieser Kerl nach. Er sah sie dabei nicht einmal an. Alles, was Daisy erkennen konnte, war sein gegeltes Haar, das von einer einzelnen hellen Strähne durchzogen wurde. Sie war sich nicht sicher, ob er damit distinguiert wirken wollte, oder ob er damit spielte, dass ihn das einfach lächerlich aussehen ließ. Sie erwartete, dass das Gesicht dazu, das sich der Liste vor sich widmete, keine 25 Jahre Lebenserfahrung gezeichnet haben würden.

»Die 18«, antwortete Daisy ruhig. »Das Skript habe ich bekommen und vorbereitet. Bekomme ich einen Gesprächspartner oder gebe ich einfach beide Rollen?«

Wieder hob sich die Hand des Typen, was Daisy diesmal nutzte, um sich die anderen drei Jurymitglieder zu besehen. Da war eine Frau mit blauen Haaren. Allerdings hatte sie die Vierzig bereits sichtlich überschritten. Das Blau schmeichelte ihrem fast schon britischen Teint, passte aber nicht zu der geschäftsmäßigen Kurzhaarfrisur, die sie trug. Daisy hätte dennoch nicht ausmachen können, ob das Haar eine Perücke war oder ihr eigenes. Neben ihr saß ein etwas untersetzter Mann, dem der Schweiß auf der Stirn stand. Er tupfte sich diesen mit einem Tuch ab, das er aus der Brusttasche seines Leinenjacketts zog, und jedes Mal auch darin verschwinden ließ, um es nach wenigen Sekunden wieder daraus hervorzuzaubern. Die Vierte im Bunde war eine Frau mit einem sehr kantigen Gesicht. Gut möglich, dass sie mal ein Mann gewesen war, allerdings wirkte sie dafür recht schmächtig. Die hart gezeichneten Wangenknochen untermalte ein viel zu dunkles Rouge noch mehr. Ihr Haar war nicht dunkelbraun, sondern schwarz. Richtig schwarz. Etwas, wovon einem jeder Friseur abraten würde, wenn man nur mithilfe eines Solariums so etwas wie eine Hautfarbe bekam.

Daisy wusste das, weil sie selbst ein eher bleicher Hauttyp war. Ihr Haar war von Natur aus von einem dunklen Braun, und ihre Ambitionen, es bis zur absoluten Eskalation zu verdunkeln, waren von jedem Friseur mit einem Kopfschütteln und einem theatralischen Zungenschnalzen abgewehrt worden.

»Nummer 18, hmhm.«, machte der Typ mit der Strähne. Er sah immer noch nicht auf. Allmählich wurde es ihr zu dumm. Wenn man sie hierhergeholt hatte, um ewig zu warten, und dann aggressiv ignoriert zu werden, konnte sie auch wieder gehen. Für diese Erfahrung musste sie nur durch L. A. laufen und jedem mitteilen, dass sie vorhatte, Schauspielerin zu werden. Am besten ließ sie noch die Worte »Hollywood« und »Walk of Fame« fallen und schon hätte es denselben Effekt wie dieser Unsinn hier.

»Da stehen zwei Stühle«, sagte sie und klang nicht annähernd so autoritär, wie sie es sich gewünscht hätte. »Kommt noch jemand? Ich kann auch immer die Seiten wechseln. Je nachdem, ob ich May oder Autumn darstelle.«

»Das wird keinen Unterschied machen«, sagte die Blauhaarige. Erst beim Reden fiel Daisy ihr knallroter Lippenstift auf. Zuvor hatte ihr Mund nur eine schmale, zusammengepresste Linie abgegeben. Nun, da sie redete, konnte man ihre Lippen überhaupt erst erkennen.

»Schon klar. Das ist eine Daily Soap. Alle Charaktere sind quasi aus einem Guss. Trotzdem sind da normalerweise immerhin zwei Gesichter, die sich gegenüberstehen oder sitzen, wenn sie reden.« Eigentlich neigte sie nicht zu so viel Ehrlichkeit. Dafür war sie zu gut erzogen. Aber da diese Handfläche sie immer noch zum Stillsein ermahnte, war es ihr ein innerer Zwang, sich dem zu widersetzen.

»Nein, ich denke, dass es keinen Unterschied machen wird, ob du May oder Autumn sprichst. Es wird dir auf keinen Fall gelingen, zwei verschiedene Frauentypen darzustellen.«

»Wie bitte?« Das war gar nicht in erster Linie Empörung, die ihre Worte trug, sondern eine tatsächliche Nachfrage. »Ich habe noch nicht einen Satz gelesen.«

»Du hast den Raum betreten und warst nicht in deiner Rolle. Denkst du, wir haben die Zeit, darauf zu warten, dass du dich einfindest?«

Einfinden? Worein denn einfinden? Das war ein flacher Dialog zwischen einer dummen Schnepfe und einer Frau, der sie nie begegnet war. Da diese aber wie eine Jahreszeit hieß, war sie nun ihre Freundin, und ihr wurde das Privileg zuteil, besagter Schnepfe Lebensweisheiten aus Glückskeksen vorzulesen. In was genau sollte man sich da einfinden?

Der Typ mit der Strähne war so nett, aufzusehen. Einen Moment lang konnte sie seine Augen erkennen. Dunkelbraun, wie es in dem Gesicht eines Vorzeigelatinos nicht anders zu erwarten war. Eigentlich hasste Daisy Begriffe wie »Latino«, aber diese Strähne und diese bescheuerte erhobene Hand ließen ihr gar keine andere Wahl.

»Ich bin hier, und ich kann die Rolle spielen«, sagte sie. Mit Sicherheit war ihr ihre Irritation anzumerken.

»Aber du spielst sie gerade nicht, oder? Weißt du überhaupt, wer Autumn ist?«, fragte Mr. Latino. »Wir bevorzugen Akteure, die sich im Method Acting auskennen.«

»Wer Autumn ist?«, wiederholte sie. »Ist das Ihr Ernst?«

»Sie ist die Rolle, um die es geht. Wie lange hast du da draußen gerade gesessen? Zwei Stunden? Drei? Das war genug Zeit für einen Profi, um sich damit vertraut zu machen, wie diese Figur funktioniert, wie sie denkt, wie sie fühlt. Was sie motiviert und wo ihre Ziele sind. Und dann kommst du hier rein und sagst, du wärst Daisy ... Daisy ...«

»Evans«, gab sie knirschend zurück. »Daisy Evans ist mein Name. Aber machen Sie sich nicht die Mühe, sich mit Nachnamen aufzuhalten. Autumn hat ja auch keinen.«

»Völlig richtig«, sagte der Typ mit einer Sachlichkeit, als würden sie hier über ein Werk der Weltliteratur sprechen, mit einer Fülle an vielschichtigen Charakteren. »Und was glaubst du, macht das mit ihr?«

»Was das mit ihr macht?« Daisy nahm sich ihre Zettel. Sie schnaufte wutentbrannt, doch noch hielt sie ihre Sinne beisammen, um eine Antwort geben zu können, die sie zwar um die Chance dieses Jobs bringen würde, sie allerdings immerhin zufrieden hier herausgehen lassen könnte. »Also zuerst stellt sie sich unter anderem Namen vor. Weil Autumn ein absolut beschissener Name ist, den man entweder von völlig uninspirierten Eltern kriegt, oder den man sich selbst gibt, wenn man anschaffen gehen will. Ich tippe auf das Erste, weil Äpfel nicht weit vom Stamm fallen, und Daisy auch kein sonderlich kreativer Name ist. Und dann ...« Sie blätterte kurz auf die zweite Seite, um ihre Lieblingsstelle zu suchen. »Und dann sagt sie Dinge wie: Du bist mehr wert als eine Frau, die Chase für dich verlassen hat.« Sie sah kurz zu dem Typen, die anderen drei ignorierte sie bereits. »Was ist Chase überhaupt für ein bescheuerter Name? Ist das ein Stripper?«

»Du schaust die Serie also nicht?«

»Ich bin Autumn, die sich Daisy Evans nennt. Natürlich sehe ich mir nicht mein eigenes Drama auch noch im Fernsehen an, denn … Moment …« Sie tippte mit dem Finger auf die nächste Stelle. »Denn jeder ist für das verantwortlich, das einem zustößt. Jeder hat alles, was ihm widerfährt, selbst in der Hand.« Sie dachte an ihren Abschlussball. An das Geräusch, als der Stoff ihres Kleides unter Matts Griff nachgab. An das Gefühl seiner Faust an ihrem Wangenknochen. Hatte er geglaubt, sie wäre bewusstlos, nur weil sie sich nicht mehr rührte? Hatte er nicht gesehen, dass sie die ganze Zeit versucht hatte, nicht zu weinen? Weil sie versucht hatte, stark zu sein? Die ganze verdammte Zeit, bis er sich aus ihr zurückgezogen und sich auf die Seite gerollt hatte. Um zu schlafen. Um verdammt noch mal zu schlafen, als wäre das, was da passiert war, völlig normal gewesen. Als wäre es sein gutes Recht gewesen, ihr Nein nur als Empfehlung zu werten. Schließlich war er der beschissene Prom King und sie seine Königin. Und war eine Königin ihrem König nicht immer zu Diensten?

»Und dann wird mir einfallen, dass ich diese Worte ja selbst längst hätte hören müssen. Dass ich an allem Scheiß selbst schuld bin und nicht die verfickten Drehbuchautoren, denen es Freude bereitet, mich zu quälen!« Sie spuckte auf den Boden. In dem Moment, als ihr Speichel vor ihr auf den Betonboden klatschte, war sie selbst überrascht und hätte fast gekichert. »Und dann wird mir auffallen, dass May eine blöde egozentrische Kuh ist, dass ihr Typ zu seiner Ex zurückgehen sollte, und dass ich Besseres zu tun habe als diesen Schwachsinn.«

Damit zerknüllte sie die Unterlagen und warf sie auf den Boden. Einen Moment lang sah sie wutschnaubend in die Gesichter der Jury.

Die Frau mit den blauen Haaren nickte und notierte etwas. »Das ist wohl ein Typ vier«, murmelte sie.

»Was? Was soll das heißen?«

»Sie kann gehen.« Der Latino hatte seine Hand wieder erhoben. Er sprach nicht einmal mehr direkt zu Daisy. Wozu auch? Er würde sich ja keine Minute mehr die Luft mit ihr teilen müssen.

Daisy wartete nicht darauf, dass diese alte Schnepfe ihr die Tür öffnete, sie stapfte einfach darauf zu, riss sie auf, und gab sich größte Mühe, sie mit einem gewaltigen Donnern hinter sich ins Schloss krachen zu lassen.

Jetzt

Daisy sah, wie Brians Beine Luft traten. Mehr als Luft trafen sie nicht mehr. Eben noch hatten sie Jaden immer wieder gegen die Schienbeine geschlagen, vielleicht auch gegen das Knie. Jadens Gesicht war schmerzverzerrt. Aber er ließ nicht los.

Er ließ einfach nicht los.

Der Gürtel, den er zwischen seinen Händen spannte, schnitt Brian die Luft ab. Und das Gewicht, mit dem Brian in dem Gürtel hing, war zu viel für seine Luftröhre.

»Hör auf«, murmelte Daisy. Erst jetzt merkte sie, dass sie unentwegt den Kopf schüttelte. Sie hätte immer gedacht, dass Menschen in solchen Situationen schreien würden. Dass sie ihre gesamte Stimmgewalt erheben würden, um so eine Situation zu beenden. Aber sie merkte, dass sie ganz und gar nicht schrie. Sie saß nur da, wollte nicht begreifen, was gerade passierte, und flüsterte. Mehr nicht. »Bitte hör auf.«

Doch Jaden hielt Brian weiter fest, bis dessen Beine sich nicht mehr bewegten, bis nur noch sein Fuß zuckte. Daisy glaubte, nie etwas Unheimlicheres gesehen zu haben als diesen zuckenden Fuß, der in der Luft hing, als würde er dort in einem Takt wippen, den nur er kannte.

»Jaden, lass ihn los.«

Jaden reagierte nicht, er sagte nichts, und er schien zu wissen, dass sie nicht mehr tun würde, als ihn zu bitten. Daisy wusste, dass sie etwas tun sollte. Mehr. Dass sie ihn anbrüllen sollte, an seinen Händen zerren sollte, an seinem Arm oder … irgendetwas.

Aber sie blieb sitzen, starrte statt auf den Fuß auf die Waffe, die neben den beiden Männern auf den Boden gefallen war. Sie war nicht geladen gewesen. Brian hatte mit einer nicht geladenen Waffe auf sie gezielt. Und nun schnürte ein Gürtel ihm die Luft ab.

Hatte er gewusst, dass kein Magazin in der Pistole war? Vielleicht hatte er es gewusst. Vielleicht war es nur ein Scherz gewesen, auf sie zu zielen, vielleicht …

Aber hier machte niemand mehr Scherze. »Oh Gott, bitte lass ihn los.«

»Und dann?«, keuchte Jaden. Es schien ihn mehr Anstrengung zu kosten, Brian die Luft zu rauben, als den ganzen Raum zu verwüsten, indem er die Spinte umwarf.

»Dann finden wir eine andere Lösung.«

Jaden schüttelte nur den Kopf und sah demonstrativ zur Seite.

Das war so unendlich absurd. Sich mit ihm zu unterhalten, während er den Gürtel festhielt, der einen Mann tötete, den sie beide kannten. Nicht besonders gut, aber Brian war kein Fremder mehr.

Daisy glaubte, dass Brian sie angesehen hatte, als der Gürtel sich um seinen Hals geschlungen hatte und er daran weit genug nach oben gezogen worden war, um keinen Halt mehr zu haben.

Sein Fuß tanzte noch immer. Aber es wirkte mittlerweile mehr wie ein nervöses, ungeduldiges Zucken, das ihn hin und wieder durchfuhr.

»Jaden, bitte …«

Sie wusste nicht einmal genau, worum sie ihn bat. Sie sah die verschlossene Tür, und sie wusste, dass Brian vorgehabt hatte, sie für diese Tür zu erschießen. Er hatte sie zum Schlüssel machen wollen, nun hatte sich das Blatt gewendet. In eine Richtung musste es fallen. Das wusste sie, aber …

»Das ist nicht richtig«, flüsterte sie mit bebender Stimme und wünschte sich für einen Moment, sie wäre mehr wie Fran. Oder so, wie sie sich Fran in dieser Situation vorstellte. Abgeklärt und Herrin der Dinge. Ohne wie eine Maschine zu wirken. Einfach, weil sie wusste, was man zu tun hatte, und sich der Sache dann auch annahm.

Nun hatte Jaden die Kontrolle übernommen, hatte sie Brian entrissen, und sie versuchte, diese Szene auszublenden.

Für einen Moment kam ihr der Gedanke, dass es ihr lieber wäre, an Brians Stelle zu sein. Sie wollte nicht sterben, vor allem nicht so. Auf keinen Fall so. Der Kopfschuss wäre ihr definitiv lieber gewesen.

Aber sie wollte auch nicht zusehen und das Gefühl haben, eine Wahl zu haben, und die falsche zu treffen, indem sie sitzen blieb und nichts tat.

Brians Körper sackte schließlich zu Boden. Es war ein dumpfes Geräusch, und Daisy glaubte, etwas knacken zu hören. Vielleicht seinen Schädel, als er auf dem harten Boden aufschlug?

Sie konnte Jaden nicht ansehen. Es ging nicht. Und er schien dieses Problem mit ihr zu teilen. »Ich muss …« Er lief drei Schritte, gerade weit genug, um aus dem Gang zu biegen und sich an den umgestürzten Spinten festzuhalten, während er sich übergab.

Sein geräuschvolles Würgen übertönte das Klicken der Tür neben Daisy. Sie bemerkte erst, dass die Verriegelung sich gelöst hatte, als das Wasser ihre Fußspitzen berührte.

Jadens Magen kämpfte noch immer mit den Eindrücken dessen, was er gerade getan hatte, und gab es in Form von Galle und Magensäure in die Welt zurück.

Woher hatte er diesen verdammten Gürtel gehabt? Der lag noch immer um Brians Hals, als wäre er ein Accessoire, das genau dort hingehörte.

Daisy hatte Mühe, ihren Körper in Bewegung zu setzen, aber irgendwann gab er ihrem Willen nach. Gerade weit genug, um sich auf die Füße zu stellen und nach der Waffe zu greifen, deren Lauf unter Brians leblosem Körper hervorragte. Er war darauf gefallen, als Jaden ihn losgelassen hatte.

Daisy nahm die Waffe an sich, steckte sie in den Hosenbund und zog ihr Shirt darüber. Dann fiel ihr Blick auf den Gürtel. Sie wusste nicht so recht, wo sie den lassen sollte. Doch sie entschloss sich, dass er einfach nur wegmusste, ehe Jaden ihn wieder zwischen die Finger bekam. Sie würde nicht in der Lage sein, diesen großen Kerl damit auszuschalten, aber andersrum war es durchaus möglich. Es war sogar wahrscheinlich.

Sie musste nur zu Brian sehen, um sich dessen sicher zu sein.

Es brauchte mehrere Anläufe, um den Gürtel zu fassen zu kriegen, ohne Brians Körper zu berühren. Die Schnalle schlug auf dem Boden auf und ließ Daisy zusammenzucken.

»Was tust du da?«

Jadens Stimme klang viel bedrohlicher mit diesem Misstrauen. Hatte sie eben auch schon so geklungen? War es ihr nur nicht aufgefallen? War sie so verblendet gewesen von ihrer Sympathie?

»Es ... Ich fand, dass dieses Ding von Brian wegmuss. Es hat ihn umgebracht.« *Du hast ihn umgebracht*, schoss es ihr durch den Kopf. Ein Gürtel bringt nicht wahllos Menschen um. Aber Menschen können ihn dafür nutzen, um andere zu töten. Oder sich selbst. »Ich will nicht, dass es immer noch ...«

»Das spielt doch keine Rolle mehr«, sagte Jaden.

»Wo hast du den her?«, hakte sie nach und deutete auf das schwarze Leder und die silberne Schnalle. Und auf die

Mahle an Brians Hals, die sich nur noch deutlicher abzeichneten. Waren sie dunkler geworden, seit .... »Wieso zur Hölle hattest du den?«

»Der lag in meinem Spint. Mein Vater hat sich mit genauso einem Gürtel erhängt, als ich zwölf war«, erklärte Jaden, und Daisy wurde übel. Wie zur Hölle konnte er jemanden auf diese Weise töten, wenn sein Vater ... Wie?

»Wirst du mich auch so ...« Sie ließ ihre Tränen zu und nutzte sie, um Jaden mit großen Augen anzusehen. Ihr war klar, dass er sie gernhatte. Eigentlich und unter anderen Umständen. Tränen erinnerten Männer hin und wieder an diese Kleinigkeit. Wenigstens wollte sie das hoffen.

»Daisy ...«, sagte er, als würde er sich bereits dafür entschuldigen, das Gleiche mit ihr zu machen. Es klang wie ein »Ich will es doch eigentlich auch nicht«. Aber nicht wie ein »Nein«.

Daisy verschränkte nur die Arme vor der Brust und wich ihm ganze drei Schritte weit aus. Bis sie gegen einen der Spinte stieß und nicht weiterkam. Aber das war ohnehin nicht der richtige Weg, oder? Richtig war der Weg durch die Tür, durch die Wasser sickerte.

Wasser, das sie vielleicht genauso vergiften würde wie zuvor Alayna, und dass sie damit quälen wollte, einfach nur da zu sein. Daisy traute sich nicht, zu blinzeln, als Jaden zu dem Gürtel griff und ihn in der Hand behielt. Er versuchte nicht einmal, das vor ihr zu verbergen. Und trotzdem fiel es ihrem Kopf schwer, das alte Bild von Jaden wegzuschieben. Jaden, der panisch in einem geschlossenen Raum saß, und mit seiner Klaustrophobie kämpfte.

Jaden, der Alayna im Arm hielt. Bis zum Schluss.

Jaden, der ihr half, sie in den Arm nahm.

Dieser Gürtel passte einfach nicht ins Bild. Und ihre Gedanken waren zu träge, um sich neu zu sortieren. Sie hielten sich an dem fest, was ihnen lieber war, vertraut und sicher.

Aber die Illusion von Sicherheit stimmte nicht mehr. Hatte sie vielleicht nie.

Daisy versuchte, sich möglichst gerade hinzustellen. Dass ihre Unterlippe bebte, war in Ordnung. Nicht in Ordnung wäre, wenn die Waffe an ihrem Rücken sich unter dem Shirt abzeichnete und für Jaden sichtbar wurde. Er selbst hatte sie offenbar schon vergessen. Schließlich war sie ungeladen. Daisy fühlte sich dennoch sicherer, wenn sie sie hatte. Im Zweifel konnte man damit immer noch zuschlagen. Wenn man die richtige Stelle traf …

»Die Tür ist offen«, versuchte sie so nüchtern wie möglich zu sagen und nicht durchblicken zu lassen, dass sie längst überlegte, wie sie den Griff der Pistole an diese sensible Stelle an Jadens Schläfe schlagen konnte, ohne Kraft zu verlieren, weil sie ihren Arm so weit danach ausstrecken müsste.

Waren solche Überlegungen auch durch Jadens Kopf gegangen? Hatte er abgewägt, ob er warten sollte, dass Brian Daisy ausschaltete, oder ob er lieber eingriff? Hatte er erst reagiert, als sich kein Schuss gelöst hatte? Wie lange hatte er zugesehen?

Wie lange hatte er dagestanden und sich damit abgefunden, dass einer von ihnen zu viel war?

»Was?« Jaden sah Daisy erstaunt an. Sie, nicht die Tür. Er traute ihr nicht mehr. Weil er wusste, dass sie Angst vor ihm hatte. Das war ihr klar.

Sie nickte nur in die Richtung der Tür, die einen Spalt breit offen war. Noch immer sickerte Wasser hindurch – oder was auch immer es war, dass sich auf den grauen Beton ergoss und ihn dunkel färbte. Sprechen wollte sie nicht. Sie traute ihrer Stimme nicht mehr. Vielleicht hatten diese Profis ja immer recht gehabt, und sie war bestenfalls mittelmäßig.

Jaden schritt über Brian hinweg und über die umgestürzten Schränke auf die Tür zu. »Kommst du?«, fragte er, als wollten sie einen schönen Spaziergang am Pier entlang machen. Das war noch viel unheimlicher als das fehlende »Nein« auf ihre Frage hin, ob er sie ebenfalls töten würde. Sie klang wie eine Einladung. Und sie klang wie der Jaden, der ihr viel lieber gewesen war.

Trotzdem nickte sie. »Du zuerst. Wenn ...« Gott sei Dank hatte diese Logik vorhin schon funktioniert. »Wenn du durchpasst, dann komme ich auch durch.«

Jaden schien kurz zu zögern, ließ das Argument dann aber doch gelten und setzte auch seinen zweiten Fuß auf den nassen Boden.

Daisy folgte ihm. Sie gab sich Mühe, ihren Rücken kaum zu beugen, während sie über die Schränke kletterte. Die Hand, die Jaden ihr reichte, lehnte sie ab. »Sieh lieber nach, was dahinter ist.«

Die Tür ließ sich mühelos aufdrücken. Wenigstens wirkte es mühelos, wie Jaden es tat. Daisy wartete, bis er dahinter verschwunden war, ehe sie noch einen Blick auf Brian warf. In sein Gesicht, das so entsetzlich bleich war. In seine Augen, die irgendwohin starrten. Sie fragte sich, ob sie auch bald herausfinden würde, wohin er sah.

»Tut mir leid«, murmelte sie. »Es tut mir so leid.«

Sie wischte sich weitere Tränen vom Gesicht, dann folgte sie Jaden durch die Tür. In dem Moment als sie die Schwelle überschritt, hörte sie das Summen, mit dem die Tür sich wieder schloss, dann ein Klicken. Noch einmal atmete sie tief durch, tastete nach der Waffe an ihrem Rücken, und tat dann die nächsten Schritte in den Raum hinein.

Sie konnte Jaden einige Meter vor sich sehen. In einem Raum, der diesmal hell erleuchtet war, aber die Wände waren ebenfalls schwarz. Sie spiegelten ihn, sodass sie seinen Rücken sah, aber ebenso, wie er sich in dem Raum umblickte.

»Scheiße!«, hörte sie ihn dann fluchen, ehe er sich umdrehte und zu ihr stürzte.

Erschrocken lief sie noch drei Schritte von der Tür weg, um Jaden ausweichen zu können.

»Nein!«, brüllte er. »Fuck!« Mit den Fäusten trommelte er gegen die Tür. »Wir haben sie liegen lassen!« Sie hörte, wie er sich mit der Schulter gegen die Tür warf und wich weiter vor ihm zurück und in den Raum hinein.

Er war klein, und seine Wände waren glatt. Wie schwarzes Glas. Das Wasser kam aus einem kleinen Wasserfall, der an der Wand an der Kopfseite hinablief. Es war gerade einmal so hoch, wie Daisys Schuhsohlen breit waren.

Was Jaden hatte zur Tür stürzen lassen, war der kleine weiße Quader, der mitten im Raum stand. Ähnlich wie der, bei dem sie Alayna zurückgelassen hatten. Nur gab es hier keinen Glaskasten mehr. Diesmal konnte sie ohne Hindernisse ihre Hand ausstrecken, bis ihre Finger das Magazin berührten. Es war schwerer, als sie es sich vorgestellt hätte, aber sie erlaubte sich nicht, kurz inne zu halten und sich zu wundern. Stattdessen ging sie noch ein paar Schritte von dem Quader weg. Zur Seite, wo Jaden nicht gleich die Spiegelung sehen würde, die ihm verriet, wie sie versuchte, hinter ihrem Rücken das Magazin in die Waffe zu schieben.

»Was ist denn los?«, fragte sie mit einer unfassbar unglaubwürdigen Scheinheiligkeit. Nur, weil ihr nichts Besseres einfiel, um das Klicken zu übertönen.

»Was los ist? Bist du blind?«, antwortete Jaden ihr. Falls man das überhaupt als richtige Antwort bezeichnen wollte.

Daisy hörte das Wasserplatschen, als er den Gang zurückkam, zurück in den Raum. »Es ist offensichtlich, was sie von uns verlangen, und wir können nicht ...« Er stockte. Sein Blick ruhte auf der leeren Oberfläche des weißen Kastens. Dort, wo eben noch das Magazin gelegen hatte. »Wo ist es?« Er präzisierte nicht näher, wovon er sprach. Da war keine Zeit mehr für freundliche, unehrliche Spielchen. Kein Herantasten an die Wahrheit, die keiner akzeptieren wollte. Nur eine einfache, klare Frage.

»Bleib mir vom Hals«, sagte Daisy und wich noch einen Schritt zurück, bis sie gegen die Wand stieß. Das Wasser reichte ihr mittlerweile bis zum Knöchel. Vorhin noch war ihr Durst so groß gewesen, dass sie jedes Misstrauen einer klaren Flüssigkeit gegenüber vergessen und davon getrunken hätte. Nur war das Misstrauen Jaden gegenüber größer. Sie wagte kaum zu blinzeln, geschweige denn sich zu bücken, um eine Hand von dem Wasser zu schöpfen. Diese Sekunde der Unachtsamkeit würde genügen, und sie wäre tot.

»Hast du es?« Seine Worte schossen in ihre Richtung. Und sein Blick fixierte sie. Ihr kam es vor, als könne sie sich niemals mehr rühren, solange er sie so ansah.

Sie schwieg, was vermutlich Antwort genug war.

»Hast du es?«, donnerte er.

Scheiße, fluchte sie stumm. Scheiße, scheiße, scheiße! Was war mit ihm passiert? Hatte ein einzelner Mord gereicht, um den Hebel umzulegen? Ging das wirklich so schnell?

»Ich habe dir eine Frage gestellt«, entgegnete sie. Sie wusste selbst, dass sie nur Zeit schindete, und ihr war nicht einmal klar, weshalb. Das hier war die simpelste Konstruktion von allen. Ein isolierter Raum, der sich mit Wasser füllte, das sich niemand traute zu trinken. Es kroch bereits über ihre Waden. Immer schneller, wie ihr schien. Und kalt. Die Kälte zog sich ihre Beine hinauf, noch ehe das Wasser so hoch reichte. Und es würde. Es würde immer weiter ihren Körper hinaufkriechen. Es sei denn, einer von ihnen machte, dass es aufhörte.

Das Rauschen des nachfließenden Wassers im Hintergrund war ein Flüstern, das sie in ihrem Duell anfeuerte.

Tu es.

Tu es.

Tu. Es.

»Ich habe die Regeln nicht gemacht, Daisy«, sagte er mit einer Ruhe, die sie frösteln ließ. »Ich versuche nur, hier irgendwie rauszukommen.«

»Und dafür würdest du … mich?«

Jadens Kiefer spannte sich an, und er nahm einen tiefen Luftzug. Kurz flackerte die Wärme in seinem Blick auf, die sie kannte, und auf die sie gebaut hatte. Seine Antwort zitterte sogar ein wenig, weil die Stimme, die sie trug, unter ihrem Gewicht nachgab. Man sagt ja gern, dass die Wahrheit mehr Gewicht hat als jede Lüge. Und manchmal ist sie zu schwer. »Wir kennen uns doch kaum. Und keiner von uns weiß, was das hier ist. Wir wissen nur …« Er deutete auf den Quader, auf dem keine Munition mehr lag.

»Verstehe«, sagte sie. Und das war keine Lüge. Sie verstand. Sie war diejenige mit der Waffe hinter ihrem Rücken. Und Jaden war derjenige, der trotzdem auf sie zukam. Mit diesem Gürtel in der Hand.

»Also, wo ist das Magazin?«

Er musste doch ahnen, dass sie nicht einfach nur ein Magazin versteckt hielt, oder? Aber vielleicht konnte er mit einer Waffe besser umgehen, sobald man ihm damit drohte, als wenn man sie vor ihm versteckt hielt. In einen Lauf zu sehen, war nichts Neues für ihn. Das hatte er ihr erzählt, sehr vage, aber er hatte es ihr erzählt, während Alayna das allererste Rätsel gelöst hatte.

Daisy schüttelte nur den Kopf. Mehr fiel ihr nicht ein, um ihm zu antworten. Sie wollte nicht lügen, aber ein »Ich hab es hier, in der Pistole« fühlte sich nicht nach etwas an, das man sagen sollte. Etwas anderes wollte ihr aber einfach nicht einfallen. Das Wasser hatte ihre Knie schon erreicht und seine Kälte ihren Körper. Gedanken waren langsamer, wenn es kalt war. Das war schon immer so gewesen.

Jaden nickte nur, als wüsste er, was ihr Kopfschütteln bedeutete, und setzte einen weiteren Schritt in ihre Richtung. Mittlerweile hatte er sogar eine Hand ausgestreckt, als wolle er sie beschwichtigen wie ein ängstliches und aggressives Tier. Es war die Hand ohne den Gürtel. Und sie glaubte, dass das volle Absicht war.

Das Flüstern des Wassers wurde lauter. Ihr blieb nicht mehr viel Zeit, bis sie die Waffe ziehen musste – allein schon, um sie nicht an das Wasser zu verlieren.

»Daisy, ich hab mir das auch nicht ausgedacht, ich versuche doch nur ... Vielleicht ist es ja besser.« Seine Schultern strafften sich etwas. Die Worte, die er sprach, zitterten nicht mehr. Sie waren ruhig, viel zu ruhig. Daisy stellte sich vor, dass er genau so mit Gästen redete, die kurz davor waren, auszuticken. Dass er ihnen genau so vermittelte, dass er doch eigentlich ihr Freund war.

Und nun machte er sie zu der Verrückten, die es zu bändigen galt.

»Wirf diesen scheiß Gürtel weg, Jaden!«

Er kniff die Lippen zusammen und sah sie an. Wie ein Freund, der einem klarmachte, dass man gerade gehörig übertrieb und wieder runterkommen sollte. Sie glaubte seinem Blick sogar. Sie glaubte ihm wirklich, dass er ihr überhaupt nicht wehtun wollte. Dass ihm vielleicht sogar ganz andere Dinge im Sinn stünden, würde das hier anders verlaufen. Sie glaubte ihm das. Allein schon, weil sie es glauben wollte.

Scheiße, er war gut!

»Du musst ihn nur fallen lassen«, betonte sie noch einmal. »Wir müssen das nicht mitspielen. Wir können einfach ... nichts tun.«

»Bis wir ertrinken?«

»Ich glaube nicht, dass sie uns beide ertrinken lassen. Wir könnten es einfach der Fairness überlassen. Wer von uns länger durchhält. Und wir können darauf hoffen, dass sie schneller reagieren, ehe sie Gefahr laufen, uns beide zu verlieren. Und vielleicht reagieren sie sogar so schnell, dass wir es beide schaffen. Ich würde es wirklich gern gemeinsam schaffen, Jaden, ich ... Das ist doch scheiße!« Sie deutete unverhohlen auf den Gürtel in seiner Hand. Allmählich wurde sie panisch. Nicht nur, weil Jaden sich ihr immer noch bedächtig näherte und diesen verdammten Gürtel einfach nicht fallen ließ. Das Wasser hatte beinahe ihren Hintern erreicht. Ihr blieb keine Zeit mehr, bis sie die Waffe ziehen musste. Und damit war auch die Verhandlung vorbei, fürchtete sie.

Niemand vertraute einem Menschen, der eine geladene Waffe zog. Und vor allem konnte der Mensch mit der Waffe keinem mehr glauben. Jaden würde ihr genau das sagen, von dem er glaubte, dass sie es hören wollte. Sie würde es nicht anders machen. Und sie glaubte sogar, dass er recht gut darin war. Das war doch sein Job, nicht wahr?

»Das sind ziemlich viele Vielleichts, Daisy. Darauf können wir uns nicht verlassen.«

»Wir könnten es versuchen. Im Prinzip weiß doch keiner von uns, was hier gerade passiert und in was wir hier hineingeraten sind. Alles ist möglich.«

Jaden nickte, aber es war keine Zustimmung. »Ich glaube, wir wissen beide ganz gut, was hier abgeht, oder? Vielleicht beobachten sie, wer als letzter übrig bleibt. Vielleicht wollen sie sich selbst um diesen Letzten kümmern. Vielleicht haben sie mit demjenigen noch ganz andere Dinge vor. Überleg doch mal, was bisher passiert ist. Glaubst du wirklich, sie schrecken vor Folter zurück? Vor Vergewaltigung? Vielleicht will ich dir das nur ersparen und …« Er stockte, als sie nun die Waffe aus ihrem Hosenbund zog und in die Höhe hielt. Sie zielte nicht auf ihn, sondern hielt das Ding einfach nur auf Höhe ihrer Schulter. Sie wollte ihm nicht drohen. Sie wollte versuchen, es zu lösen – entgegen der Regeln. Nur nahm Jaden diese verfickten Regeln als gegeben hin. Fiel ihm das wirklich so viel leichter? Tun, was er glaubte, tun zu müssen, anstatt nach Alternativen zu suchen?

»Du hast sie mitgenommen.« Jadens Stimme klang kühl. Als hätte Daisy sein Vertrauen gebrochen. Als hätte sie ihn hinterrücks in eine Falle gelockt und hintergangen. Die Finger, die den Gürtel hielten, umschlossen das Leder noch fester. Sie glaubte sogar zu sehen, wie seine Fingerknöchel weiß hervortraten.

»Sie lag neben Brian, und ich war nicht sicher, ob …« Wieso entschuldigte sie sich? Noch ehe sie den Satz beendete, hielt sie die Klappe.

Jaden schwieg ebenfalls. Nur das Wasser flüsterte weiter seinen Zuspruch, kroch ihren Bauch nach oben, hatte bereits ihren Nabel erreicht. Sie zitterte. Doch sie presste ihre Lippen zusammen und atmete tief durch die Nase ein, damit Jaden es nicht sah.

Ihm reichte das Wasser gerade einmal bis zur Hüfte, aber auch er hielt den Gürtel bereits über der Oberfläche.

»Ich will nicht ertrinken«, sagte er.

»Ich auch nicht.« Bei diesen Dingen musste man nicht lügen. Und es war auch okay, dass sie weinte. »Leg bitte dieses Ding weg. Und ich werfe die Waffe ins Wasser. Und dann sehen wir, was passiert. Das ist nicht das, was sie geplant haben, da bin ich sicher. Vielleicht …«

»Vielleicht«, sagte er und nickte. Das war kein Nicken, das ihr zustimmte, das wusste sie. Es war einfach nur ein Beschluss, den er gefasst hatte. »Okay, machen wir es so.« Während er das sagte, kam er näher.

»Jaden, bleib, wo du bist!«

»Wenn wir es so machen, dann gemeinsam, oder? Du passt auf mich auf und ich auf dich, und wir halten durch, bis es vorbei ist. Zusammen, okay?« Er klang, als würde er sie nun zu ihrer eigenen Idee überreden müssen.

Das war nicht gut. Es klang wie eine Taktik, die man Menschen beibrachte, um andere Menschen zu steuern, damit sie keinen Ärger mehr machten. Und um sie zu überwältigen. Daisy hatte keine Ahnung von derlei Methoden, aber sie erkannte sehr wohl, wenn jemand eine Rolle spielte und wann nicht. Sie hatten wohl beide ihre Berufsgeheimnisse.

»Ich hab gesagt, du sollst da stehen bleiben! Wir müssen uns nicht an den Händen halten, wir schaffen das auch so.«

»Traust du mir nicht?«

Er war nur noch drei Meter von ihr entfernt, wenn überhaupt. Und seine Faust schloss sich noch immer um diesen Gürtel.

»Tu mir einfach den Gefallen«, bat sie ihn. Ihr Rücken presste sich gegen das schwarze Glas hinter ihr. Und sie schob sich daran entlang, ein Stück weit von Jaden weg. Doch der lief einen weiteren Schritt auf sie zu.

»Daisy …«, sagte er und klang, als würde er sie um Verzeihung bitten. Wofür? Noch hatte er nichts getan. Es lag an ihm, es auch dabei zu belassen.

»Lass diesen verfickten Gürtel fallen. Das ist nicht so schwer!«

»Du zuerst«, sagte er und deutete mit einem Nicken auf die Waffe.

»Willst du mich verarschen?«

Er war ihr näher als eben noch, viel zu nah. Und er hörte nicht auf damit. Glaubte er, sie merkte das nicht?

»Ich will nur, dass wir gemeinsam … Hey! Nimm das Ding runter!«

Sein letzter Schritt war einer zu viel gewesen. Sie hatte ihre Bedingungen klargemacht, aber Jaden verhandelte nach wie vor. Dabei gab es nichts zu verhandeln. Sein Gürtel für ihre Waffe. Sie zielte auf seine Brust, obwohl er vermutlich nah genug war, um mühelos auch seinen Kopf zu treffen.

»Nimm das Ding, weg, ehe du noch jemandem …«

Er verstummte, als der Schuss explodierte.

Blitzschnell hatte Daisy die Waffe entsichert und an Jaden vorbeigeschossen. Die Kugel prallte an der Wand hinter ihm ab und schoss von da ins Wasser. Die Wand blieb unversehrt. Natürlich blieb sie das.

Mit einem entsetzten Keuchen ließ Daisy auch diese vage Hoffnung los, hier herauszukommen. Unversehrt und ohne dass jemand anderes dafür zu Schaden kam.

»Sag mal, spinnst du? Der Querschläger hätte uns treffen können!«

»Hat er aber nicht. Und wäre doch nur fair gewesen, oder? Ein Unfall, wie bei Max. Oder ein Irrtum wie bei Alayna. War es ein Irrtum, Jaden?«

»Ich wusste nicht, dass …«

»Bei Brian war es jedenfalls keiner.«

»Er wollte auf dich schießen!«, fuhr er Daisy an. »Und wer weiß, was er mit Fran gemacht hat? Glaubst du, sie ist freiwillig da dringeblieben? Glaubst du wirklich, er war unschuldig? Ich denke, er hat es schneller begriffen als wir. Nichts weiter. Und er hat genau dieselben Schlüsse gezogen wie wir.« Er deutete in eine Richtung, in der sich nur sehr vielleicht dieser Raum befand. Mit den Fliesen, der Badewanne. Und dem Rauch. War Frances noch immer dort oder hatte man sie schon fortgebracht?

»Nicht wie wir. Du!« Daisy schüttelte den Kopf und richtete ihre Waffe wieder auf Jaden. »Ich hab dir gesagt, du sollst wegbleiben!«

»Okay«, sagte er, hob beide Hände und wich nun endlich einen Schritt zurück.

Das Atmen fiel ihr dennoch nicht leichter. Die Kälte des Wassers umklammerte mittlerweile ihre Brust. Gleich würde sie Mühe haben, die Waffe noch über der Oberfläche zu halten. Es sei denn …

Sie wagte nicht, zu dem kleinen Podest zu schauen, auf dem das Magazin gelegen hatte. Vielleicht würde Jaden nur eine Sekunde Unachtsamkeit genügen, um sie zu entwaffnen. Also lief sie rückwärts in die Richtung, in der sie diesen Klotz vermutete. Sie musste da hin, noch ehe das Wasser sie zu einer Entscheidung zwang, für die Jaden viel mehr Zeit hatte als sie.

Und sie glaubte, dass er das ganz genau wusste. Dass ihm klar war, dass er nur zu warten brauchte, bis seine Körpergröße ihren Vorteil ausspielte, bis das Wasser zu hoch war, um eine Waffe sicher darüber zu halten und auch noch zu zielen.

Nur ein paar Minuten, länger würde Jaden nicht warten müssen.

Als Daisy bis in die Mitte des Raumes gerückt war, stieß sie nicht wie erwartet gegen die Erhöhung, nach der sie gesucht hatte. Da war gar nichts.

Hektisch suchte sie die Wasseroberfläche ab. Ein weißer Klotz inmitten eines schwarzen Raumes konnte nicht schwer zu finden sein. Das Wasser war ebenfalls schwarz, jedenfalls sah es so aus.

Aber sie konnte nichts Helles darin ausmachen, nichts schimmern sehen, nichts ...

Sie schreckte hoch, als sie das Geräusch von Wasser hörte, das einem Körper nachgab, der sich seinen Weg hindurch brach. Sie wandte sich um. Er war nah. Viel zu nah. Wie hatte er so schnell bei ihr sein können, wie hatte er ...

Der Schuss löste sich schneller, als sie die Entscheidung für ihn hatte treffen können. Sofort breitete sich ein dunkler Fleck auf Jadens Brust aus.

Endlich ließ er den Gürtel fallen. Er hatte ihn mit zwei Händen gehalten, nicht mehr nur mit einer.

Genau so, wie er sich Brian genähert hatte.

»Oh Gott«, murmelte sie. »Tut mir leid, tut mir leid, tut mir leid.« Einem Impuls folgend warf sie die Waffe von sich und wich weiter zurück.

Jaden sah auf, die Augen weit aufgerissen. Als er hustete, kroch Blut über seine Lippen und tropfte in das Wasser, welches das Rot einfach mit seinem Schwarz verschluckte. Jaden schien etwas sagen zu wollen. Sein Mund öffnete und schloss sich. Vielleicht war er zu leise oder das Rauschen des Wassers war einfach zu laut. Daisy hörte kaum, wie er die Oberfläche durchbrach, als seine Beine unter dem Körper nachgaben und er vornüberfiel. Das Schwarz trug ihn einen Moment bäuchlings, ließ ihn aber bald tiefer sinken.

»Oh Gott«, keuchte Daisy wieder und versuchte, noch mehr Abstand zwischen sich und Jadens Körper zu bekommen. Sie schwamm zwei Meter, weil das Laufen zu anstrengend geworden war. Mittlerweile reichte die Kälte ihr fast bis zur Schulter.

Und ihr Flüstern war noch immer zu hören.

»Hör auf«, murmelte sie, den Blick auf das nachlaufende Wasser gerichtet. »Er ist tot. Hör auf!«

Das waren doch die Regeln, oder? Ein Leben für einen Ausgang. Aber hier war kein Ausgang. Das Wasser stieg immer höher. »He!«, brüllte sie, weil ihr nichts anderes einfiel.

Hektisch sah sie sich um.

Die Wände waren noch immer schwarz und spiegelglatt.

Die Tür.

Vielleicht ließ sie sich jetzt öffnen.

Mit größtmöglichem Abstand zu Jaden, den sie in dem Wasser kaum noch ausmachen konnte, schwamm sie zu dem schmalen Gang, durch den sie hierhergekommen waren. Dort war das Wasser schon fast bis zur Decke gestiegen. Sie musste den Kopf in den Nacken legen, um Luft zu bekommen. Als sie die Tür erreichte, tauchte sie unter, konnte jedoch nichts sehen.

Mit den Händen tastete sie die Fläche vor sich ab, bis sie die Ränder fand, an denen die Tür sich schloss. Kurz tauchte sie auf, um noch einmal Luft zu holen, fuhr dann die Ränder nach, bis sie sicher sein konnte, die gesamte Tür abgetastet zu haben. Doch da war nichts, keine Klinke, kein Knauf. Nur eine glatte Fläche, wie auf der anderen Seite auch.

Panisch drückte sie dagegen, aber die Tür rührte sich nicht. Wie auch? Sie hatte nicht einmal Jaden nachgegeben, als der sich dagegen geworfen hatte.

Der Druck in ihren Lungen zwang Daisy dazu, ihre Suche nach einer Lösung abzubrechen. Sie stieß sich vom Boden ab, öffnete den Mund bereits für den notwendigen Luftzug … Und prallte gegen die Decke.

Die Oberfläche des Wassers war verschwunden und mit ihr die Luft. Das Wasser erstickte ihren Aufschrei, jedoch nicht den Reflex, nach einem Schrei tief Luft zu holen. Daisy rang diesen Drang nieder und stieß sich mit einem kräftigen Tritt von der Tür ab, um zurück in den größeren Raum zu kommen, dessen Decke höher war als bei der Tür. Wo das Wasser noch ein Ende haben würde. Musste. Ihre Lungen schrien bereits nach Luft und wenn nicht nach Luft, dann wenigstens nach irgendwas.

Es dauerte ewig, bis sie endlich die Oberfläche erreichte. Sie hustete, schmeckte das Salz in dem Wasser. Sie wollte wissen, was das zu bedeuten hatte, aber ihre Gedanken konnten kaum einen klaren Gedanken mehr fassen. Erst, als sie mehrere Atemzüge genommen hatte, erkannte sie zwei Dinge – die Glasdecke war nicht mehr weit von ihr entfernt. Wenn sie ihren Arm ausstreckte, würden ihre Fingerspitzen sie berühren. Und sie war nicht mehr schwarz. Stattdessen sah Daisy Scheinwerfer, die von weit weg zu ihr hinabschienen.

Erschrocken riss sie ihren Blick von den Lichtern los. Doch sie hielten sich weiter an ihrer Netzhaut fest und bildeten ein Echo auf allem, was sie sah, als sie sich um sich selbst drehte.

Sie sah nicht mehr nach oben zu den Lichtern, sondern durch die Seitenwände, durch die sie nun ebenso hindurchsehen konnte. Die Bilder dahinter waren verschwommen. Da stand jemand. Da standen definitiv Menschen.

»Hey!«, brüllte sie und schwamm an die Glaswand. »Hey, lasst mich raus!« Als sie ihr Ziel erreichte, schlug sie mit ihren Fäusten gegen das Glas. »Ihr scheiß Wichser, lasst mich hier raus!«

Eine dritte Gestalt gesellte sich zu den ersten beiden. Daisy konnte schemenhaft erkennen, dass die Gesichter ihr zugewandt waren. Aber niemand rührte sich. Sie standen einfach da und sahen ihr zu. Niemand rührte sich, sie warteten einfach nur. Bei der Frage nach dem Worauf fiel Daisy nur eine Sache ein. Nur eine einzige verdammte Sache. Jaden hatte recht gehabt. Niemand hatte die Absicht, auch nur einen von ihnen wieder gehen zu lassen.

Sie würde hier sterben.

Der Gedanke war mit einem Mal nicht mehr nur eine Idee. Er fühlte sich an wie das Wasser um sie herum, kroch kalt in ihre Kehle und zog sich fest um ihren Brustkorb. »Lasst mich hier verdammt noch mal raus! Ihr elenden Pisser, ihr könnt mich hier nicht einfach ...«

Daisy schrie auf, als etwas ihr Bein streifte. Schwer und leblos drückte sich etwas gegen ihren Unterschenkel. Sie wusste, was das war und schloss die Augen, um nicht nachzusehen. Einen Moment lang harrte sie aus und wartete darauf, dass Jadens Körper an ihr vorbei trieb, doch er blieb, wo er war, drängte sie weiter in die Ecke des Glaskastens. Genau wie eben, als er noch einen Puls gehabt hatte. Und einen Gürtel.

Ohne hinzusehen, schob sie sich an der Scheibe entlang von ihm weg und hämmerte dabei immer wieder gegen das Glas. »Macht das verdammte Wasser aus. Lasst mich hier endlich raus, bitte!«

Mehr Gestalten kamen dazu. Aber sie hatten keine Gesichter mehr. Das, was Daisy entgegensah, war tiefes Grau, mehr nicht.

»Oh Gott, das ist doch nicht ... Bitte! Ich will doch nur ...« Wasser schwappte über ihr Kinn, und sie musste den Kopf wieder in den Nacken legen, um weiter Luft zu bekommen.

Daisy stieß sich von der Wand ab, hinter der diese Menschen standen und einfach nichts taten. Stattdessen drehte sie sich so, dass sie auf dem Rücken schwamm und die Glasfläche vor sich hatte, die immer näher rückte. Sie klopfte dagegen. Hier musste irgendwo eine Lücke sein, ein Code, ein Schlüssel. Irgendeine Lösung. Es hatte immer eine gegeben.

Jedes Mal. Es gab eine Lösung und einen Toten, und dann war die Tür aufgegangen.

Diesmal gab es nur einen Toten, also musste sie die Lösung noch finden. Nur fiel ihr nichts anderes ein, als ziellos gegen das Glas über sich zu trommeln, während von oben teilnahmslos die Scheinwerfer auf sie hinabstrahlten.

Ihr Klopfen wurde heftiger, als ihr Gesicht sich allmählich an die Glasscheibe drückte, die Nase und ihre Stirn die kühle Fläche berührten. Und das Wasser über ihre Wangen kroch, an ihren Augenwinkeln leckte, als würde es zärtlich ihre Tränen von dort wegwischen.

»Nein! Nein! Das ist nicht richtig! Nein!«, schrie sie, doch ihre Worte kamen ihr wieder entgegen und wurden von dem Wasser verschluckt, als dieses sich über ihr Gesicht legte.

Daisy schlug heftiger gegen das Glas. Trat dagegen. Doch unter Wasser verloren ihre Attacken jede Kraft. Und jeden Sinn.

Hastig schwamm sie wieder an die Seite, an der die Leute standen. Jetzt mussten sie etwas tun. Jetzt mussten sie doch ... Es gab keine Luft mehr. Nur die wenigen Blasen, die aus ihrer Nase und ihrem Mund entwichen, nach oben stiegen und dann irgendwohin verschwanden.

Ihre Lunge zog sich zusammen, wollte endlich die alte, verbrauchte Luft loslassen. Daisy kämpfte darum, sie noch einen Moment bei sich zu behalten, den letzten Sauerstoff daraus zu ziehen. Bis es sich anfühlte, als wäre es ihr Herz, das nach rechts und links schlug und gegen ihre Lungenflügel trat.

Ihre Lungen gaben nach und die Luft frei, die in großen Blasen durch das Wasser trieb und am Glas zerschellte. Und dann weg war.

Nicht wieder einzuatmen, war noch schwieriger. Daisy wusste, dass es ihr Ende wäre, würde sie ihre Lungen mit dem Salzwasser füllen. Sie wusste das, ihr Körper jedoch nicht. Er schrie gegen ihre Weigerung an, zu atmen. Bis sie gar nicht mehr gegen die Glasscheibe kämpfte. Nicht mehr gegen das Wasser. Nur noch gegen den Zwang ihres Körpers, seinem Willen endlich nachzugeben.

Sie schüttelte den Kopf, als wäre das ein Argument gegen das Luftholen, wo keine Luft mehr war. Und dann atmete sie doch. Es war der Schreck, der sie in diesen Atemzug hineinstieß, als sie plötzlich fiel. Sie atmete, holte Wasser in ihre Lungen, aber auch Luft.

Daisy spürte sie in ihrer Kehle, auf ihrem Gesicht.

Dann krachte sie auf den Boden.

6. Puls

Makenzie

10 Stunden zuvor

Er zuckte zusammen, als die Nadel durch seine Haut stach. Eigentlich war er weder zimperlich noch hatte er Angst vor Nadeln. Aber jeder würde ihm nachsehen, dass die Leiste eine Gegend war, in der man gut und gern auf solche Spielereien verzichtete.

Die Ampulle mit der Lösung fixierte der Arzt peinlich genau in der Beuge von Makenzies Schenkel, während sein Assistent die Kontakte am Daumen und am kleinen Finger seiner linken Hand anbrachte. »Zum besprochenen Zeitpunkt ...«, setzte der junge Mann an, aber Makenzie schüttelte nur den Kopf.

»Ich weiß«, unterbrach er die Erklärungen, die er bereits mehrfach gehört hatte. Von drei verschiedenen Ärzten. Er hatte sie außerdem in kurzer juristischer Form auf seinem Vertrag gegenlesen können. »Kontakte zusammenführen und dann ... Bäm! Herzschlag weg.«

Während der Assistent nur seine Augenbrauen hob, ließ der Arzt, der das Unternehmen leitete, sich nicht aus der Ruhe bringen.

»Das ist eine kardioplegische Lösung«, erklärte er, als würde er eines seiner Fachbücher rezitieren. »Sobald Sie die Injektion auslösen, wird es nur ein paar Sekunden dauern, bis die Wirkung greift. Das kann eine beklemmende Erfahrung für Sie sein, Mr. Cox, aber seien Sie sich gewiss, dass

Sie in besten Händen sind. Das Mittel wird einen Herzstillstand induzieren, wie es bei kardiologischen Operationen üblich ist. Gleichermaßen hebt es die Toleranz für die eintretende Ischämie.«

Da er sich einer weiteren Erklärung wohl kaum entziehen konnte, nickte Makenzie nur und lauschte den weiteren Erklärungen des Arztes. Sie waren genau das Gleiche wie in den anderen Belehrungen auch. Sobald er seinen Herzstillstand auslöste, würde auch die Atmung bald ausfallen. Das Mittel, das er bekam, verursachte den Herzstillstand, sorgte jedoch gleichermaßen dafür, dass sein Herz dem Sauerstoffmangel länger standhielt als üblich. Weiterhin waren Pads an seinem Oberkörper angebracht, um sofort einen künstlichen Herzschlag zu erschaffen, sollte das Reanimationsteam nicht schnell genug zu ihm gelangen.

Der im Blut verbliebene Sauerstoff konnte sein Gehirn weiter versorgen. Wenigstens so lange, bis die künstliche Beatmung einsetzte.

»Wir gehen davon aus, dass man versuchen wird, Sie wiederzubeleben. Das wird für eine Weile Ihre Zirkulation und auch die Sauerstoffzufuhr aufrechterhalten, wenn auch in geringerem Maße. Ab Aussetzen des Herzschlages bis zu unserem Eingreifen ist eine maximale Zeitspanne von vier Minuten vorgesehen. Ihre Vitalwerte haben wir ununterbrochen im Blick.«

»Okay, Doc«, sagte er.

»Sollte es zu unvorhergesehenen Verzögerungen kommen, schreiten wir ein und lösen das Spiel auf.«

Makenzie schmunzelte. »Ich glaube, das würde Cora nicht besonders glücklich machen.«

»Noch unglücklicher wäre sie wohl, sollten wir Ihren tatsächlichen Tod feststellen müssen, Mr. Cox.«

»Das wäre in der Tat höchst unerfreulich«, mischte Cora sich ein.

Sie stand ihm gegenüber neben der Tür, hatte sich gegen die Wand gelehnt. Trotz ihrer High Heels gelang es ihr, den linken Fuß gegen die Wand zu stellen, sodass das schlanke Bein angewinkelt war. Wie sie dieses Kunststück trotz des Rockes, den sie trug, vollbrachte, war Makenzie ein Rätsel, aber eines, dass er gern betrachtete.

Wie immer hielt sie ein Klemmbrett in der Hand. Makenzie sah sie selten ohne dieses Klemmbrett. Sie legte es anscheinend nur nieder, wenn sie auch ihre Kleidung ablegte. »Sind Sie fertig mit ihm?«, fragte sie den Arzt.

»Gleich«, gab dieser zu verstehen. Er wirkte wie ein Lehrer, der einer aufmüpfigen Schülerin bedeutete, dass er es war, der die Schulstunde beendete und nicht sie.

»Überprüfen Sie die Werte auf den Screens. Ich muss wissen, dass die Verbindung steht«, wies er seinen Assistenten an, der sofort an den Rechner stürzte. Ganze drei Bildschirme umringten die Tastatur, in die er einige Eingaben tätigte und dann den Daumen hob.

Scheiße, der Kerl hob ernsthaft den Daumen. Und in die Verantwortung dieser Idioten wollte er sich freiwillig begeben. »Steht«, bestätigte der Assistent.

»Gut, dann ... Hoffen wir, dass es genauso reibungslos läuft wie bei dem Testlauf.«

»Das liegt dann wohl in der Verantwortung von Max.« Cora lächelte ihn an und löste sich von der Wand, um auf ihn zuzukommen. »Du hast den Ablauf im Kopf?«

»Die Zielperson ist Brian Jenkins«, bestätigte er. »Größte Aggressionsbereitschaft. Ich werde den Konflikt mit ihm suchen, vermutlich nach Ablauf von etwa zwei Stunden. Sollte Brian Jenkins sich als ungeeignet erweisen, geht der Fokus auf Jaden Cline über. Größere Konflikttoleranz, aber absolute Gewaltbereitschaft, wenn die überreizt wird. So geschehen in Washington, als er zwei Männer erschossen hat. Vielleicht auch seine Kollegin, konnte ihm nicht nachgewiesen werden.« Makenzie zwinkerte dem Doc zu. »Ich habe auch meine Hausaufgaben gemacht.« Dann wandte er sich wieder an Cora. »Konflikt wird also nach zwei Stunden initiiert, spätestens aber nach Auffinden des Fahrstuhls. Zur Not werde ich selbst zur Lösung der Rätsel beitragen. Toleranzzeit liegt bei fünf Stunden.«

»Schau, dass es nicht so lange wird«, bat Cora ihn. »Ich möchte ungern mit der Geduld unserer Kunden spielen. Du weißt ja – je mehr Geld fließt, umso höher der Anspruch. Da können wir noch so oft sagen, dass wir hier eine Alphaversion abspielen.«

»Aye, Ma'am«, grinste er.

Ihr tadelndes Lächeln war genau die Reaktion, auf die er gehofft hatte, ehe sie sein Hemd vom Stuhl nahm und ihm reichte. »Du bist unser wichtigster Mann«, flüsterte sie ihm zu. »Ohne dich haben wir kein Spiel.«

»Ich krieg das hin«, wiederholte er, was er ihr in den letzten Tagen ununterbrochen gesagt hatte. Er wusste, wie viel an ihm hing. Geld. Für die meisten der etwa zehn Beteiligten war es Geld. Es ging immer um Dollars oder Bitcoins, bis einem klar wurde, dass nicht nur der Kopf der Teilnehmer in den Räumen in einer Schlinge steckte, sondern auch der eigene. Und sie würde sich zuziehen, wenn sie versagten. »Ich krieg das definitiv hin.«

Einmal mehr nickte sie und besiegelte sein Versprechen mit einem »Gut«. Dann wandte sie sich noch einmal an Dr. Rundle. »Die Blutpatronen?«

Unweigerlich fühlte Makenzie selbst nach der winzigen Kapsel an seinem Kopf. Sie war in seinem gegelten Haar förmlich einbetoniert. Sollte sein Kopf aufschlagen, würde sie platzen und ein herrliches rotes Rinnsal freigeben. Eine noch kleinere Version steckte in seinem äußeren Gehörgang. Ihr genügte eine heftige Erschütterung, um ihre Wirkung freizugeben.

Details, sagte Cora immer. *Details sind das Herz eines jeden guten Produktes.*

»Sind installiert«, bestätigte der Arzt, während Makenzie nun auch die letzten Knöpfe seines Hemdes schloss.

»Also gut.« Cora atmete tief durch. Mehr Nervosität als das ließ sie nie nach außen dringen. Auch nicht in seiner Gegenwart. Manchmal fragte er sich, ob es wirklich nicht mehr für sie war als das, was sie vorgab: Die Vermarktung einer gewinnversprechenden Dienstleistung. Doch dann gab es diese wenigen Abende, an denen sie länger als nötig im Bad war. Und wenn sie zurückkam, hatten ihre Augen den roten Schimmer noch nicht ganz verloren. »Bist du bereit?«

»Immer«, erwiderte er und brachte sie damit noch einmal kurz zum Lachen. Er mochte ihren Humor, dem ein kleines, anzügliches Grinsen oft schon genügte, um aufzuwachen.

Sie blickte kurz zur Seite, wo Arzt und Assistent sich den Bildschirmen zugewandt hatten. Ob aus Diskretion, oder weil sich dort tatsächlich ereignisreiche Dinge abspielten, wusste er nicht zu sagen.

Cora nutzte diesen Mangel an Aufmerksamkeit, um sich zu Makenzie zu beugen und ihn zu küssen. »Versau es nicht«, raunte sie ihm dann zu, ehe sie einen Schritt zurücktrat, und er endlich von dieser Krankenhausliege aufstehen konnte.

»Werde ich nicht«, beteuerte er. Immerhin hatte er das nicht vor, und er hatte noch nie etwas versaut, wenn er nicht genau das vorgehabt hatte. Und »Bets for Ends« war nichts, das man in den Sand setzte. Nicht, wenn man nicht vorhatte, seinen Herzschlag ohne das Monitoring zweier Ärzte zu verlieren. Und zwar endgültig.

Der Kontrollraum, wie sie ihn nannten, befand sich direkt neben dem Eingang zum Vorzimmer. Er war vorhin schon dort gewesen und hatte den Kopf über diese alberne Aufmachung geschüttelt. Schwarze Wände und eine gelbe, symbolische Tür. Aber wenn es das war, womit man gutgläubige Menschen lockte, dann sollte es eben so sein.

Er schaute auf die Aufnahmen der Kamera im Treppenhaus. Die Luft war rein. Also drückte er noch einmal Coras Hand, dann verließ er das Zimmer. Draußen atmete er einige Male viel zu hektisch ein und aus, um sich anzuhören wie ein Bürohengst, den es überforderte, ein paar Treppenstufen nach oben zu laufen. Dann hielt er das Blatt mit dem simulierten Einladungstext vor den Scanner und die Tür öffnete sich.

Er verstärkte sein Schnaufen noch etwas, als er in die Runde sah. Nicht zu sehr, um glaubwürdig zu bleiben.

Drei Gesichter schauten ihm entgegen. Das von Brian Jenkins war noch nicht dabei. Aber das war nur eine Frage der Zeit. »Scheiße«, stieß er aus und holte etwas tiefer Luft als nötig. »Bin ich schon zu spät?«

Jetzt

Makenzie sah auf den Bildschirm vor sich, auf dem er verfolgte, was nur zwanzig Meter entfernt ablief. Er hatte beobachtet, wie Daisy bis zum Schluss versucht hatte, dem Aquarium zu entkommen.

So hatten sie es genannt.

Das Aquarium.

Sobald die schwarze Hülle entfernt worden war, traf das auch absolut zu, wie er fand. Es war ein riesiger Glaskasten mitten in diesem Saal.

Es hatte Probleme mit dem Zulauf des Wassers gegeben. Im Hintergrund hatte er die Techniker fluchen hören, weil sie es nicht hatten abstellen können. Dabei war nicht vorgesehen, dass der letzte Teilnehmer ertrank.

Den Stöpsel zu ziehen und das Wasser sofort abzulassen, war die Notlösung gewesen, die sie vermutlich gerade so rechtzeitig aktiviert hatten.

Daisy hatte einen Moment lang regungslos auf dem Boden des Aquariums gelegen. Makenzie hatte schon befürchtet, dass sie tot sein könnte. Das wäre vielleicht zu ihrem Besseren. Doch ihr Tod war ein Schlüsselmoment der Präsentation. Trat er zu früh ein, würde alles andere möglicherweise an Substanz verlieren. Und das konnten sie sich nicht leisten. Zu viel hing davon ab, dass dieser Durchgang ein Erfolg war. Man konnte keine Präzision verkaufen, wenn man sie nicht demonstrierte.

Aber Gott sei Dank hustete Daisy schließlich und rappelte sich auf. Hinter ihr floss noch immer Wasser nach, jedoch auch direkt wieder ab. Diese Idioten hatten das noch immer nicht in den Griff bekommen.

Ähnlich wie Dr. Rundle.

Er hatte seine Zeit überzogen. Laut der Aufzeichnungen hatte Makenzie nach seinem Sturz eine Minute und einundvierzig Sekunden auf dem Boden gelegen, ehe sein Herz den gewünschten Ruhezustand erreicht hatte. Bis das Rettungsteam ihn erreichte, waren weitere sechs Minuten und achtunddreißig Sekunden vergangen. Weil man abgewartet hatte, bis die übrigen Teilnehmer endlich in diesen verdammten Fahrstuhl gestiegen waren.

Sechseinhalb Minuten anstatt vier. Weil Cora die Anweisung gegeben hatte. Noch hatte er keine Gelegenheit gehabt, sie dafür zur Rede zu stellen. Sie war zwanzig Meter entfernt und freute sich gemeinsam mit ihren Gästen über das gelungene Spiel, verkaufte Fehler für volle Absicht, und dachte über sechseinhalb Minuten vermutlich nicht einmal nach.

Er würde mit ihr darüber sprechen, sobald er wieder mehr als drei Sätze sagen konnte, ohne aus der Puste zu sein. Wann seine Kondition wieder die alte sein würde, war ungewiss. Ob es ihm überhaupt wieder gelingen würde, zu alter Form zu gelangen, fraglich. Wegen zweieinhalb Minuten, die er zu lange tot gewesen war.

Vermutlich hatte er Jaden zu verdanken, dass er noch lebte. Seine Wiederbelebungsversuche hatten den Toleranzzeitraum verlängert. Über vier Minuten hatte der Hüne sich um ihn bemüht. So die Erklärung des Arztes – oder vielmehr dessen Entschuldigung dafür, sich Coras Willen gebeugt zu haben.

Und nun lag dieser grobschlächtige Kerl wie ein riesiger Haufen Elend auf dem nassen Boden des Aquariums. Daisy kauerte nur ein paar Meter von ihm entfernt. Sie hatte mittlerweile aufgegeben, gegen die Glasscheiben zu trommeln. Vermutlich war das gut so. Daisy war eine Sympathieträgerin. Wenn sie um ihr Leben bettelte, würde man über ihren Wunsch vielleicht nachdenken. Man würde ihn nicht erfüllen. Jeder wusste, dass das gar nicht infrage kam. Schon Jaden und Brian hatten das gewusst. Aber es konnte gefährlich für das Konzept sein, wenn die Zuschauer genauso viel Mühe mit der Einsicht hatten wie die Teilnehmer.

Die Kunden hatten bisher alles nur live auf Bildschirmen verfolgt und danach ihre Wetten platziert. Von Angesicht zu Angesicht mit einer Probandin zu sein, nur getrennt durch eine Glasscheibe, das war etwas anderes. Nicht umsonst wurden Menschen Vegetarier, nachdem sie einmal die Schlachtung eines Tieres gesehen hatten.

Cora lächelte weiter und verstand sich meisterlich darauf, die letzte Überlebende des Spiels wie ein Ding wirken zu lassen und nicht wie einen Menschen. Aber das hier war Los Angeles. Die Grundlage für dieses Denken lernte man auf der Straße.

Makenzie griff nach der Wasserflasche und lehnte sich in seinen Sessel. Er schloss die Augen und versuchte, das Rasen seines Pulses zu ignorieren, während er Coras Stimme dabei zuhörte, wie sie fast wortwörtlich rezitierte, was sie vor dem Schlafzimmerspiegel auswendig gelernt hatte.

»Es wird etwa eine halbe Stunde dauern, bis ich die Ergebnisse der Wetten habe. Bitte haben Sie Nachsicht, dass die Kalkulation so viele Variablen berücksichtigt, dass es zu dieser kleinen Verzögerung kommt. Es gab Wetten auf die Person, die als letzte das Ziel erreicht, über die einzelnen Tode, über den Ausführenden und die Zeitpunkte, die Wahl der Waffen. Die Werte haben sich natürlich im Lauf des Spieles verändert, da wir bis zum Schluss noch finale Wetten angenommen haben.« Sie machte eine Kunstpause und Makenzie hörte das vertraute Schmunzeln in ihrer Stimme, als sie weitersprach. Es war nicht echt. Aber er glaubte nicht, dass das jemandem auffallen würde. »Natürlich ist eine akkurate Wette auf Teilnehmerin Nummer vier vor Beginn des Spiels mehr wert als eine, die in den letzten Minuten abgegeben wurde. Und wir möchten unser Versprechen einer höchst transparenten Berechnung beibehalten. Die Ergebnisse gehen Ihnen über die App in wenigen Minuten zu. In der Zwischenzeit …« Sie erhob die Stimme etwas, und Makenzie blinzelte, um ihr dabei zuzusehen, wie sie ihr Tablet zückte. Kein Klemmbrett. Vor dem Publikum war es immer das Tablet.

»Es gab Fragen, sowohl vom anwesenden Publikum als auch von den digital teilnehmenden Gästen, die ich gern beantworten möchte. Denn wie gesagt, ist Transparenz für unser Unternehmen von höchster Notwendigkeit.«

Makenzie wusste, dass das der Part war, der sie mit dem meisten Stolz erfüllte. Und mit dem meisten Zwiespalt. Sie wusste, dass das hier nicht nur eine Dienstleistung war. Dass es Namen unter den Kunden und Zuschauern gab, die für den Entwickler von größtem Interesse waren. Und an diesem Punkt zeigte die Transparenz ihre Endlichkeit. Weder er noch Cora kannten diese Namen. Scheiße, sie kannten nicht einmal alle Namen ihrer Kollegen. Und ob der Name, mit dem er sie ansprach, ihr richtiger war – er hatte keine Ahnung. Aber er wusste, dass vermutlich sie es sein würde, die ihn zum Schweigen brachte, sollte er versagen oder aussteigen. Oder auch nur reden.

»Selbstverständlich gewähren wir Ihnen absolute Anonymität. Die Verschlüsselung von Kommunikation und Bankdaten wird in einem engen Zyklus erneuert – stündlich. Dies erfolgt außerdem manuell und nicht durch ein Computersystem, welches zu durchschaubar wäre. Ein Team aus sechs Informatikern arbeitet also in einem ununterbrochenen Turnus, um Ihre absolute Sicherheit zu garantieren. Es freut mich, dass die Nachfragen zu diesen Punkten nur sehr wenige waren. Das zeugt von einem Vertrauen, das mich ehrt. Dennoch wollte ich die Gewichtung, die Ihre Unantastbarkeit für uns hat, nicht unerwähnt lassen.«

Applaus. Sie bekam tatsächlich Applaus von den dreißig Teilnehmern, die maskiert, aber mit einem Glas Champagner in der Hand um sie herumstanden. Unten rechts im Bildschirm sah er die andere Zahl – die der Kunden, die über die App live zugeschaltet waren und das Spektakel verfolgten: 134. Das machte über 160 Menschen, die ihr Reichtum langweilte.

Noch ahnten sie nicht, dass ihnen diese Langeweile eines Tages das Genick brechen würde. Cora log nicht, wenn sie ihnen erzählte, dass ihre Daten von externen Zugriffen so sicher waren, wie Daten heutzutage sein konnten. Interne Zugriffe schloss das allerdings nicht im selben Maße ein.

Sowohl Cora als auch er wussten, dass dieses Spiel und seine Toten ein Köder waren, nichts weiter. Noch vor vierzehn Monaten war er selbst Feuer und Flamme für diese Idee gewesen. »Die oberste Schicht der Gesellschaft ist unantastbar. Seit Jahrhunderten versucht man, sie zu stürzen. Wir wissen mittlerweile, dass das nicht funktionieren wird. Aber wir können versuchen, einen großen Teil von ihnen zu steuern. Und kaum etwas eignet sich besser dafür als Schuld.«

Das war die Idee gewesen, mit der man an ihn herangetreten war. Daraus war ein Konzept entstanden und schließlich ein vollständiger Maßnahmenplan.

Nun gab es vier Tote. Bald fünf. Weitere würden folgen.

Er hatte gewusst, dass das passieren würde, genauso wie er gewusst hatte, dass das Konzept ab einem gewissen Punkt bitter schmecken konnte. Das war ihm klar gewesen. Immerhin war es das, was fast immer mit Ideen passierte, sobald sie mit der Realität kollidierten. Sie wurden bitter.

Also konnte man sie niederlegen oder durchhalten, bis man sich an den Geschmack gewöhnte.

Und Niederlegen kam für ihn nicht mehr infrage. Sebastian hatte das versucht – oder wie auch immer der Kerl aus dem Marketing wirklich geheißen hatte. Und an Sebastians Beispiel war unmissverständlich demonstriert worden, dass Ausstieg keine Option war.

»Die meisten Fragen drehten sich um die Abläufe des Spiels. Die Teilnehmer ...« Sie deutete auf das Aquarium. »... werden von uns im Vorfeld genaustens durchleuchtet. Wir überprüfen ihr Persönlichkeitsprofil nach sozialen Kontakten, nach Hintergründen und Geschichten. Verschuldung. Beruf. Motivation. Dabei legen wir viel Wert auf ein eher unstetes soziales Umfeld, auf Spannungen und Konfliktpotenzial, die das Verschwinden der Teilnehmer unverdächtig halten. Psychologische Mitarbeiter kommen im Vorfeld mit den Teilnehmern in Kontakt und beobachten sie. Das Material wird Ihnen, liebe Kunden, vorab in komprimierter Form zur Verfügung gestellt. Mehr Details können im Vorfeld ebenfalls erworben werden.«

Sie sah auf ihr Tablet, um sich die nächste Frage zu suchen, deren Beantwortung notwendig war. »Es gab mehrere Nachfragen, was mit den Körpern der Teilnehmer passiert.«

Kurz huschte Makenzies Blick zum Aquarium. Die Kamera tat ihm auch den Gefallen, dorthin zu schwenken und Daisys Blick aufzufangen. Der allerdings war unverändert. Sie konnte Cora nicht hören. So wie der Hersteller des Aquariums es garantiert hatte. Gut.

»Wir werden sie nicht einfach entsorgen. Diese Bedenken möchte ich Ihnen nehmen. Jeder von ihnen erhält das Szenario eines Ablebens, das dem hier ebenbürtig ist. Beispielsweise wird Frances Adams bereits in einer Stunde in ihrer Garage gefunden werden. Der Motor ihres Wagens wird laufen. Ein klassischer Suizid einer betrogenen Frau. Während unsere Studentin sich mit Insektiziden das Leben nimmt. Meine Kollegen arbeiten gerade an ihrem Abschiedsbrief. Teilnehmer Nummer zwei, Brian Jenkins, hat ohnehin bereits einen dokumentierten Selbstmordversuch hinter sich. Praktisch, dass er damals versuchte, sich zu erhängen, aber von einem Freund gefunden wurde. Das war kurz vor seinem dreißigsten Geburtstag. Und das hübsche Paar dort drüben ...« Sie deutete zum Aquarium. »... wird beim Spaziergang am Pier erschossen und ins Meer geworfen. Ein tragischer Raubüberfall, wie er in L. A. leider immer wieder vorkommt. Die Überwachungskameras an der geeigneten Stelle werden diese tragische Geschichte bestätigen.« Selbstsicher lächelte Cora in die Kamera. Die nächste Frage musste sie nicht ablesen. Sie tat nicht einmal so als ob.

»Natürlich gibt es Bedenken, die sich um die Moral unserer Teilnehmer drehen und um ihre Bereitschaft, mitzuspielen. Das kann ich nachvollziehen. Es muss gewährleistet sein, dass im ersten Raum ein Tod stattfindet – Unfall oder Mord – um den Teilnehmern das Regelwerk zu verdeutlichen. Das ist uns völlig bewusst. Daher lassen sie mich Ihnen jemanden vorstellen.«

Das war sein Stichwort.

Ächzend erhob sich Makenzie von seinem Sessel. Er spürte, wie sein Kreislauf sich gegen diese Bewegung sträubte, und war das erste Mal froh über das Make-up, das man ihm aufgelegt hatte, um die Blässe auf seinem Gesicht zu überzeichnen.

Die schmeichelhaften Worte, mit denen Cora ihn ankündigte, musste er nicht hören: Talentierter Stuntman im besten Alter. Dazu viel Gerede über seinen Mut sowie ein schlechter Witz über gut bezahlte Schauspielerei in Hollywood – ganz ohne eine Leinwand. Damit füllte sie die Zeit, bis er hinter dem Aquarium auftauchte.

Er sah kurz nach rechts durch die Glasscheibe. Offenbar hatte Daisy im Augenwinkel bemerkt, dass jemand an dem Glaskasten vorbeilief und sah auf. Als sie ihn erkannte, fiel jede Fassung aus ihrem Gesicht. Und mit ihr das Blut. So blass hatte sie in der ganzen Zeit nicht ausgesehen. War ihr denn noch immer nicht klar gewesen, wo sie hineingeraten war? Es tat ihm etwas leid, dass es sein Gesicht war, das ihr diese Information überbrachte. Immerhin brauchte es keine Worte. Sie begriff. Jedenfalls glaubte er, das ihrem Kopfschütteln anzusehen und dem Wort »Nein«, das er ihren Lippen ablesen konnte.

Er wandte sich ab und setzte sein strahlendstes Lächeln auf, mit dem er an Coras Seite trat, die das Raunen der Anwesenden noch mehr genoss als er selbst.

»Wie Sie sehen, gewährleisten wir den ersten Toten. Denn dieser Schlüsselmoment ist zu wichtig, um ihn dem Zufall zu überlassen.« Sie strahlte zu Makenzie hinauf, der sich Mühe gab, ihren Gesichtsausdruck zu spiegeln. *Sechseinhalb Minuten,* dachte er. *Sechseinhalb beschissene Minuten.*

»Mr. Cox ist wohlauf, wie seine Ärzte bestätigen, die dafür Sorge getragen haben, dass er in keiner Sekunde in ernster Gefahr war. Ein paar Tage Ruhe, und er ist wieder ganz der Alte«, verkündete sie, und Makenzie biss sich auf die Zunge, um nichts zu sagen, sondern nur lächelnd zu nicken. Cora drückte kurz seinen Unterarm, dann nahm sie sich ein Sektglas von dem Tablett, das ihr gereicht wurde – in genau dem richtigen Moment. Bei Cora lief immer alles im genau richtigen Moment ab. Außer die Wiederbelebung ihres Bettgefährten.

»Meine Damen und Herren, ich muss meinen größten Dank für Ihr Vertrauen aussprechen und für Ihre Teilnahme an diesem ersten Durchlauf. Was Sie verfolgt haben, war die Alphaversion von *Bets for Ends.* Unsere Entwickler arbeiten auf Hochtouren an Verbesserungen und – ich denke, das wird Sie freuen zu hören – Möglichkeiten für Sie, um selbst aktiv an den Spielen teilzunehmen. Wir denken an Vorteile, die Sie für Ihre Favoriten erwerben können, ebenso wie Einflüsse, die alle Teilnehmer betreffen wie beispielsweise Dunkelheit, Wasser, Gerüche oder Lärm. Denkbar ist sogar eine Möglichkeit, potenzielle Teilnehmer zu nominieren. Wenn diese unseren Ansprüchen zur Gewährleistung Ihrer Sicherheit genügen ... Warum nicht? Wie Sie sehen: Geplant ist ein vielfältiges Spektrum, das wir Ihnen in den weiteren Versionen des Spiels vorstellen werden.« Sie lächelte Makenzie noch einmal zu. »Nun bin ich natürlich Geschäftsfrau und möchte Ihnen ein Angebot unterbreiten. Wenn Sie heute noch die Teilnahme für das nächste Spiel bestätigen, biete ich Ihnen einen Rabatt von 50 Prozent auf die anfallende Teilnahmegebühr. Das hält Ihnen höhere Summen verfügbar, die Sie in den Einsatz bringen können.« Dann drückte sie ihr Glas Makenzie in die Hand. »Oh, eine Sache ist da natürlich noch.«

Cora ließ es klingen, als hätte sie diesen kleinen, aber entscheidenden Abschluss einfach vergessen. Dabei war es dieser Part, der sie am meisten beschäftigte. Abgeben wollte sie ihn dennoch nicht. Wahrscheinlich hätte Makenzie das zu denken geben sollen, doch es hatte schlüssig geklungen, wenn sie es begründete mit: *»Ich bin das Gesicht der Kampagne. Ich muss zeigen, dass ich mir für die Sicherheit meiner Kunden auch selbst die Hände schmutzig mache. Indem ich mich angreifbar mache, gewinne ich das meiste Vertrauen.«*

»Ich möchte noch einmal betonen, dass unsere oberste Priorität natürlich die unbedingte Diskretion darstellt. Das bedeutet, niemand wird von den Durchführungen dieses Spiels erfahren, der nicht eigens von meinem Team oder von Ihnen dafür auserlesen worden ist. Das heißt auch, dass keiner der Teilnehmer auf der anderen Seite in der Lage sein darf, unser Geheimnis auszuplaudern.«

Ein weiteres Tablett wurde ihr gereicht. Unter dem schwarzen Tuch, das darauf lag, war die Waffe deutlich abgezeichnet. Cora hatte wochenlange Trainings am Schießstand absolviert, um sich auf den Moment dieser großen Marketingveranstaltung vorzubereiten.

Doch sie rührte weder das Tuch noch die Waffe sofort an, sondern wartete, bis sich mit einem lauten Krachen die vorderste Wand des Aquariums löste und langsam nach unten fuhr.

Dahinter sprang Daisy auf ihre Beine, schien jedoch unsicher, ob sie sich von der Stelle bewegen sollte oder nicht. Ihr Blick huschte panisch zwischen den Gesichtern hin und her, die sie unweigerlich hinter dem Glas erkennen musste. Und immer wieder fand sie das von Makenzie. Sie sah ihn fragend an. Oder flehend. Auf die Entfernung war er sich nicht sicher.

»Was ist hier los? Was soll das, ich …« Die Glaswand war fast vollständig heruntergefahren, als Daisy ihre Sprache wiederfand, die sie augenblicklich wieder verlor, als Cora das Tuch vom Tablett zog und die Waffe in ihre Hand nahm.

Makenzie erkannte, dass Cora die Show nur in ihre Worte legte, keinesfalls aber in ihre Handlung. Sie stellte sich genauso hin, wie der Trainer es ihr im Umgang mit Schusswaffen beigebracht hatte. Beide Füße ein Stück auseinander, beide Hände an der Waffe. Ihre linke stützte, die rechte zielte.

»Nein«, hörte er Daisy kreischen. Und hektisches Platschen von Wasser. Vermutlich Schritte. Und ein Klicken. Versuchte sie wirklich, Cora mit einer durchnässten Glock zu erschießen? »Max! Das kannst du nicht zulassen!« Aber er sah nicht in ihre Richtung, um nicht noch mehr Flehen zu provozieren, das am Ende nur das Publikum verschreckt hätte. »Max! Max, bitte, du …«

Sie beendete ihren Satz nicht mehr. Als ihr Hinterkopf explodierte, nahm die Wolke aus Blut die letzten Worte mit sich.

Neben Makenzie atmete Cora einmal tief durch, ehe sie sich ihr Lächeln zurück ins Gesicht holte und sich wieder ihrem Publikum zuwandte. Ihre Hand zitterte, als sie die Waffe zurücklegte und nach dem Glas griff, das Makenzie ihr entgegenhielt.

»Wie Sie sehen, meine Damen und Herren, liegt mir Ihre Sicherheit am Herzen. Ich würde sogar dafür töten.« Ihre Lippen kräuselten sich, auf der Suche nach ihrer vertrauten Selbstgefälligkeit. Gelächter erklang und bestärkte Cora für ihre abschließenden Worte. Sie drückte ihren Rücken durch und hielt das Glas in die Höhe. Dreißig Menschen taten es ihr gleich und warteten darauf, dass sie ihren knappen, aber prägnanten Toast sprach. »Auf die Gewinner dieses Abends. Meine herzlichsten Glückwünsche.«

Herzlichen Glückwunsch,
nach Prüfung Ihrer eingereichten Dokumente heißen wir Sie herzlich willkommen als Spieler bei »Bets for Ends«.
Der Link zum Download der App sowie Ihre Zugangsdaten erreichen Sie in den nächsten Tagen in zwei separaten Nachrichten auf der von Ihnen angegebenen E-Mail-Adresse.
*Über die App wird Ihnen der nächste Spieltermin bekanntgegeben. Mit Ihrer Bestätigung wird automatisch die Teilnahmegebühr von 1.500.000 BTC eingezogen.**
Freuen Sie sich auf eine lebensverändernde Erfahrung – vor dem Display und nicht zuletzt auch vor der Kamera.
Ihre
Cora Warren

Danksagung

Wieso sagt einem vorher keiner, dass das Schwierigste an einem Buch das Ende ist? Also nicht das Ende der Geschichte, sondern das hier. Keinen zu vergessen, der auf die eine oder andere Weise seinen Beitrag zum Buch geleistet hat, ist deutlich kniffliger als so ein paar Handlungsstränge. Ich gebe mein Bestes!

Zuerst will ich mich unbedingt beim Team von Piper Digital, allen voran bei Christiane bedanken. Ich wusste gar nicht, dass ich einen Thriller schreiben möchte, bis ihr mit eurer Challenge um die Ecke kamt und ich es einfach mal probiert habe. Und jetzt schüttle ich immer noch den Kopf. Wahnsinn.

Steffi – Noch mal auf diesem Weg: Ich finde es so genial, dass du mich auch durch dieses Genre als Lektorin mitbegleitest. Ich arbeite unfassbar gern mit dir zusammen. Mal sehen, wohin es uns noch verschlägt. Vielleicht doch Dinosauriererotik?

Emily – Dieses Cover! Ich kann es dir nicht oft genug sagen: Ich. Liebe. Es!

Dann gibt es auch einige Personen aus dem Freundes- und Familienkreis, die mich auf ihre Art unterstützt haben.

Papa – Danke, dass du mir früh die richtigen Gruselgeschichten gezeigt hast.

Mama – Danke, dass du ihn gelassen hast.

Jenny – Dich lass ich aus. Du willst das eh nicht hören.

Tanita, Kathleen, Carina und Damaris – DANKE euch für das Feedback und ein bisschen mehr Sicherheit für diese Geschichte.

Frau Winter – High Five! Von Creep zu Creep.

Fam – Nie waren Heimwege produktiver. Danke!

Melli – Keine Ahnung, ob du einen Thriller bis zum Ende durchhältst, aber bis hierhin blätterst du bestimmt. Vielen Dank für dein ständig offenes Ohr und dafür, dass du mein nerviges »Kannst du mal eben?« so geduldig erträgst.

Jenny (noch eine – ich weiß. Man kann nie genug Jennys haben): Die Frau, die meiner Arbeit mit blindem Vertrauen all ihr Herzblut und ihre Unterstützung schenkt. HDGDL (Na? Heulste wieder?)

Wen ich vergessen habe, der möge sich bitte bei mir melden, ich gebe einen Gin Tonic aus.

Anne